本书为2013年度国家社会科学青年项目"劳伦斯·达雷尔研究"（13CWW018）结项专著，本课题良好结项（证书编号：20160607）

徐 彬◎著

劳伦斯·达雷尔研究

中国社会科学出版社

图书在版编目(CIP)数据

劳伦斯·达雷尔研究/徐彬著. —北京：中国社会科学出版社，
2017.1

ISBN 978 - 7 - 5161 - 9834 - 6

Ⅰ.①劳…　Ⅱ.①徐…　Ⅲ.①劳伦斯·达雷尔—文学研究
Ⅳ.①I561.065

中国版本图书馆 CIP 数据核字(2017)第 025251 号

出 版 人	赵剑英
责任编辑	陈肖静
责任校对	刘　娟
责任印制	戴　宽

出　　版	中国社会科学出版社
社　　址	北京鼓楼西大街甲 158 号
邮　　编	100720
网　　址	http://www.csspw.cn
发 行 部	010 - 84083685
门 市 部	010 - 84029450
经　　销	新华书店及其他书店

印　　刷	北京君升印刷有限公司
装　　订	廊坊市广阳区广增装订厂
版　　次	2017 年 1 月第 1 版
印　　次	2017 年 1 月第 1 次印刷

开　　本	710×1000　1/16
印　　张	15.5
插　　页	2
字　　数	226 千字
定　　价	58.00 元

目　录

前　言

劳伦斯·达雷尔（Lawrence Durrell，1912—1990）是常被我国外国文学研究者们所忽视的、颇为高产的著名现当代英国作家，曾获达夫·库珀文学奖、布莱克纪念奖，1982 年获布克奖提名，1988 年获诺贝尔文学奖提名。在英国文学史上，达雷尔位于以乔伊斯（James Joyce，1882—1941）、伍尔夫（Virginia Woolf，1882—1941）为代表的现代主义大师之后和以福尔斯（John Fowles，1926—2005）为代表的后现代主义作家之前，被李维屏教授誉为"小说实验与革新的杰出代表，也是英国后现代主义小说的开路先锋"，其成名作《亚历山大四重奏》则"充分反映了达雷尔在'后现代'语境中的实验精神"[①]。就《亚历山大四重奏》的创作形式和蕴含其中的时空观而言，李维屏教授的评论可谓一语中的；然而就达雷尔小说、游记、诗歌和戏剧作品的政治伦理内涵而言，对达雷尔的界定远非"后现代小说家"这样简单。实际上，从其创作时间（1931—1990）[②] 和以英国海外殖民地的旅居经历为蓝本的文学创作出发，达雷尔可被视为一位介于现代与后现代、殖民与后殖

---

① 李维屏：《英国小说艺术史》，上海外语教育出版社 2003 年版，第 341—345 页。
② 1931 年达雷尔出版第一部诗集《古怪的片段》（*Quaint Fragments*），1990 年达雷尔出版最后一部游记《恺撒巨大的幽灵》（*Caesar's Vast Ghost*）。

民之间具有强烈政治伦理意识的旅居作家①。

迄今为止，国外劳伦斯·达雷尔研究大多聚焦于其构思巧妙的 16 部小说。据初步统计，从 1962 年出现第一部专著起至 2012 年年底国外达雷尔研究专著有 65 部之多。21 世纪以来，10 年间有超过 10 本专著、论文集问世。依据笔者检索，国外达雷尔研究论文多达 200 余篇。1980 年国外学者在现代语言协会（Modern Language Association）年会上专门成立了"达雷尔国际研究会"（International Durrell Society）。国外达雷尔研究涉及心理学、现代主义、后现代主义和后殖民等领域，主要涵盖五类命题：历史、神话、性爱、自由和小说艺术。虽然国外达雷尔研究已有相当规模，但仍有不足之处，如：1. 达雷尔与众多有相似旅行、写作经历的英国作家之间在创作主题与手法上的异同点尚未理清；2. 国外达雷尔小说的后殖民研究没有突破"东方主义"视角的局限；3. 国外学者还未从后殖民语境下的文学伦理学批评视角出发，对达雷尔的游记与小说创作进行系统研究，其作品中蕴含着的后殖民文化、政治伦理批评话语有待探讨。

在中国达雷尔是一位被学界"边缘化"了的经典作家。国内达雷尔研究在重视程度、研究成果和研究历史等方面与国外达雷尔研究差距较大。国内达雷尔研究现状包括以下几个方面：1. 对达雷尔后现代小说艺术的整体性概括。李维屏教授在《英国小说艺术史》（2003）中介绍了达雷尔重奏小说《亚历山大四重奏》和《阿维尼翁五重奏》作为后现代主义小说文本的基本特征。2. 对达雷尔及其作品的引介。孙建教授在《英国文学辞典·作家与作品》（2004）中为读者提供了《亚历山大四重奏》的故事梗概。谢宇和薛初晴两位学者在《英国文学名著

---

① 在著名达雷尔研究者艾伦·托马斯（Alan Thomas）编辑出版的达雷尔旅行书信散文集 *Spirit of Place Letters and Essays on Travel* 的前言中，托马斯指出达雷尔曾居住于科孚岛、巴黎、埃及、罗德岛、阿根廷、南斯拉夫和塞浦路斯等地，因此从严格意义上讲达雷尔的作品不应被视为旅行作品；英国著名作家理查德·奥尔丁顿（Richard Aldington, 1892—1962）认为"将它们（达雷尔的作品）视为国外居住作品（foreign-residence books）更为精确"。以托马斯和奥尔丁顿的观点为依据，可以将达雷尔旅行、居住过程中的文学创作定名为旅居文学作品，而达雷尔本人则是一名旅居作家。参见：Alan Thomas, "Preface", *Spirit of Place Letters and Essays on Travel*, Ed. Alan Thomas, Mount Jackson: Axios Press, 1969, p. 1.

便览》（2006）中简要讲述了达雷尔的生平和创作特色，概述了达雷尔小说《黑书》、《亚历山大四重奏》和《阿维尼翁五重奏》的主要内容。

3. 达雷尔小说后殖民研究的初步探索。2004 年刘琛老师发表的题为《没落的帝国主义文化的挽歌——20 世纪英国小说的异化主题》的论文是迄今为止国内最早一篇与达雷尔相关的学术期刊论文。该文章以后殖民语境下的自我异化为题对三部小说，达雷尔的《贾斯汀》、格林的《沉静的美国人》以及麦金尼斯的《蜘蛛城》进行了对比研究。

在国内有限的达雷尔研究基础上，本人以独著或第一作者身份发表了一系列达雷尔研究论文，其中包括：《劳伦斯·达雷尔的多重身份与艺术伦理选择》、《劳伦斯·达雷尔〈亚历山大四重奏〉中的场所与伦理释读》、《国外劳伦斯·达雷尔研究述评》、《困在打气筒里的猫——劳伦斯·达雷尔〈芒特奥利夫〉中的亚历山大后殖民寓言》、《达雷尔〈黑书〉中自我与他者之生、死变奏》、《后现代消费文化的伦理思考——论达雷尔小说〈阿芙罗狄特的反抗〉》、《劳伦斯·达雷尔〈亚历山大四重奏〉中殖民伦理的后殖民重写》和《〈亚历山大四重奏〉的经典化与妖魔化》。上述论文为本专著的撰写奠定了较为坚实的基础。

达雷尔的印度童年经历反映在其早期作品中表现为对英国社会文化的"水土不服"；初出茅庐的达雷尔在进行文学实验的同时希望透过作品阐释自身对英国社会的反叛情绪和对英国文化与伦理道德的批判思想。上述作品中，达雷尔表现出对英国社会格格不入的绝缘态度和自我流放的生活决定。1935 年达雷尔说服家人移居希腊科孚岛，开启了英国本土之外的旅居创作生涯；在成功逃离英国现代文学"万神殿"之影响的焦虑的同时，达雷尔凭借其小说实验与旅居创作中深刻的政治伦理思想确立了自身在英国文学中独树一帜的经典作家地位。如果说在其早期作品中达雷尔阐发了"失乐园"（印度家园）后"帝国之子"有家（英国）难回的内心焦虑，那么此后的作品则集中反映了达雷尔"复乐园"（重塑精神家园）的创作动机。

值得注意的是，达雷尔的旅居经历恰逢 20 世纪欧洲重要政治、历史时期，如：第二次世界大战、前南斯拉夫社会主义共和国的诞生和塞浦路斯意诺希斯运动等。达雷尔曾暂居希腊科孚岛、埃及、罗德岛、前南斯拉夫、塞浦路斯和巴勒斯坦等地。达雷尔对英国海外殖民、外交工作的参与使其最初逃离"英国之死"、实践自由艺术创作的个人选择不可避免地染上了"帝国"政治的色彩。流散作家与帝国政治参与者的双重伦理身份常使达雷尔陷入诗情、友情与政治之间的矛盾冲突之中。对特定历史语境下英国殖民政治与外交策略的伦理批判是达雷尔旅居创作的重要组成部分；此外，达雷尔还以第二次世界大战期间的法国和后现代消费文化下的东西方社会为叙事背景将政治、伦理与文化批评熔为一炉，以书写伦理悲剧的方式呼唤人类道德意识的觉醒。

达雷尔曾被亨利·米勒、T.S.艾略特和劳伦斯·鲍威尔等誉为最具创新精神的作家，其作品开启了后殖民和后现代小说创作的新领域，对达雷尔的研究具有重要的理论价值和现实意义。对达雷尔不同形式、体裁作品的分类研究以及对内含其中的伦理选择范式和价值评判标准的阐释将对英国后殖民旅行文学和英国社会后殖民语境下的政治、伦理以及文化价值评价研究有所贡献。20世纪90年代以来国内外学者倡导文学批评的伦理学转向，以达雷尔研究为契机，笔者希望能为后殖民、后现代语境下的文学伦理学批评作为文学伦理学批评一个分支学科的建构与发展提供一定的参照。

第一章

劳伦斯·达雷尔的艺术伦理选择

现当代英国作家劳伦斯·达雷尔（Lawrence Durrell，1912—1990）的小说《恋人们的吹笛手》（*Pied Piper of Lovers*，1935）、《黑书》（*The Black Book*，1938）、游记《苦柠檬》（*Bitter Lemons*，1957）、成名作《亚历山大四重奏》（*The Alexandria Quartet*，1962）① 和《阿芙罗狄蒂的反抗》（*The Revolt of Aphrodite*，1974）等作品为揭示达雷尔的艺术伦理身份和回答达雷尔"为何而写作"的艺术伦理选择问题提供了极佳的文本依据。"艺术伦理选择"指的是艺术家从其艺术工作者的职业身份出发而进行的伦理选择，以及在其艺术创作中展现出的伦理旨归；强调在一定社会、历史语境下，艺术家与作品间双向度的伦理意识和伦理评判之艺术表现体系的建构。国外学者以达雷尔的生平与其作品中对殖民主义政治的赞同或反对态度的表述为基础，认定了达雷尔"殖民作家"或"反殖民作家"的艺术伦理身份，然而这一做法却有简单的标签式解读的嫌疑。

达雷尔的自我流放及其文学创作并不是为抒发殖民主义权利欲望而采取的政治行为，而是作家为了在反抗英国文化的同时实现经济上相对

---

① 《亚历山大四重奏》由《贾斯汀》（*Justine*，1957）、《巴萨泽》（*Balthazar*，1958）、《芒特奥利夫》（*Mountolive*，1958）和《克丽》（*Clea*，1960）四部小说组成。

宽松、惬意的艺术创作生活而做出的个人选择。这一选择却为达雷尔的文学创作带来意外的效果，即作家所到之地（希腊科孚岛和英属塞浦路斯）的人文地理环境成为促使达雷尔回归印度佛教精神家园的隐蔽动因。对达雷尔身份的界定因而超出了殖民与反殖民作家的范畴，引发出有关达雷尔混杂身份和重返精神家园的西方佛教徒等艺术伦理身份的探讨。

第一节　殖民情节与混杂身份之谜

　　长期以来，国外学者就达雷尔作家身份问题的回答各执一词，可归纳为彼此矛盾对立的两类，即"殖民作家"与"反殖民作家"。第一种观点认为达雷尔在"殖民与后殖民时期"[①]内的创作均服务于英国殖民政治；第二种观点则认为达雷尔小说中因充满对被殖民他者反殖诉求与斗争的讴歌而使其反殖民主义的写作动机一览无余。国外学者对达雷尔殖民作家亦或反殖民作家身份的评判虽"证据确凿"但这种给达雷尔划分阵营的做法未免过于生硬。达雷尔的自传体小说反映了作家本人"帝国之子"的身份认同危机和作为英国殖民地官员的伦理困惑等内心焦虑。由作品反观作家，笔者发现在殖民地写作并以殖民者身份示人的达雷尔却对英国统治下的殖民世界持批判态度，这使得达雷尔的作家身份呈现出混杂性与复杂性的特点。[②]

---

　　①　英国布莱顿大学（University of Brighton）的劳伦斯·达雷尔研究专家迪博尔（Michael V. Diboll）指出，《亚历山大四重奏》是处于殖民和后殖民时期联结点上的一部作品，在文学史上具有重大意义，如将该作品比作一个人，那么他的一只脚站在以吉卜林（Rudyard Kipling）为代表的殖民主义后期的小说世界中，而另一只脚则站在以拉什迪（Salman Rushdie）为代表的后殖民、后现代的小说世界中。参见：Michael V. Diboll, "Preface", *Lawrence Durrell's Alexandria Quartet in Its Egyptian Context*, New York: The Edwin Mellen Press, 2004, pp. XVII – XXXII。

　　②　达雷尔本人对其混杂身份也有自己的阐释："有时我感觉自己更像亚洲人而不是欧洲人，有时则相反；有时我感觉自己是用洋泾浜语（Pidgin）思考的长着白皮肤的黑人！"参见：Lawrence Durrell, "From the Elephant's Back", *Lawrence Durrell From the Elephant's Back Collected Essays & Travel Writings*, Ed. James Gifford, Edmonton: The University of Alberta Press, 2015, p. 2。

赫博里切特（Stefan Herbrechter）等学者认为达雷尔在塞浦路斯自我流放期间（1952—1956）扮演了殖民文化传播者的角色。达雷尔在担任英国《塞浦路斯评论》新闻官一职期间致力于扩大殖民主义影响和政治宣传。① 美国新泽西州理查德斯托克顿学院的勒塞尔（David Roessel）教授指出，达雷尔的办刊宗旨是"宣传英国气质，并建立塞浦路斯岛国身份"，而所谓岛国身份却意味着"要么消除小岛大多数居民的希腊人身份，要么把他们变成奴隶"。② 埃及后殖民语境下的达雷尔更加致力于促进英国殖民文化对东方渗透的工作之中，试图以此维系英国在黎凡特（Levant 安纳托利亚与埃及之间的地中海东部地区）构筑的文化帝国。③

游记《苦柠檬》和小说《亚历山大四重奏》被众多国外学者视为达雷尔维护英国殖民主义统治的文本证据。希腊作家鲁福斯（Rodis Roufos）把《苦柠檬》视为"聪明的政治宣传"（intelligent propaganda）。它之所以广受英国读者欢迎，是因为它让英国公众感觉良好，也就是说，不管过去犯过何种错误，当下英国的殖民政治还算不错，只有英国的继续统治才能让小岛居民免遭无政府主义的流血暴力事件而引发的灾难（Postmodernism：264）。美国南加州大学英文学院布恩（Joseph A. Boone）教授揭示了达雷尔隐含于《亚历山大四重奏》中的殖民思想、性别歧视和种族偏见等"东方主义"情节。④

《亚历山大四重奏》中对现代埃及崛起的描写，是部分国外批评家将达雷尔看作反殖民作家的重要原因之一。迪博尔（Michael V. Diboll）

---

① Stefan Herbrechter, *Lawrence Durrell*, *Postmodernism and the Ethics of Alterity*, Amsterdam：Editions Rodopi B. V, 1999, p. 261. 赫博里切特还将达雷尔比作宣扬殖民主义文化、政治的外交"骗子"（diplomatic "trickster"），"《苦柠檬》是他招摇撞骗的把戏之一……达雷尔塞浦路斯之行不仅满足了自己的文学想象和对异国风情的向往，还是对逝去了的殖民主义背景下印度童年的追忆"（Postmodernism：264）。

② David Roessel, "'Something to Stand the Government in Good Stead'：Lawrence Durrell and the Cyprus Review", *Deus Loci New Series* 3, 1994, pp. 37 – 50, 43 – 44.

③ 参见：Mahmoud Manzaloui, "Curate's Egg: An Alexandrian Opinion of Durrell's Quartet", *Critical Essays on Lawrence Durrell*, Ed. Alan Warren Friedman, Boston：G. K. Hall, 1987, p. 153。

④ See Joseph A. Boone, "Mappings of Male Desire in Durrell's *Alexandria Quartet*", *South Atlantic Quarterly*, Vol. 88, No. 1, 1989, pp. 73 – 106.

认为，从《亚历山大四重奏》中的第一部小说《贾斯汀》（*Justine*）到最后一部小说《克丽》（*Clea*），达雷尔逐渐完成了叙述中心"自西向东"、由殖民叙述到反殖民叙述的转变。[①] 埃及科普特少数民族精英莉拉和纳西姆处于大英帝国消亡、埃及独立这一重大历史变迁的风暴中心，他们是达雷尔笔下埃及独立运动的中流砥柱。

达雷尔反殖民作家的身份还体现在他对英国殖民统治行将就木的主题考察。已故苏格兰诗人兼文学评论家弗雷泽（G. S. Fraser 1915—1980）在评论《亚历山大四重奏》时写道："权力！芒特奥利夫（Mountolive）这一生几近权力的中心，然而他永远不能独立行使权力，他所能做的要么是制止（check），要么是延迟（delay）。"[②] "制止"和"延迟"两词高度概括了达雷尔反殖民的批判态度，即大英帝国的殖民势力虽已是强弩之末，却仍垂死挣扎，不肯退出历史舞台，千方百计试图阻止埃及的独立进程。

国外学者倾向于将达雷尔简单描述成非此即彼的"扁平人物"，对达雷尔的混杂身份视而不见；而揭示达雷尔混杂身份之谜的关键在于对达雷尔流放生活与艺术创作中的"殖民情节"和"殖民态度"的考察。

出生于印度殖民地铁路工程师之家的达雷尔怀有与生俱来的"殖民情节"。在与法国翻译家克劳迪恩（Claudine Brelet）[③] 的访谈中，达雷尔不仅表露了儿时对父亲在殖民地工作的赞许："父亲是英国驻印度铁路工程师的先驱"[④]，还展现出对当时殖民地生活的喜爱之情："在印度随着父亲工作地点的变化，我们不停地搬家，像吉普赛人一样住在帐篷里，总能置身于真实的大自然中……实际上我们的现实生活与吉卜林

[①] Michael V. Diboll, *Lawrence Durrell's Alexandria Quartet in Its Egyptian Context*, New York：The Edwin Mellen Press, 2004, p.51.

[②] G. S. Fraser, *Lawrence Durrell A Study*, London：Faber and Faber Limited, 1973, p.143.

[③] 在 1979 年 12 月 28 日写给著名美国作家亨利·米勒（Henry Miller）的信中，劳伦斯·达雷尔提及克劳迪恩（Claudine Brelet）曾翻译过萨缪尔·贝克特（Samuel Becket）的《无言剧》（*Act Without Words*, 1956）和克劳迪恩与他的访谈计划。参见：Lawrence Durrell and Henry Miller, *The Durrell-Miller Letters*, 1935—80, Ed. Ian S. MacNiven, New York：New Directions, 1988, p.508。

[④] G. S. Fraser, *Lawrence Durrell A Study*, London：Faber and Faber Limited, 1973, p.143.

文学作品中所描述的一模一样。"① 显而易见，达雷尔年纪尚轻，还未能意识到英国殖民者与印度被殖民者间的利益冲突，儿时印度殖民地的生活也因此显得无忧无虑。②

然而，12 岁时达雷尔被父亲送回英国接受所谓正统教育的经历却在其内心引发了对出生地印度所怀有的"恋母情结"的心理机制，此前对父亲的"赞许"与对印度生活的"喜爱"转变成对殖民者和英国文化的厌恶与批判。从某种意义上讲，离开印度的那一刻也是达雷尔近乎一生的流放生活的开始。达雷尔传记研究专家麦克尼文（Ian MacNiven）指出，被抛弃和被背叛了的感觉在少年达雷尔心底油然而生，达雷尔对英国社会和文化批判的态度便是这种逆反心理的产物。③ 达雷尔对此也有解释："我批判英国（England）因为我把英国等同于父亲。一到英国，我便即刻感受到英国的虚伪和清教徒主义的盲目与无知……我抵制英国的一切，最主要的原因是想破坏父亲的意愿。"④

"回国"后的达雷尔既非印度人又非英国人，而是生活在印、英之间身份混杂的人。在其早期自传小说⑤中，达雷尔诠释了本人作为殖民者后裔，或曰"帝国之子"的身份认同危机。《恋人们的吹笛手》的主人公沃尔什是达雷尔该自传小说中的"他我"（alter ego）。父亲将自己回归英国家园的渴望强加于儿子身上，忽视了儿子对印度家园的认同与热爱。主人公沃尔什遵循了"子从父命"的伦理规约，却陷入是"印度人"还是"英国人"的身份认同危机之中。

---

① Claudine Brelet, "Interview with Lawrence Durrell", *Twentieth Century Literature* Vol. 33, No. 4, Winter, 1987, pp. 367 – 381.

② 《象背上看世界》（*From the Elephant's Back*）一文中，达雷尔绘声绘色地描述了天真无邪的印度童年生活，与印度小象"圣人"（Sadu）之间的友谊成为达雷尔美好童年时光的缩影。参见：Lawrence Durrell, "From the Elephant's Back", *Lawrence Durrell From the Elephant's Back Collected Essays & Travel Writings*, Ed. James Gifford, Edmonton: The University of Alberta Press, 2015, pp. 3 – 5.

③ Ian S. MacNiven, *Lawrence Durrell: A Biography*, London: Faber and Faber, 1998, p. 8.

④ Lawrence Durrell, *The Big Supposer: Lawrence Durrell, a Dialogue with Mare Alyn*, trans. F. Barker, Colchester: TBS The Book Service Ltd, 1973, p. 26.

⑤ 达雷尔在《恋人们的吹笛手》（*Pied Piper of Lovers*, 1935）中追忆了自己 11 岁至 23 岁期间离开印度暂居伦敦的生活经历；在《黑书》（*The Black Book*, 1938）中追忆了自己 24 岁至 28 岁期间在伦敦波西米亚式的艺术家生活和离开英国前往希腊科孚岛的旅居生活。

达雷尔曾经将自己的经历与鲁德亚德·吉卜林（Rudyard Kipling）和萨基（Saki）的自传中记述的经历相提并论，称尽管吉卜林名利双收，但他在自传《关于我的事情》中却流露出愤恨和不满，他一直想毁掉那栋他曾寄宿过的房子。据达雷尔说萨基也经受过相同的苦楚。①实际上，达雷尔想要表达的是一种与吉卜林和萨基相同的，介于英、印之间的身份困惑感，正如吉卜林小说《基姆》中的主人公基姆那样多多少少地重现了吉卜林这种复杂的人格构成，基姆曾经自问："我是谁？穆斯林，印度教徒，耆那教徒还是佛教徒？"基姆一方面体现了白人的优越性和白人的文化价值观，但同时他的身份又是多重、含混、游移不定的。②与吉卜林等人不同的是，达雷尔从一开始就不想担当"帝国卫士"和"帝国拓疆者"的角色，尽管与吉卜林相比达雷尔不会因经济原因被迫离开英国，但他对英国社会和文化的厌恶之情让他决意常年生活在英国以外的其他国家。

年轻的沃尔什对同船回国的殖民者和即将到达的目的地伦敦并无好感。在沃尔什眼中，站在甲板上的帝国士兵和工程师仿佛"一群疲惫不堪的十字军战士。他们在外征战，被沙漠里的太阳炙烤、皮肤变得粗糙、体弱多病；伦敦这一地狱城里无处不在的烂泥更适合他们……"③

达雷尔还以英国鞋子不适合沃尔什的脚为例，暗喻沃尔什在英国的"水土不服"。伦敦拥挤不堪的交通、令人窒息的尘雾（dust-fog）和海德公园里湿漉漉的绿长椅与沃尔什记忆中美好、祥和的印度大吉岭（Darjeeling）小镇生活形成鲜明反差。"他（沃尔什）已经习惯生活于一个不同的维度，一个不同的空间。英格兰是那么狭小"。④ 面包店主与沃尔什的对话反映了沃尔什落魄艺术家的窘困生活，"这一带住着很多像你一样的穷艺术家。他们总是饥饿不堪，你也饿了吧？"⑤ 深夜走

① Fraser, G. S. *Lawrence Durrell A Study*, London: Faber and Faber Limited, 1973, p. 20.
② 空草：《帝国话题中的吉卜林》，《外国文学评论》2002 年第 2 期。
③ Lawrence Durrell, *Spirit of Place Letters and Essays on Travel*, Ed. Alan G. Thomas, Mount Jackson: Axios Press, 1969, p. 266.
④ Ibid., p. 167.
⑤ Ibid., p. 272.

在肮脏、阴暗的伦敦街道上，孤独的沃尔什感到似乎只有他晃动的身躯和身上的衣服才能让他在这"虚幻的世界"（illusory world）里觉察到自己的真实存在。在伦敦街头行尸走肉般的生活状态是沃尔什"帝国之子"身份困惑的外现。

《黑书》的主人公路西弗（Lucifer）和格雷戈里（Gregory）是《恋人们的吹笛手》的主人公沃尔什在达雷尔自传小说中的角色延续。小说中初出茅庐的作家路西弗和格雷戈里希望借助波西米亚生活方式发泄对英国社会的不满，正如《黑书》写作期间，达雷尔曾在给米勒（Henry Miller）的信中所写的那样：

> 在伦敦我一边唱着赞美诗，一边嫖妓——在夜总会里演奏爵士乐、写歌和从事房地产销售工作。……一切仿佛一场梦：破碎的酒瓶、痰、罐装食品、腐臭的肉、小便，（屋里）充满性病医院里的气味。……我们〔达雷尔与他的第一任妻子南希（Nancy）〕喝酒、我们在死去。①

出于对生计的考虑，达雷尔曾从事过各种工作，如爵士钢琴手和作曲家、房地产促销员和专业摄影师等；1937 年，达雷尔与米勒（Henry Miller）同任期刊《加速器》（*The Booster*）的编辑。20 世纪 30 年代，达雷尔还创作并出版了诗集《私人的乡村》（*A Private Country*）和小说《黑书》（*The Black Book*）。弗雷泽曾用"不安的"（restless）和"万花筒般的"（kaleidoscopic）两个词来形容第二次世界大战爆发前达雷尔的颓废生活。②

达雷尔将本人弃学后混沌的英国生活片段融入《黑书》创作之中，以己为例、针砭时弊，批判了英国文化的贫瘠与伦敦现代城市生活的伦理失范现象。加拿大卡尔顿大学文学院教授（professor emeritus in the

---

① Lawrence Durrell, *Lawrence Durrell and Henry Miller a Private Correspondence*, Ed. George Wickes, New York: E. P. Dutton & Co., Inc, 1964, p. 60.

② Ibid., p. 22.

Department of English at Carleton University）莫里森（Ray Morrison）认为："《黑书》中的女王旅馆（Regina Hotel）这一巨大建筑物本身即是20世纪二三十年代以伦敦为代表英国生活的缩影。"① 以伦敦南部破败不堪的女王旅馆为故事背景，通过对小说主人公路西弗和格雷戈里颓废生活的描写，达雷尔揭露了这一特定历史时期盎格鲁撒克逊民族 "英国之死"② 的文化及伦理危机。

达雷尔对当时享乐主义盛行的伦敦城市生活的描述无疑是对英国海外无往而不胜的殖民神话的一种反讽，也是对此之后出现的以歌颂大英帝国文化遗产为主旨的文学作品的有力反驳。透过《黑书》，达雷尔批判的是英国文化生产与流通领域因 "日不落帝国" 的 "辉煌成就" 而滋生的夜郎自大的盲目乐观情绪和 "帝国没落" 之际的怀旧情感，以及因此而造成的艺术伦理价值判断上的扭曲，即部分作家和评论者们仅关注能够体现 "英国性" 的贵族大宅与其相关的文化表征，却忽视了对 "帝国" 晚期英国社会真实生活面貌的刻画。

以 "帝国之子" 的独特身份重返 "母亲国"（英国），达雷尔与其他具有相似生活经历的被 "边缘" 化了的殖民主义者们面临着相同的问题，即来自殖民地国家的英国后裔的文化权利如何实现的问题和与英国正统文化格格不入的危机意识问题。"在殖民地生活的英国人（包括英国后裔）在英国受到冷遇，在等级森严的英国社会中没有明确的阶层归属感"③，这对达雷尔已有的强烈无根感和落泊境况来说更是雪上加霜。在文化权利得不到抒发、民族身份得不到确立的情况下，达雷尔为了不被边缘化，主动选择了自我边缘化，或曰：自我流放，这既是对英国文化的逃离又是对其无声的反抗。派因（Richard Pine）指

---

① Ray Morrison, *A Smile in His Mind's Eye A Study of the Early Works of Lawrence Durrell*, Toronto：University of Toronto Press, p. 275.

② 路西弗英国之死的感叹源于对伊丽莎白时代的矛盾情感，那个原本给英国人带来极大物质丰富的时代，却滋生了现代社会中人们的挫败感和精神世界的空虚与幻灭。参见：徐彬、李维屏《达雷尔〈黑书〉中自我与他者之生、死变奏》，《外语与外语教学》2010年第4期。

③ Gordon Bowker, *Through the Dark Labyrinth：A Biography of Lawrence Durrell*, London：Sinclair Stevenson, 1996, p. 21.

出除了达雷尔以外，没有任何一个英语作家能如此广泛地、系统地致力于"英国之死"（the English death）的编年史的书写和将欧洲想象力从自我中心主义的桎梏中解放出来的事业之中。①

美国蒙特克莱尔州立大学（Montclair State University）的学者帕帕亚尼斯（Marilyn Papayanis）指出："流放"（expatriate）一词似乎和"特权"（privilege）一词紧密相连，因为只有精英阶层才具有"流动性"（mobility）；他们相对富有，能随心所欲地去任何想去的地方，并将所到之处称为"家"。② 从动因、目的地和结果等方面看，达雷尔的自我流放与其几乎同时代的以"特权"、"享乐"或"纵欲"为核心词的"迷惘的一代"作家③的流放现象迥然相异。并不富有的达雷尔不具备随意选择流放目的地的能力。达雷尔的自我流放不是东方主义者实践西方"自我"对东方"他者"的殖民政治力比多的过程④，而是为了远离曾经自我"纵欲"的英国现代生活；因此，达雷尔的自我流放更像一个为艺术而"禁欲"的过程，在此期间达雷尔试图将经济和政治生活中的"禁欲"设定为自身的艺术伦理规约。

历经长时间居无定所的流放生活之后⑤，达雷尔内心充满对平静的

① Pine, Richard. *Lawrence Durrell: The Mindscape*, New York: St. Martin's Press, 1994, pp. 81 – 82.

② Marilyn Adler Papayanis, *Writing in the Margins: The Ethics of Expatriation from Lawrence to Ondaatje*, Nashville: Vanderbuilt UP, 2005, p. 1.

③ "迷惘的一代"的自我流放作家已将巴黎当作自己的家，在那里过着"自由、享乐、刺激、散漫的生活。……这些自视甚高的文化青年不知不觉中成了一种消费道德的形象代理"。详见虞建华《"迷惘的一代"作家自我流放原因再探》，载于《外国文学研究》2004年第1期。

④ See Joseph A. Boone, "Queering The Quartet Western Myths of Egyptian homoeroticism", *Durrell in Alexandria: OMG IX Conference Proceeding*, Ed. Shelly Ekhtiar, Alexandria, Egypt: University of Alexandria, 2006, pp. 46 – 51. 约瑟夫·博恩（Joseph Boone）在使用"力比多"（libido）一词时，沿用了萨义德（Edward Said）《东方学》中有关西方男性占有东方女性的，殖民主义者对被殖民者统治与占有的殖民主义话语模式的探讨。（详见爱德华·萨义德《东方学》，王宇根译，生活·读书·新知三联书店2007年版，第8页）

⑤ 达雷尔曾于1935年自我流放于希腊科孚岛，第二次世界大战期间希腊沦陷后达雷尔和妻子南希（Nancy）逃往埃及，先后暂居开罗和亚历山大直至第二次世界大战结束；此后，达雷尔又分别于1945年、1947年和1948年举家迁往罗得岛（Rhodes）、阿根廷城市科尔多瓦（Córdoba）和南斯拉夫首都贝尔格莱德（Belgrade）并于1952年移居英属塞浦路斯。参见：http://en.wikipedia.org/wiki/Lawrence_ Durrell#cite_ ref-3.

艺术生活的渴望。尽管从 1952 年到 1956 年，达雷尔在塞浦路斯的居住时间不足 5 年，然而塞浦路斯却是达雷尔由"西"向"东"的自我流放的最后一站①，对此地的选择主要出于经济上的考虑，如达雷尔所说："在良辰美景之中，手持一杯朴实的乡下人喝的葡萄酒，却硬要让人考虑那些国与国之间粗俗的争斗，这无疑是件大煞风景的事；况且我是以个人名义来塞浦路斯的，我根本没思考过政治。"② 在塞浦路斯，达雷尔享受到了经济实惠的生活环境，美好的阳光、低廉的物价和微不足道的个人所得税，这一切让他备感舒适③。

达雷尔的早期创作④除了为了获得同行的认可之外，多半是为了满足养家糊口的物质需求，然而写作的收入不足以为继，所以达雷尔不得不在塞浦路斯与埃及自我流放期间担任英国驻海外殖民地的公职，并因此而直接参与到此前原本不想涉足的英国殖民政治中。1955 年英属塞浦路斯殖民地秘书以官方名义邀请达雷尔入职总督府，因为他们需要一位精通希腊语并在岛上有良好社会关系的人协助处理与当地岛民的公共关系。此时的达雷尔正急需资金完成自己廉价购买的乡村别墅的修缮，这一工作无疑是一个不期而至的好运。达雷尔因此从一名默默无闻、自我流放的作家成为一名抛头露面的殖民地官员。

为官后的达雷尔并没有被英国殖民思想洗脑，相反在塞浦路斯的旅居为官经历却为达雷尔提供了丰富的创作素材，使达雷尔更客观、深刻地认识到现有文学作品中虚构化了的英国殖民现实的虚伪本质。达雷尔不无怀疑地写道，"这究竟是在对当地风土人情真实体验基础上得出的现实，还是我们（西方殖民者们）长期以来以本国殖民利益为目的编造的、虚构的现实，……从我们的想象出发创造出一种高人

---

① 此后达雷尔曾旅居英国、埃及等地，最终定居在法国普罗旺斯（Provence）。详见 G. S. Fraser, *Lawrence Durrell A Study*, London：Faber and Faber Limited, 1973, p. 24。

② Lawrence Durrell, *Bitter Lemons*, London：Faber & Faber, 1957, p. 117.

③ Ibid. , p. 35.

④ 以前期流放经历和当下生活经验为素材，达雷尔在塞浦路斯如愿以偿地完成了游记《苦柠檬》的写作，凭借此书达雷尔于 1957 年被授予达夫库珀奖（Duff Cooper Prize）和"皇家文学学会会员"（Fellow of the Royal Society of Literature）的荣誉称号。除此之外，达雷尔在塞浦路斯期间还构思并完成了《亚历山大四重奏》中的第一部小说《贾斯汀》（*Justine*, 1957）。

一等的、优越的现实存在感，并以此为基础创作出糟糕的文学作品？"①
达雷尔在此批判的是西方殖民作家在审视殖民地本土文化时表现出的高
人一等的殖民主义政治心态。

达雷尔在以塞浦路斯生活、工作为主要内容的文学创作中大量阐发
了带有人文主义批判色彩的"殖民态度"，具体表现为：由"殖民作
家"② 对被殖民"他者"的理解与同情而引发的对塞浦路斯政治前途的
担忧和对英国在当地建立的殖民秩序的问责。

达雷尔将"意诺西斯"（Enosis）（由祖籍希腊的塞普勒斯人所发起
的塞浦路斯与希腊合并的运动以及由此引发的英国在塞浦路斯殖民统治
的危机）设置为《苦柠檬》的政治、历史背景，对塞浦路斯居民热议
的"意诺西斯"和现存的"英国殖民统治"持同样的批判态度：

> 尽管塞浦路斯的希腊人一直谈论着"意诺西斯"民族主义的
> 问题，达雷尔却不以为然。相反达雷尔认为希腊人对英国的热爱源
> 自对拜伦（Byron）、丘吉尔（Churchill）和第二次世界大战期间与
> 克里特岛居民一同抵抗纳粹德国和意大利入侵（Cretan resistance）
> 的勇敢的英国年轻人的爱，这种感情远比泛希腊情绪（pan-Hel-
> lenic sentiment）强烈得多。然而，达雷尔也真切地感受到英国对
> 塞浦路斯的管理太过家长式、过于殖民化，塞浦路斯应建立管辖
> 权限更大的自治政府。③

如弗雷泽所述："英国之所以紧紧抓住塞浦路斯不放，归根结底是
为了英国在近东的责任（commitments in the Near East）"④，而"英国在
近东的责任"实际上等同于塞浦路斯作为东地中海的军事要地而对英
国所具有的殖民价值。

---

① Lawrence Durrell, *Reflections on a Marine Venus：A Companion to the Landscape of Rhodes.* Lon-
don：Faber & Faber, 1963, p. 17.
② 达尔的"殖民作家"身份可被理解为"殖民者"（殖民地官员）兼"作家"的混合体。
③ G. S. Fraser, *Lawrence Durrell A Study*, London：Faber and Faber Limited, 1973, p. 70.
④ Ibid. , p. 71.

往来于塞浦路斯村民和英国政府之间，达雷尔陷入友谊与殖民政治彼此矛盾的伦理两难；然而出于对塞浦路斯小岛上一草一木和对当地居民的热爱，达雷尔指出：因政治或经济利益而引发的战争和殖民统治破坏了自古以来人类优良文化的传播、传承以及不同种族之间弥足珍贵的友情。无意之中达雷尔已将不同国家和种族的人视为彼此间有"亲密血缘"的人。而不愿看到有血缘关系的人之间发生屠杀，因为屠杀本身打破了某种伦理禁忌①。由此可见，达雷尔内心隐含着人类"自由、平等、博爱"的伦理构想。

弗雷泽形象地将《苦柠檬》创作期的达雷尔比喻成：生活在愚人天堂里的好人，这种情感是导致达雷尔痛苦、困惑的原因（*Study*：80）。在"意诺西斯"和英国殖民统治两股反作用力影响下，原本对达雷尔以朋相待的塞浦路斯岛民对达雷尔的态度出现了180度逆转，尽管尚未达到憎恨的地步，但昔日的友情已化为今日的敌意；以与小岛上贝拉佩斯（Bellapaix）村民间的友谊为基础建立起的达雷尔的岛民身份因此而消失。这对热爱塞浦路斯，将流放地塞浦路斯视为家园的达雷尔而言无疑是一个沉重的打击。

达雷尔在作品中描述了塞浦路斯动荡的政治局势，揭示了本人"介入"特定历史、政治和文化语境时所面临的艺术家的自由意志与作为殖民地官员维护英国殖民利益的伦理责任之间的矛盾和冲突。因双重身份而引发的与当地居民之间"是敌还是友"的伦理身份困惑同样反映了达雷尔对英国殖民主义统治合法性的质疑。

综上所述，达雷尔"帝国之子"、"英国文化批判者"、"流放作家"和"殖民地官员"等混杂身份中所蕴含着的"殖民情节"与"殖民态度"并非一成不变，而与达雷尔的流放经历息息相关。达雷尔对出生地印度怀有的"恋母情结"使其昔日"帝国之子"的自豪感被他对英国文化的抵触情绪所取代。为了逃避和批判英国文化，达雷尔选择了到英国塞浦路斯殖民地的"自我流放"。恰如梭罗向往瓦尔登湖恬静生活

---

① 详见聂珍钊《文学伦理学批评：伦理选择与斯芬克斯因子》，《外国文学研究》2011年第6期。

一样，达雷尔渴求与政治绝缘的、自由舒适的艺术生活。此后，达雷尔虽为生计主动参与了英国殖民的经济事业并由此获得优厚的薪水，但因对被殖民他者报以同情而又游离于殖民体制之外。达雷尔在游记中审视、批评塞浦路斯本土政治问题，反对"意诺西斯"和英国殖民统治，倡导塞浦路斯自治以及人文主义视野下种族间、国家间的文化交流与友谊。因此，达雷尔的艺术伦理选择是对艺术家的自由意志和人类大同世界的理想生存状态的选择，然而处于个人经济谋利与殖民政治批判之间的矛盾心态之中，达雷尔的上述选择最终只能流于不切实际的幻想。

第二节　自我救赎的西方佛教徒

1935 年后达雷尔离开英国，辗转、旅居希腊科孚岛、埃及、塞浦路斯和普罗旺斯等地。文若其人，达雷尔作品中的主人公多是流放者、侨民和殖民者，达雷尔也将自己以及第二次世界大战期间暂居开罗的同伴称为"被抛弃的人"、"难民"和"移民"。"无根感"已成为达雷尔现实世界和虚拟文学世界的情感基调，他笔下的主人公饱受此种伤感情绪的困扰，文学评论家罗宾逊（Jeremy Mark Robinson）认为"达雷尔并没有对'家'的矛盾感情，因为他是个无家可归的作家"[1]。事实如此，达雷尔自离开印度，自我放逐远离"布丁小岛"（Pudding Island）英国之后从未有过定居的家园生活。然而，现实生活中的家园真空却强化了达雷尔的精神家园意识。虽终其一生未能如愿以偿重返印度出生地，但达雷尔却通过一系列文学创作最终实现了对作为"精神家园"的印度佛教的回归，摆脱了"无根感"的精神困境。通过写作，达雷尔以西方佛教徒的艺术家伦理身份为西方世界中的"精神疾患"开出济世良药；对达雷尔而言，救赎他人也是作家自我救赎必不可少的组成部分。

尽管达雷尔一生居无定所，出生地印度却始终萦绕在他的脑海中，

---

① Jeremy Mark Robinson, *Lawrence Durrell Between Love and Death*, *East and West*, Maidstone: Crescent Moon Publishing, 2008, p. 134.

如赫博里切特所写，"生命本身即是一种流放，人是永不止步的旅行者，不断寻找着真实的精神家园"（*Postmodernism*：71）。接受采访时，达雷尔坦言："我骨子里还留有印度的某些东西，现在，我已七十一岁，似乎毕生都在为落叶归根而努力……印度一直在我心中，我想有朝一日重回印度，回到我生命开始的地方。从某些方面说，印度也一直在寻找我。"① 印度的童年生活和佛教思想令达雷尔魂牵梦绕。离开印度58 年后，70 岁的达雷尔在散文《象背上看世界》（*From the Elephant's Back*，1981）② 中写道："那个丛林孩子仍占据着我生命的一部分……我习得的第一种语言是印地语。"③ 以佛教思想为精神内核而构拟的西方人，如英国人达利（Darley）、芒特奥利夫（Mountolive）和普斯沃登（Pursewarden）等的小说世界即是达雷尔笔下的文学异托邦，从中反映出的是达雷尔对西方佛教徒的艺术伦理选择。

麦克尼文（Ian MacNiven）曾撰文写道：达雷尔的父亲和母亲虽然分别是英国人和爱尔兰人后裔，但他们和达雷尔一样都出生于印度，达雷尔一家将印度，而不是英国或爱尔兰视为他们的故乡④。

达雷尔晚年曾任法国伯蓝吉（Plaige）噶举玲（Kagyu-Ling）佛教寺庙筹建基金会委员。时至今日，该寺庙依然保存完好，并由西藏喇嘛主持。尽管达雷尔并未返回过东方，但他至少将东方的一部

---

① Piero Sansavio，"Durrell's Himalayas：Retracing a Literary Passage from India"，*World Press Review*，Vol. 11，1983，p. 59.

② 《象背上看世界》（*From the Elephant's Back*）最初是达雷尔于 1981 年 4 月 1 日在法国巴黎著名乔治·蓬皮杜展览中心作的法语演讲的演讲稿。此后，该演讲稿以英文版形式发表在谭穆毕姆图（Meary James Tambimuttu）主办的期刊《诗歌，伦敦-纽约》（Poetry London-New York）和《苹果杂志》（Apple Magazine）上。参见：James Gifford，"Notes of 'From the Elephant's Back'"，*Lawrence Durrell From the Elephant's Back Collected Essays & Travel Writings*，Ed. James Gifford. Edmonton：The University of Alberta Press，2015，pp. 17 – 24.

③ Lawrence Durrell，"From the Elephant's Back"，*Lawrence Durrell From the Elephant's Back Collected Essays & Travel Writings*，Ed. James Gifford，Edmonton：The University of Alberta Press，2015，p. 2.

④ Ian S. MacNiven，"Lawrence Durrell：Writer of East and West"，*SB ACADEMIC REVIEW Journal of Interdisciplinary Studies and Research*，Vol. V，No. 1，January-June 1996，pp. 7 – 10.

分带到了法国。而他的创作中也蕴含着东方佛教思想：从某种意义上讲，来自阇烂达罗（印度）的小男孩已回到了阔别已久的家园。①

《象背上看世界》一文中，达雷尔在认同印度自然神论、批判英国科学至上论的同时，阐发了对印度家园意识的肯定，印度人不管是市井百姓还是神职人员，既与大自然共生息，又与大自然保持一定的距离，人们对大自然的敬畏之情昭然若揭。然而达雷尔在印度接受的英国教育却告诉他去征服自然而不要与自然妥协，对此，达雷尔始终坚持反对态度。②

赫博里切特认为，达雷尔对东西方世界的描摹充满象征主义色彩，东方与母亲、印度、佛教和神秘联系在一起而西方则与父亲、英国、基督教和理性联系在一起（*Postmodernism* 313）。达雷尔内心的东方朝圣之旅则是对印度"恋母情结"的精神呼应。

在题为《序曲》（*Overture*）的演讲中，达雷尔以佛教对他的积极影响为主旨，概述了以印度和佛教为代表的东方和以英国和基督教为代表的西方之间的本质差异，并指出不是气候、经济、政治和种族定义了东方，而是宗教精神：

　　善是不能继承的，必须以某种方式习得才行。如住在一个佛教国家里，你会发现这经历奇妙无比。一觉醒来，你不会像在我们居住的国家里那样，担心害怕我们的邻居。自然中弥漫着人与人之间的善意，这为自我发展开辟了一片新的领地；然而这在刻板的、神学当道和充斥着压抑的民族主义情绪的国度里却是求之而不得的。③

---

① Ian S. MacNiven, "Lawrence Durrell: Writer of East and West", *SB ACADEMIC REVIEW Journal of Interdisciplinary Studies and Research*, Vol. V, No. 1, January-June 1996, p. 10.

② Lawrence Durrell, "From the Elephant's Back", *Lawrence Durrell From the Elephant's Back Collected Essays & Travel Writings*, Ed. James Gifford, Edmonton: The University of Alberta Press, 2015, p. 4.

③ Lawrence Durrell, "Overture", *On Miracle Ground Essays on the Fiction of Lawrence Durrell*, Ed. Michael Begnal, London: Associated University Press, 1990, pp. 11 – 20.

达雷尔将佛教中无我的境界视为基督教的解毒剂，达雷尔解释说："从诗意（poetic sense）而非神学的角度出发，我是个有宗教信仰的人。与其他宗教相比佛教更容易让人接受，因为佛教中没有个人或自我之说，这免除了基督教中可怖的自恋情结。我不是真正的基督徒，基督教从未让我感到过满足。相比之下，佛教更具逻辑性，更朴素、更可靠。"①《黑书》中达雷尔指出基督教有名无实，并未充实人们的内心世界，精神空虚现象的普遍存在已将英国变成 T. S. 艾略特描绘的"空心人"的国度，基督教的荒谬与虚假可见一斑。在达雷尔眼中基督教因其狭隘本质而有害于人；与此相反，佛教却教人如何行善，与他人和睦相处。

达雷尔认为，西方文明发源地希腊在毕达哥拉斯（Pythagoras，580—500 BC）时期已深受印度佛教的影响，"我们的祖先希腊哲学家们曾徒步前往新德里在印度大学里学习"（*Using*：194）。在希腊科孚岛进行《黑书》写作期间，达雷尔对此深有感触，发出了"在希腊，我重新发现了印度"（*Using*：194）的赞叹。达雷尔将《黑书》创作前自己的生活和写作比作基督教浸染下作茧自缚的痛苦挣扎，恰如《黑书》主人公路西弗源于对伊丽莎白时代的矛盾情感而发出的"英国之死"（English Death）的哀叹。《黑书》是达雷尔精神与道德危机的集中体现，是基督教和印度佛教两种信仰间的战争，经历过这场战争的达雷尔实现了由茧化蝶，由基督徒向佛教徒的身份转变。

在《亚历山大四重奏》的第三部小说《芒特奥利夫》中，达雷尔为读者刻画了一位皈依佛教的英国殖民主义者的形象，从侧面反映了作者本人的佛教情节。《芒特奥利夫》中，主人公芒特奥利夫的父亲是杰出的第一代东方主义者；原本以英国殖民主义者的身份来到印度，此后却被印度文化和宗教深深吸引成了印度巴利语（Pali）的专家。老芒特奥利夫实现了西方人的印度"本土化"（gone native），他住在印度港口

---

① Lawrence Durrell and Jean Montalbetti, "Using the Yeast of Religion without Breathing the Word", *Lawrence Durrell: Conversations*, Ed. Earl G. Ingersoll, Madison: Fairleigh Dickinson University Press, 1998, p. 194.

城市马德拉斯（Madras）佛教徒们的乡间小屋里，终日穿着托钵僧的长袍。"老芒特奥利夫属于消失了的印度，是印度特殊阶层成员，他们投身于印度佛教研究，早已忘却了为之而来的帝国荣耀。……一开始他还只是宗教仪式上的裁判官，没过几年他就成了印度的佛教专家，编辑、翻译稀有的和被人遗忘了的印度典籍"①。小说人物的印度本土化以达雷尔现实生活中家庭成员的印度本土化为原型，"我（达雷尔）的一位叔叔和堂兄即是印度佛经的著名翻译家"②。

达雷尔研究者伍兹（David M. Woods）认为达雷尔信仰的是坦陀罗佛教（Tantric Buddhism），它强调情爱（romantic/sexual love）是精神成长的基础，这一观点在《亚历山大四重奏》诸多主人公的思想、行为中有所反映。③《亚历山大四重奏》中，情爱与主人公精神成长之间的关系表现为：主人公在不成熟性爱观指导下无理性的纵欲以及经历感情挫折后的自我反思与精神成长过程。在第一部小说《贾斯汀》中，达雷尔描写了以达莉④和贾斯汀为代表的小说主人公在亚历山大上流社会中无道德可言的声色犬马的生活。在第二部小说《巴萨泽》中，通过对小说人物巴萨泽（Balthazar）医生的行间注释⑤和贾斯汀前夫阿诺提（Arnauti）的小说《习俗》（Moeurs）中有关贾斯汀精神病史的阐述的阅读，达利认清了与贾斯汀之间性爱关系的盲目本质。最后一部小说《克丽》中，达雷尔首先描述了感情生活屡遭失败且饱受断臂之痛的女画家克丽的不幸，但随后话锋一转，终以克丽和达利有情人终成眷属以

---

① Lawrence Durrell, *Mountolive*, New York: E. P. Dutton, 1961, p. 97.

② Lawrence Durrell, "From the Elephant's Back", *Lawrence Durrell From the Elephant's Back Collected Essays & Travel Writings*, Ed. James Gifford, Edmonton: The University of Alberta Press, 2015, p. 3.

③ David M. Woods, "Love and Meaning in The Alexandria Quartet: Some Tantric Perspectives", *On Miracle Ground Essays on the Fiction of Lawrence Durrell*, Ed. Michael H. Begnal, New York: Associated University Presses, 1990, p. 99.

④ 达莉、巴萨泽、贾斯汀和普斯沃登（Pursewarden）等小说人物在《亚历山大四重奏》所包含的四部小说中重复出现。

⑤ 巴萨泽医生以行间注释的方式更正了达利在以他（达利）本人为主人公兼第一人称叙述者的自传体小说《贾斯汀》（Justine）中对与贾斯汀爱情关系的错误理解，指出贾斯汀爱的人是普斯沃登（Pursewarden），与达利之间保持"恋人关系"是为了保护普斯沃登免遭贾斯汀丈夫纳西姆的杀害。

及二人事业有成（克丽成为真正的画家，达莉成为真正的作家）的爱情事业双丰收的传统小说结尾，给《亚历山大四重奏》以情爱为主题的叙事画上了句号，这一叙事模式印证了达雷尔蕴含于小说创作中的坦陀罗佛教的情爱思想，即对情爱与心智成熟之间相辅相成的共生关系的主张。

达雷尔借鉴的坦陀罗佛教中的另一个主要观点是"中道"（Middle Path），即逻辑分析与理性的失败并不意味着生命意义与目的的终结，而是一个介于知与不知之间持续前进的过程——这种动荡不安的不稳定状态才是通向真理的必经之路，而"虚空"（Shunyata）是其中的核心经验（*Love*：102）。东方佛教中的"虚空"观对人有积极向上的促进作用，然而该观点在西方思想中的对应表述"虚无"（nihilism 或 nothingness）则常被描述为孤独和无意义的状态，因其负面意义而引起西方人的普遍恐惧。

在《黑书》中达雷尔诠释了"英国之死"的主题，指出在西方罗格斯中心主义（logocentrism）下的西方思维模式试图以理性的逻辑诠释生活与文学，消除"虚无"（nothingness）的恐惧感，以此掩盖其自身无药可救的精神荒原。然而这一思维模式却是导致"英国之死"的罪魁祸首，因为罗格斯中心主义抹杀了事物的多样性与独特性。无独有偶，除了《黑书》的主人公路西弗（Lawrence Lucifer）之外，《亚历山大四重奏》中英国驻埃及大使芒特奥利夫和英国情报员马斯克林（Maskelyne）等主人公均无法忍受"虚无"感，不敢面对"知与不知"的中间状态——"中道"，因为在他们眼中这一状态破坏了他们赖以为生的稳定感，然而为他们所不知的"虚无"却能帮助真理追寻者超越有限的自我意识的阻碍。

伍兹指出坦陀罗佛教思想包含对两种生活状态的描述，它们分别是：玛雅（Maya）（生命的短暂、乏味与痛苦）和涅槃（Nirvana）（本质的，不变的和最完满的状态）（*Love*：98）。已故文学评论家弗雷德里克·卡尔（Frederick Karl，1927—2004）认为《亚历山大四重奏》的前三部小说在叙事内容与时间上相互重叠，形成一种三维空间关系，类似物体的长、宽、高之间的关系；最后一部小说展现出叙事时间的进程，是前三部姊妹篇的续集。① 以卡尔对《亚历山大四重奏》的形式分析为基础，可以发现前三部小说以时间静止感和同一故事从三个不同角度的重复讲述为叙事特征，着力描写以达利和芒特奥利夫为代表的主人公生活的不确定性和由此引发的种种焦虑，最后一部小说描绘了主人公历经苦难之后的精神丰盈状态。劳伦斯·达雷尔国际研究学会（International Lawrence Durrell Society）资深教授尼克尔斯（James Nichols）将《亚历山大四重奏》比喻为"生与死的迷宫"（life-death labyrinth），达雷尔的小说世界"介于生、死，死与重生之间。这是最基本和必要的模式，因为小说虽表面上否定，实则肯定人类生活经验中的秩序与终极意义"。② 由此可见，达雷尔《亚历山大四重奏》三个空间维度与一个时间维度上的叙事相得益彰，从形式到主题上均反映出主人公从玛雅到涅槃生存状态的转变。

　　达雷尔在《亚历山大四重奏》之后创作的小说《阿芙罗狄特的反抗》的叙事模式也借鉴了从"玛雅"到"涅槃"的坦陀罗佛教思想。以发明家费利克斯（Felix Charlock）为代表的主人公因崇尚物质享受、追名逐利而陷入"玛雅"和"虚空"的生活状态之中。在"浮士德精神"内含的"兽性因子"的作用下费利克斯与梅林科技公司签订了出卖灵魂的契约，沦为公司的奴隶；费利克斯的妻子贝妮蒂特是公司创始人梅林的女儿和为公司牟利的性奴隶，因沉溺于物质消费而患上了"消费狂"的心理疾病。③ 达雷尔以"爱与美的女神"阿芙罗狄特喻指费利克斯的妓女情人艾俄兰斯（Iolanthe）。费利克斯虽被公司"疗养院"以切除一部分大脑记忆中枢的方式进行了"洗脑"，但他却对与艾俄兰斯之间完美的情爱记忆犹新。艾俄兰斯死后公司总裁朱利安为满足

---

　　① Frederick R. Karl, *A Reader's Guide to the Contemporary English Novel*, Beijing：Foreign Language Teaching and Research Press, 2005, p. 41.

　　② James Nichols, "The Quest for Self：The Labyrinth in the Fiction of Lawrence Durrell", *The International Fiction Review*, Vol. 22. No. 1 - 2, 1995, pp. 54 - 60, 57.

　　③ 详见徐彬、刘禹《后现代消费文化的伦理思考——论达雷尔小说〈阿芙罗狄特的反抗〉》，《山东外语教学》2013 年第 5 期。

一己私欲把她制造成类人机器人。饱受"玛雅"和"虚空"的混沌与理性缺失的痛苦之后,小说主人公以不同方式实现了"顿悟"。"类人机器人艾俄兰斯以自杀终结了作为人的艾俄兰斯'兽性因子'中不可控的自由意志,恢复了'人性因子'中的理性意志"。类人机器人艾俄兰斯的自杀式反抗唤醒了费利克斯业已泯灭的"人性因子"。费利克斯烧毁了公司档案室,消除了公司对员工非人化的契约控制。达雷尔赋予费利克斯和艾俄兰斯"涅槃"一般死后重生①的力量。在费利克斯帮助下,妻子贝妮蒂特回归正常,二人过上了幸福的婚姻生活。如此这般的结尾设置进一步体现了达雷尔对坦陀罗佛教中情爱和涅槃思想的认同。

谈到艺术伦理的重要性时,纽约长岛大学(Long Island University)荣誉教授伯林特(Arnold Berleant)指出"艺术家的地位与教师、精神病医生和物理学家相似,他们的工作虽然不会产生直接且特殊的结果,却能形塑人们的思维模式"②。达雷尔以其独特生平经历为背景将自己对印度佛教的理解引入写作之中,构拟出以东方宗教哲学为精神基础的文学异托邦。隐身其中的达雷尔针对"自我中心论"、"虚无论"和"罗格斯中心论"等西方社会的精神痼疾,以佛教思想为安身立命之本,指出"情爱"、"中道"和"涅槃"等核心价值理念将是医治上述疾患,化解"英国之死"的精神与道德危机的"良丹妙药"和救赎他人(达雷尔小说中的西方人)的有效手段。

《恋人们的吹笛手》和《黑书》的写作时间是20世纪30年代,写作地点是希腊科孚岛,达雷尔将对本人"帝国之子"的身份困惑描述与对英国的文化批判熔为一炉。"渺小、吝啬、偏颇"是达雷尔英国文化批评的核心词。达雷尔塞浦路斯和埃及自我流放期间的作品《苦柠檬》和《亚历山大四重奏》常被人误认为带有维护英国殖民统治的政治宣传色彩,而达雷尔本人也被打上殖民主义作家的烙印。然而上述作

---

① 费利克斯从被施以手术,忘记自我到找回记忆,重建自我的经历也可被视为一个死后重生的过程。

② Arnold Berleant, "Artists and Morality: Toward an Ethics of Art", *Leonardo*, Vol. 10, 1977, pp. 195 – 202.

品却展示出达雷尔以东西方平等为前提的"入乡随俗"的创作倾向。在达雷尔笔下，东方（以近东塞浦路斯为例）非但未被妖魔化，相反东方和东方宗教（以印度佛教为代表）的思想精髓却已成为达雷尔艺术伦理选择的重要组成部分，并贯穿于其作品人物塑造和情节构思的过程之中。

艺术理想与现实生活之间的对立与妥协是达雷尔混杂身份的成因，人文主义的传承，种族平等基础上的交流与沟通是达雷尔文学创作中的艺术伦理旨归。经历四海为家的流放生活之后，达雷尔以西方佛教徒的艺术伦理身份在虚拟的文学世界中重返深藏心底而始终未能言说的印度佛教的精神家园。综观达雷尔几部作品，不难发现达雷尔的艺术伦理选择过程呈现出一条抛物线式的发展轨迹，从《恋人们的吹笛手》《黑书》到《苦柠檬》再到《亚历山大四重奏》和《阿芙罗狄特的反抗》，达雷尔实现了由"帝国之子"、"英国文化批判者"、"流放作家"和"殖民地官员"等混杂身份到西方佛教徒的艺术伦理身份的转变；在由"西"向"东"的自我流放过程中，达雷尔以世界大同的伦理道德理想和佛教救赎思想为核心，实现了由"东"向"西"的批评性回写。

第二章

"帝国之子"有"家"难回

　　截至 1922 年，大英帝国在全球范围内所统治人口的数量达到四亿五千八百万，占当时全球人口总数的五分之一；英国已成为人类有史以来最大的帝国，也是一个世纪以来最重要的世界级强国。[①] 然而，在此历史背景下达雷尔出版的首部自传小说《恋人们的吹笛手》（*Pied Piper of Lovers* 1935）中却讲述了主人公沃尔什（Walsh Clifton）有家难回的"帝国之子"的伦理身份困惑，深度阐发了对底层"帝国建设者"（empire builder）及其后代在殖民地与移民英国后生活状况的忧虑。

　　《恋人们的吹笛手》中，达雷尔指出小说主人公沃尔什的回"家"（英国）实际上是离"家"（印度）的流散生活的开始。在此基础上，达雷尔进而提出并解答了"'帝国之子'沃尔什为何有'家'难回"的问题。与从被殖民"他者"的视角出发对殖民政治的伦理批判不同，达雷尔从对英国底层殖民者后代沃尔什的"家园"情节、殖民批判和文化焦虑的描写入手，实现了对帝国辉煌之主流话语的伦理批判。

---

　　① 参见：Niall Ferguson, *Empire*, *The rise and demise of the British world order and the lessons for global power*, New York: Basic Books, 2004。

第一节 被遗忘的"帝国之子"

在英国海外殖民地工作的英国人及其后代均可被称为"帝国之子"。《恋人们的吹笛手》中的"帝国之子"具有英国殖民地建设者的伦理身份，然而也恰是这一身份将其囚困于印度偏远地区，无法返回英国。达雷尔笔下，帝国殖民政府对在底层工作的"帝国之子"生活状况不闻不问的态度与"帝国之子"对帝国事业的热忱和奉献形成鲜明反差。以沃尔什的父亲英裔印度铁路工程师约翰·克利夫顿（John Clifton）为缩影，达雷尔描述了默默无闻的帝国建设者们在异国他乡进行帝国殖民建设的酸甜苦辣和被帝国所遗忘的悲惨境遇，并以此阐发了对英国殖民政治的伦理批判。

小说以沃尔什的降生和母亲因难产而去世开始，母爱缺失的主题从一开始就奠定了小说中家园不完整的伤感基调。沃尔什的母亲是印度"混血儿"（half caste），她的死与恶劣的生活条件有直接关系。达雷尔通过对为沃尔什母亲接生的英国女医生的心理描写反映了在印度殖民地偏远山区为帝国事业工作着的英国人艰苦的生存状况："境况（conditions）对她（英国女医生）不利，饥饿、恐惧、疲倦……所有这些邪恶的东西都归结于那个不恰当的词——境况。……她的声音很低，无助地且情绪激动地自我安慰着'不能抱怨，不能抱怨'。冰冷干裂的嘴唇让她疼痛难忍。"① 年幼的沃尔什与父亲相依为命，直到布伦达（Brenda）姑妈的到来。妻子去世后，约翰将全部精力投入工作之中，成为一个为大英帝国事业而献身的工作狂，而忽略了对儿子的情感投入。

由于铁路修建工作的需要约翰·克利夫顿和儿子沃尔什·克利夫顿搬进印度偏远山区里名为"埃默洛尔德府"（Emerald Hall）的新家，那是一栋英国在印度殖民早期遗留下来的老房子。在诸如此类的老房子

---

① Lawrence Durrell, *Pied Piper of Lovers*, Victoria: University of Victoria, 2008, p.14.

中居住着像约翰·克利夫顿一样的为殖民事业而定居于此的"帝国建设者们"。恰如这些房子，与其说他们已经扎根于此，不如说他们无奈于此，因为他们是身陷殖民地而无法自拔的人。

以沃尔什家的邻居卡尔霍恩（Calhoun）牧师和索尔比先生（Mr. Sowerby）为原型，达雷尔刻画了被遗忘了的、有家难回的英国殖民地建设者形象。卡尔霍恩是英国派驻印度的耶稣会牧师，他和教友们在山里建起了修道院，过着自给自足的生活。在带领约翰·克利夫顿父子参观修道院的过程中，卡尔霍恩自豪地介绍道：哥特式的窗玻璃是大英博物馆对面玻璃公司里专业制作人员的杰作。伦敦产的玻璃已成为卡尔霍恩的心灵寄托，与英国相联系的精神纽带。卡尔霍恩是帝国派驻殖民地传教的牧师代表。他和教友们一起在人迹罕至的山区为这项神圣的帝国事业尽忠职守。"他们人数众多，总会准时出现在事故发生地，如在瘟疫暴发地区、火车撞小孩的现场，总会有至少一名耶稣会牧师出现"。①此外，他们还以其他方式参与到帝国殖民建设中，如卡尔霍恩牧师肩负起教育英国殖民地建设者的孩子（沃尔什和英国在当地茶叶种植场场主的儿子帕特里克）的责任；高萨摩（Gossamer）牧师在约翰·克利夫顿引荐下成为铁路建设摄影师。他们的神职身份和帝国建设者的伦理责任是他们在印度边缘山区生活工作的精神寄托。然而，正如沃尔什所感受到的那样，他们是值得同情的有家难回的人。

通过对索尔比先生的描述，达雷尔点明了"帝国之子"有家难回的经济原因。与沃尔什谈到回国话题时，索尔比先生言语之间流露出对邻居阿比斯（Abbis）一家的羡慕和对自己生活状况的无奈，"他（索尔比）当然知道，英格兰是任何人都应该去的地方；殖民者省吃俭用地攒钱就是为了实现这一梦想；甚至连印度本地人都喋喋不休地谈论着英格兰（Belitee），希望有一天能看到那令人惊叹的帝国中心的景象"。②索尔比先生对阿比斯一家去年夏天返回英国时的情境记忆犹新：阿比斯先生一连几个星期都在谈论回家的事情，包括如何让女儿回

---

① Lawrence Durrell, *Pied Piper of Lovers*, Victoria: University of Victoria, 2008, p. 37.
② Ibid., p. 55.

"家"（英国）接受教育和在英国定居等话题。他的两个女儿也一起骄傲地炫耀着即将到来的英国之行。他们言谈之中最常使用的词就是"家"。当沃尔什问索尔比先生为何不将标本放到玻璃瓶里时，索尔比先生说幻想有一天它们能在闪电刺激下奇迹般地起死回生，然后统统逃离。"起死回生"和"逃离"何尝不是索尔比先生本人生活现状的写照，因财力所限无法回国的他在过去的二十年里靠制作昆虫标本打发时光。久而久之，索尔比先生仿佛他制作的昆虫标本一样成为英国殖民体制下"困死"异国他乡的"殖民者的活体标本"，死后的逃离是索尔比先生自欺欺人的精神寄托。

年轻的沃尔什因无法理解父亲送自己回英国上学的良苦用心而懊恼，但更为父亲在印度殖民地的繁重工作鸣不平。他批评父亲作为帝国建设者的"大公无私、无知、愚昧和对所谓团队精神的令人厌烦的盲从"。① 尽管如此，父亲慈祥的身影时常闪现于沃尔什的睡梦之中。辛勤工作中的父亲不幸遇难的梦魇揭示了沃尔什对父亲的爱与挂念。现实生活应验了沃尔什的梦魇，父亲的离世使沃尔什与姑姑二人回到英国后原本拮据的生活更加艰难，父亲留下的微薄遗产无法支付沃尔什的学费，17岁的沃尔什因此辍学，每周三英镑的遗产无法满足沃尔什的日常生活所需。以沃尔什父子为缩影的帝国建设者及其子女的凄惨生活赫然在目，这也是达雷尔在该小说中殖民批判的最后一击。

像查尔斯·狄更斯和T. S.艾略特等作家一样，达雷尔在《恋人们的吹笛手》也充分运用了黑夜与伦敦雾等自然现象揭示了主人公沃尔什压抑的内心世界，预示了父亲死后沃尔什前途渺茫的生活：

> 摇摇晃晃、叮当作响的列车将沃尔什拉向远方的黑暗，拉向伦敦。行李搬运工问他是否需要搬运行李。在地狱般混乱、嘈杂的声音中，那人的声音好似在耳边的低语。……夜里的雾跌倒在空荡荡的街道上，又无声无息地爬上一排排数不清的房子，试图努力洗刷

① Lawrence Durrell, *Pied Piper of Lovers*, Victoria: University of Victoria, 2008, pp. 159 - 160.

掉那些房子无尽的相似之处……他感到雾就在嗓子眼里,像一双双充满敌意的手紧紧压迫着他的肺。①

父亲的死不仅切断了沃尔什的经济来源,还切断了他对印度"家园"的情感牵挂。在这种情况下,沃尔什自然会有一种被压得喘不上来气的感觉。

《恋人们的吹笛手》为读者们呈现了一组生活在大英帝国殖民体系底层殖民者们的画像,这一群体像是对维多利亚时期流行于英国文坛的荷马史诗般奥德赛探险、征服异邦故事的殖民叙事模式的反讽。奥德赛征服式的叙事模式给拥护帝国殖民的作家,如哈葛德(Sir H. Rider Haggard, 1856—1925)② 和吉卜林(Rudyard Kipling, 1865—1936)③ 等提供了极有价值的创作灵感。与几乎同一时期直接描写和抨击英国殖民主义统治的英国著名作家奥威尔(George Orwell, 1903—1950)不同,达雷尔站在英国殖民地建设者及其后代的立场上,批判了英国殖民主义政治给"帝国之子"造成的有家难回的生活困境。

第二节 "不能接触的人"与种族歧视

1948 年英国利物浦爆发种族暴乱;同年,429 名牙买加旅客到达英国,开启了第二次世界大战之后英国"有色移民"(colored immigration)的历史。④ 而所谓"有色移民"主要指的是来自英国前殖民地国家与地区的移民,"20 世纪 50 年代,涌入英国的移民主要来自西印度群岛、东非

① Lawrence Durrell, *Pied Piper of Lovers*, Victoria: University of Victoria, 2008, p. 173.
② 亨利·莱特·哈葛德爵士:英国 19 世纪著名小说家、学者,代表作有《所罗门王的宝藏》(*King Solomon's Mines*)、《艾伦·夸特梅因》(*Allan Quatermain Series*)、《她》(*She: A History of Adventure*)。
③ 吉卜林:英国 19 世纪著名小说家、1907 年诺贝尔文学奖获得者,代表作有《丛林之书》(*The Jungle Book*)、《基姆》(*Kim*)、《白人的重担》(*The White Man's Burden*)。
④ Ann Blake, Leela Gandhi and Sue Thomas, *England through Colonial Eyes in Twentieth Century Fiction*, Houndmills and New York: Palgrave, 2001, p. 3.

和亚洲——这些移民与本地人最大的差别是他们的肤色"。① 英国海外殖民地的"接触区域"（contact zone）② 逐渐转移至英国本土。与此同时，在英国前殖民地长期文化殖民影响的作用下，英国殖民者与被殖民者间"我尊你卑"的殖民伦理关系和英国即是世界中心的帝国文化、政治优越感深深植根于英国本国公民与前殖民地人民的心中。二者在英国境内的"接触"从某种程度上依旧受到上述殖民伦理关系的影响。

英国移民控制系统（the UK immigration control system）是英国人与移民之间"接触区域"的前线，英国本土白人"自我"与有色移民"他者"之间的差异在此得到明确体现。澳大利亚弗林德斯大学博士后研究员埃文·史密斯（Evan Smith）和弗林德斯大学犯罪学副教授马里内拉·马尔默（Marinella Marmo）在他们的专著中以"作为过滤器的国界：在后殖民时代保持界线"（The Border as a Filter: Maintaining the Divide in the Post-Imperial Ear）为题论述了英国移民控制系统中种族歧视的成因：

> 尽管因社会经济和政治等的考虑该系统多有缓和、有所收敛，但移民控制系统的最终目的仍是保护英国人的"白人性"（whiteness），并借此阻止大量来自前殖民地的移民进入这个国家（英国）。英国移民控制系统在实际操作中起到了确保"白皮肤"的本土英国人（"white" domestic Britain）与殖民他者（colonial "other"）之间区别的作用。……从 20 世纪 60 年代开始，移民控制不仅显现出对"秩序的欲望"（desire for order），还展示出在后殖民时代英国重申其过去殖民统治的意图。③

---

① K. Sillitoe and P. H. White, "Ethnic Group and the British Census: The Search for a Question", *Journal of the Royal Statistical Society*, *Series A* (*Statistics in Society*), Vol. 155, No. 1, 1992, pp. 141 – 163.

② 在有关"接触区域"的探讨中，普拉特认为该术语有时可用"殖民边界"（colonial frontier）替换，但与"殖民边界"不同之处在于"接触区域"突出阐释了殖民语境下，此前地理与历史层面上相对隔绝的特定时空中殖民者与被殖民者之间日渐密切的互动关系；"接触"一词强调了主体如何在互动关系中和由互动关系所塑造的问题。参见：Mary Louise Pratt, *Imperial Eyes: Travel Writing and Transculturation*, London: Routledge, 1992, pp. 6 – 7。

③ Evan Smith and Marinella Marmo, *Race*, *Gender and the Body in British Immigration Control: Subject to Examination*, Melbourne: Palgrave Macmillan M. U. A, 2014, pp. 45 – 46.

由此可见，英国移民控制系统意欲保持的界线明显带有帝国种族主义（imperial racism）的特征。"有色"移民二等公民的身份在经过英国边检的那一刻就确定下来了。

美国西北大学非裔美国研究院的海瑟（Barnor Hesse）教授指出"英国种族政治叙事"（political narrative of "race" in England）始于1945年之后；这一时期"被称为移民时代，似乎黑人移民开始于20世纪后半叶"。① 与此同时，"种族"成为黑色或黑人（blackness）的同义词。令种族主义者们关注且使他们感到道德恐慌（moral panics）的是来自所谓"新联邦"（New Commonwealth）的"有色"移民。

时任保守党议会议员的伊诺克·鲍威尔（Enoch Powell, 1912—1998）是英国官方因"有色"移民而引发的"道德恐慌"的发言人。1968年4月20日，鲍威尔就移民问题在伯明翰作了英国历史上臭名昭著的"血河"演讲（the Rivers of Blood speech）②。这一演讲不仅使鲍威尔本人名气大增，其演讲内容更是引起英国人的强烈反响。"批评家们指出此次演讲原本是鲍威尔一系列煽动性演讲中的一场，其原初意图在于攻击来自肯尼亚和亚洲的移民，然而该演讲却成为种族敌对主义的导火索；与此同时，'血河'演讲也阐发了以市中心工人阶层为代表的英国人对移民的恐惧与歧视。"③ 演讲中，鲍威尔巧妙地以讲故事的方式借"他人"之口指出："在这个国家（英国）十五至二十年的时间里黑人将手拿皮鞭统治白人。"④ 鲍威尔毫不避讳地将移民视为"异国元素"（alien element）和"恶魔"（evils），英国政府应该当机立断采取措施将英国已有移民遣返回国（repatriation）。

《恋人们的吹笛手》中，沃尔什站在驶向英国的轮船的甲板上，目

① Barnor Hesse, "Black to Front and Black Again: Racialization through contested times and spaces", *Place and the Politics of Identity*, Eds. Michael Keith and Steve Pile, London: Routledge, 1993, pp. 162－182.

② 伊诺克·鲍威尔演讲的题目是《我似乎看到"台伯河上泛起血沫"》（I seem to see "the River Tiber foaming with much blood"），后被人广泛称为"血河"演讲。

③ Brian MacArthur ed. , *The Penguin Book of Twentieth-Century Speeches*, London: Penguin Books Ltd, 2000, p. 383.

④ Enoch Powell, "I seem to see 'the River Tiber foaming with much blood'", *The Penguin Book of Twentieth-Century Speeches*, Ed. Brian MacArthur, London: Penguin Books Ltd, 2000, pp. 383－392.

睹人们激动的表情，听到人们看到多佛海滩的峭壁（Dover Cliffs）时发出的"白色终归是白色"①的感叹。沃尔什与"白色终归是白色"的多佛海滩峭壁之间的心理距离暗示了他因自己并非纯白人后代的"混血儿"身份的认知而产生的自卑情结。两次世界大战之间的英国社会充斥着种族歧视的思想，以英印混血儿身份来到英国的沃尔什被视为"不能接触的人"（the untouchables）而被英国社会边缘化。达雷尔阐释了英国本土生人施加于来自殖民地移民身上的"我尊你卑"的伦理关系，这与沃尔什一家在印度享有的英国殖民者的优势地位形成强烈反差。回到英国，沃尔什非但未得到"帝国之子"应有的礼遇反而被降格为二等公民。沃尔什的暴力行动和自我流放可被视为化解自我伦理身份危机的策略。

沃尔什对"家"（英国）的冷淡态度与索尔比先生和阿比斯先生对"家"的渴望形成鲜明反差。在沃尔什心中印度才是"家"，这不仅是因为母亲是印度人，更是出于沃尔什对印度大自然生活的热爱。与无忧无虑的印度童年生活相比，沃尔什"返回"英国后的生活着实令他沮丧。敏感的沃尔什已经觉察出自己的与众不同，如沃尔什的姑妈所说白色皮肤、金黄色头发的沃尔什从相貌上看几乎与土生土长的英国孩子没有区别，只是那双黑眼睛却能让人看出沃尔什"非本土生人"（non-patrial）而是来自殖民地的"混血儿"。也正是有关"非本土生人"的移民政策在1968年将达雷尔认定为"非本土生人"而拒绝了达雷尔加入英国国籍，成为英国公民的申请。②借《恋人们的吹笛手》达雷尔再现了作家本人12岁时在父亲安排下返回英国的那段心酸的记忆：

---

① Lawrence Durrell, *Pied Piper of Lovers*, Victoria: University of Victoria, 2008, p. 110.

② 伊扎德曾就达雷尔的国籍问题进行了专门报道："劳伦斯·达雷尔，20世纪末最著名、其作品最畅销的作家之一，在名气如日中天之际，其加入英国国籍的申请却遭到拒绝。1966年，《亚历山大四重奏》的作者达雷尔因议会法案的限制无法入籍英国，该法案旨在减少来自印度、巴基斯坦和西印度国家的移民数量。……持英国护照的作家（达雷尔）每次回国时都不得不提交入境申请。"参见：John Ezard, "Durrell Fell Foul of Migrant Law", *The Guardian*, 29 April 2002, http://www.theguardian.com/uk/2002/apr/29/books.booksnews.

似乎无法准确描述他（沃尔什）站在轮船甲板上，看着如珍珠般洁白的悬崖在淡淡的海岚中迂回绵延，失望之情油然而生。……这比他想象中的要小得多！……高声叫喊、指指点点和慷慨激昂的人毕竟是少数。大多数人都静静地站着，紧抓围栏，体验着那份在流放过程中偶尔会涌上心头的爱国情怀。①

而这种思想在著名现代主义小说家弗吉尼亚·伍尔夫（Virginia Woolf, 1882—1941）的作品《出航》（*The Voyage Out* 1915）和《达洛维夫人》（*Mrs. Dalloway* 1925）中已有所体现。"伍尔夫不加掩饰地谴责了异族通婚和文化杂合现象，这反映了帝国主义者的优生论（eugenism）主张。"②《达洛维夫人》中，英国上层阶级的贵妇达洛维夫人对刚从印度回国的彼得·沃尔什（Peter Walsh）充满期待，不仅是因为沃尔什是达洛维夫人年轻时的追求者，更重要的是沃尔什先生是达洛维夫人回忆自己年轻时期的重要线索，是当晚帝国晚宴上不可或缺的一道异国风景线。《达洛维夫人》中，彼得·沃尔什对五年来伦敦的巨大变化、人们生活水平的显著提高感到惊奇，然而"印度之后"（after India）③ 这一时间表述的重复使用让人自然而然地联想到英国在以东印度公司的建立为标志的殖民主义经济掠夺。

与伍尔夫笔下能够进入英国上流社会的彼得·沃尔什不同，达雷尔笔下的沃尔什·克利夫顿是帝国底层殖民者的后代，血统的不纯使沃尔什·克利夫顿成为遭帝国冷落的"不能接触的人"。回国后的沃尔什和姑妈布伦达遭到英国人的种族歧视。在火车站布伦达请搬运工给他们运送行李，虽然搬运工听命行事，（正如英国人察觉出对方的下等人身份时的通常反应那样）对姑妈却非常粗鲁。吉福德教授（James Gifford）在注释中评论道：沃尔什和姑妈之所以会受到此番冷遇，"很有可能是

① Lawrence Durrell, *Pied Piper of Lovers*, Victoria: University of Victoria, 2008, p. 109.

② Amar Acheraiou, *Rethinking Postcolonialism Colonialist Discourse in Modern Literatures and the Legacy of Classical Writers*, Basingstoke: Palgrave Macmillan, 2008, p. 97.

③ Virginia Woolf, *Mrs. Dalloway*, London: Penguin Books Ltd, 1992, p. 78.

因为布伦达的英印口音，再加上她对社会下层人的恭顺态度，让人一眼就看出她是说英语的外国人"。① 达雷尔清楚无误地指出，融入英国社会生活对沃尔什和姑妈布伦达来说是件异常痛苦的事情：

> 就像野生动物适应新环境一样，他们紧张兮兮地在宾馆里住了几天。他们故作镇定，认为应该定居伦敦，因为伦敦是绝无仅有的世界的中心。然而与此同时，他们又十分害羞、缺乏信任。他们靠在满是灰尘的客厅窗台上，看着窗外又黑又湿的马路和打伞的路人，沉溺于阵阵强装的欢喜之中。因为他们对定居伦敦的决定均抱怀疑态度所以二人的对话令人感到不自然。"（伦敦）真是太大了，不是吗？"
>
> 太大了。看那边。有好几英里长。
>
> 令人兴奋，不是吗？雨能停下来吗？
>
> 能停，亲爱的。
>
> 这是世界上最大的村子，不是吗？
>
> 是城市，亲爱的。没错。
>
> 城市，是的，我喜欢这座城市，你呢？
>
> 这座城市不是很宏伟吗？
>
> 沉默之中，街上人们的谈话声传到他们耳朵里仿佛是从无限遥远的地方传来的沉闷的亵渎之声。②

两人强颜欢笑，对在伦敦迷失自我的失落感隐忍不发。姑侄两人的心理反应恰好应和了萨义德（Edward Said）对流放者心态的描述"（流放者）在试图将流放理解为'对我们有好处'时却缄默无语"③。几个星期以来，他们只有在房地产经销商那里才享受到久违的礼遇；然而即

---

① James Gifford, "Notes", *Pied Piper of Lovers*, Ed. Lawrence Durrell, Victoria: University of Victoria, 2008, pp. 255 – 267.

② Lawrence Durrell, *Pied Piper of Lovers*, Victoria: University of Victoria, 2008, pp. 114 – 115.

③ Edward Said, *Reflections on Exile and Other Essays*, Cambridge, Massachusetts: Harvard University Press, 2000, p. 174.

便这种礼遇也是虚假的，因为它是建立在经济利益基础上的。布伦达在房屋中介的推荐下决定购买一栋名为"绿篱"（Green Hedges）的房子。中介人是个"有二十年从业经验的冷漠且经验老道的恶棍"，而他所服务的机构"是为满足'回家'的殖民者们（the colonial who comes 'home'）的需求专门设立的"。① 由此可见，殖民者从英国海外殖民地的回归已然成为拉动当时英国本土经济内需的一个重要环节。归国殖民者与英国本土居民间的首次"情感"交流也仅限于此。

萨义德指出"民族主义与对某地的归属感紧密相连，是对人群和遗产的认同。它确定了由语言、文学和习俗等核心要素所构成的我们称之为'家园'的社区……（民族主义）可以用来抵抗流放，消减流放带来的危害"。② 在父亲和姑妈的安排下，少不更事的沃尔什从出生地印度被动地流放至英国。由于年纪、阅历、语言和文化知识所限，沃尔什尚不具备对英国民族主义认知与习得的能力。英国民族情感的缺乏使童年时期的沃尔什在流放过程中患上了无法言说自我和无法与外界良好沟通的失语症。进入英国学校后，沃尔什带有暴力色彩的行为，如与同学打架和酷爱拳击运动等则是沃尔什流放初期失语症状态下言说自我的极端方式。之后，沃尔什沉溺于文学阅读和音乐演奏之中，文学和音乐成为沃尔什精神层面上自我安慰与言说的主要方式。

萨义德认为："在特殊情况下，流放者可养成对流放的恋物癖（the exile can make a fetish of exile），而断绝所有的联系并放弃所有的责任。"③ 小说中，沃尔什违背学校的要求自行终止了拳击训练，变得愤世嫉俗、疏远他人并沉浸于文学阅读和对音乐的喜爱之中；父亲去世后沃尔什离家（姑妈在伦敦购置的新家）出走，这些都可被视为萨义德所说的"流放恋物癖"的表现。就面临伦理身份危机，充满焦虑和手足无措的沃尔什来说，这种"流放恋物癖"却有着较为积极的作用。沃尔什的

① Lawrence Durrell, *Pied Piper of Lovers*, Victoria: University of Victoria, 2008, p. 115.

② Edward Said, *Reflections on Exile and Other Essays*, Cambridge, Massachusetts: Harvard University Press, 2000, p. 176.

③ Edward Said, *Reflections on Exile and Other Essays*, Cambridge, Massachusetts: Harvard University Press, 2000, p. 183.

主动流放是自我心理防御机制的体现，涉及主人公本人与外部世界（自我与他者）、与陌生环境和人物间相互关系的调节，目的在于建立内部精神世界与外部物质世界之间的动态平衡，以期达到化解伦理身份危机的功效。

第三节　沃尔什的英国文化道德焦虑

与乔伊斯（James Joyce 1882—1941）的早期小说《一个青年艺术家的画像》（*A Portrait of the Artist as a Young Man* 1916）相似，达雷尔在《恋人们的吹笛手》中同样讲述了一个年轻艺术家的成长经历；在诸多叙事环节（如与老师意见不合、遭受同学欺辱、性意识的产生，以及自我顿悟等）的设置上《恋人们的吹笛手》与《一个青年艺术家的画像》有惊人的相似之处。然而由于生平与所处时代的不同，达雷尔在《恋人们的吹笛手》的创作中虽继承了现代主义前辈探索主人公内在心理世界的写作技巧，但并没有因此而忽视对现实世界的指涉①，这主要表现在小说中达雷尔对由英国 20 世纪二三十年代诸多文化现象而引发的主人公沃尔什的道德焦虑与道德批判的描述，而批判本身饱含沃尔什试图理解并融入第二个"家园"（英国）文化的渴望。

"健壮"（fitness）和"效率"（efficiency）是 20 世纪初英国社会文化现象探讨中频繁出现的关键词。"帝国中心潜伏着不健壮的癌瘤（the cancer of unfitness）"② 的焦虑普遍存在，这一焦虑的影响延续至 20 世

---

① 布卢姆（Clive Bloom）认为英国现代主义小说"叙事向内探索心理力量而拒绝探讨外在（社会）现实。在拒绝探讨政治问题的同时，现代主义者仅关注家庭和性等相关问题（二者都被作为精神创伤加以对待）"。参见：Clive Bloom，"Introduction"，*Literature and Culture in Modern Britain*，Vol. 1，1900—1929，Ed. Clive Bloom，London and New York：Longman，1993，p. 27。

② 转引自：William Greenslade，*Degeneration，Culture and the Novel 1880—1940*，Cambridge：Cambridge University Press，1994，p. 183。格林斯莱德（William Greenslade）以 1905 年 6 月 28 日英国议会刊发的以"国民健康"（Health of the People）为题的一则广告和 1908 年罗伯特·鲍威尔爵士（Sir Robert Baden-Powell）为宣传童子军"强壮健康的男孩"形象而作的漫画为例说明了当时英国社会对身体健康程度的高度重视。

纪二三十年代的英国社会。在"健壮至上"的文化大背景下，身材魁梧高大的沃尔什因擅长拳击而被老师看中。为了能让他在拳击比赛中取得更好成绩，校长决定改善他的学习生活环境，让他从公共休息室搬到两人一间的房间中去。其实沃尔什并不喜欢拳击运动，他之所以从事拳击运动是因为没有其他运动能帮助他释放逐渐发育的身体里蕴藏着的动物般的"野性的呼唤"（the animal spirits of his growing body）。放弃拳击运动的沃尔什被同学们戏称为"书呆子"（swot）。由于沃尔什酷爱弹钢琴和文学阅读，所以没人愿跟他交朋友，因为在同学们眼中沃尔什的喜好是缺乏男子汉阳刚气的表现。沃尔什在学校的受欢迎程度也因此而大打折扣，并逐渐被同学和老师所冷落。沃尔什的室友特恩布尔（Turnbull）不无讽刺地谴责了学校重体轻文和师资力量薄弱的现状。"图书馆简直就是个悲哀。校长几乎取消了所有值得一读的作品。就连斯威夫特（Swift）① 的作品也被视为不洁而惨遭清洗。图书馆里连完整的佩皮斯（Pepys）② 日记都没有"。③ 沃尔什列举了所在学校文化教育的种种弊病，如校长对他进行性教育时的含糊其辞、拉丁语老师的知识匮乏、理科老师和法语课老师授课时的频繁跑题以及一天两次无聊、搞笑的礼拜仪式。值得庆幸的是英语兼历史老师滨胡克（Binhook）引导沃尔什养成了对文学的热爱；然而令人遗憾的是尽管滨胡克知识渊博，知道哪些书是好书，却苦于囊中羞涩无力买书供沃尔什和特恩布尔阅读。

　　沃尔什与特恩布尔之间的交流是沃尔什学校生活的唯一亮点。他们一起学习和讨论人文领域里的新思想，如弗洛伊德的精神分析、人权和马尔萨斯主义（Malthusianism）等。沃尔什的黑色笔记本（a black

---

　　① 乔纳森·斯威夫特（Jonathan Swift, 1667—1745）英裔爱尔兰作家，代表作有《格列佛游记》（*Gulliver's Travels*）、《一个最温和的建议》（*A Modest Proposal*）、《一个桶的故事》（*A Tale of a Tub*）和《书战》（*The Battle of the Books*）。

　　② 塞缪尔·皮普斯（Samuel Pepys, 1633—1703）英国托利党政治家，历任海军部首席秘书、下议院议员和皇家学会主席，但他最为后人熟知的身份是日记作家。皮普斯写于1660至1669年的日记常被视为文学典范。

　　③ Lawrence Durrell, *Pied Piper of Lovers*, Victoria: University of Victoria, 2008, p. 153.

notebook）记录了自己一年以来从未间断，但缺乏系统性的阅读收获和与特恩布尔之间的辩论内容。沃尔什在笔记中肯定特恩布尔聪明才智的同时，间接批判了英国社会的道德观与价值观："这个完美的人（特恩布尔）（从心灵层面上讲）并没被教养强加到他身上的价值取向、爱恨情感和爱国主义等观念所动摇。受它们牵制是脆弱的表现。"① 虽然沃尔什在笔记中提及与英国主流文化妥协的意向，但反社会才是他青春叛逆期的主导思想。

沃尔什所处的时代也是英国"聪明年轻人"（或"光彩年华"Bright Young Things）的时代。"聪明年轻人"是通俗小报给20世纪20年代英国伦敦过着波西米亚式生活的年轻贵族和上流社会人士起的绰号。他们经常举办奇装异服的晚会，在夜晚的伦敦探寻宝藏；他们酗酒成性，吸毒成瘾。② 虽然在对这一时期自上而下的社会颓废文化现象的揭示与批判方面达雷尔的《恋人们的吹笛手》不如诺埃尔·考沃德（Noel Coward，1899—1973）的戏剧《漩涡》（*The Vortex*，1924—1925）来得那么直接和尖锐，但"性、毒品和跳舞音乐——这一时代的符码和兽欲漩涡中的元素"③ 在《恋人们的吹笛手》中皆有体现。

第一次世界大战后移居英国伦敦工作的美国心理学家霍默·莱恩（Homer Lane，1875—1925）是"身体自由"的倡导者，他提出"彻底的行为只有——完全自我表达——毫无疑问会是至善的结果"。④ 莱恩的病人约翰·莱亚德（John Layard）在继承莱恩主张的基础上，进一步提出："'上帝'真正的意义在于我们身体的欲望，欲望才是我们本性的内在法则，……我们应不惜一切代价阻止对欲望有意识的控制。不服从欲望之神才是罪恶的。"⑤ 20世纪早期著名心理学家弗洛伊德（Sigmund Freud）和果代克（George Groddeck）等人的心理分析理论以及劳

① Lawrence Durrell, *Pied Piper of Lovers*, Victoria: University of Victoria, 2008, p. 160.
② D. J. Taylor, *Bright Young People: The Rise and Fall of a Generation* 1918—1940, London: Vintage, 2008.
③ 参见: John Lucas, *The Radical Twenties*, Nottingham: Five Leaves Publications, 1997, p. 117.
④ Ibid., p. 120.
⑤ Ibid.

伦斯（D. H. Lawrence）和奥登（W. H. Auden）等知名作家的作品成为20世纪二三十年代英国年轻人追求自由的文本依据。他们认为已经找到了自我解放的"科学"解释，并将压抑自我视为不幸和疾病的症结之所在。

因父亲去世无力支付学费而被迫辍学的沃尔什在特恩布尔的介绍下前往伦敦，投奔名叫罗宾·埃姆斯的年轻专栏作家。沃尔什发现以梵高和高更两位后印象派画家的生平为素材创作了《梵高》和《野兽之美》（*The Beauty of a Beast*）的著名女小说家斯沃普就住在罗宾·埃姆斯的楼下。沃尔什在火车上偶遇的资深新闻记者对斯沃普作品的评价却是"彻底违背了伦理道德"①。这一插曲为沃尔什此后与埃姆斯、拉塞尔和伊莎贝尔等人在一起的波西米亚式的生活经历做了铺垫，也正是这段生活经历激起了沃尔什对享乐主义文化的反思与道德谴责。

演员康罗伊举办的公寓派对让沃尔什意识到英国社会所面临的道德危机。前往派对的路上，罗宾对沃尔什解释说："康罗伊是个蹩脚的演员，钱多得都不知道怎么花。他有个错误的想法，他认为波西米亚主义才是生活的本质。"② 沃尔什对派对上人们酒后乱性和吸食毒品后的疯狂举动表示不解。

> 长着大胡子的男人俯卧在地毯上，一边抽泣一边吮吸着自己的手指。穿着破布斗篷的男人在为一个宣传社会主义的却永远也不会出现的杂志筹集资金。两个骨瘦如柴的女青年紧紧抱在一起试着跟上留声机里播放着的音乐的节奏。她们彼此贴得太紧以至于无法移动步子，所以她们只能随着音乐轻轻晃动着臀部，轻声吟唱着情歌。……她们的眼睛紧闭，仿佛是疲倦了的、摇摇欲睡的失眠者在舞蹈。③

① Lawrence Durrell, *Pied Piper of Lovers*, Victoria: University of Victoria, 2008, p. 191.
② Ibid., p. 218.
③ Ibid., p. 219.

伊莎贝尔认出了跳舞的两个女青年是"明妮和凯特",于是生气地说："真见鬼,她们为什么非要在公共场合这样跳舞。实在是有伤风化。"① 专栏作家出身的罗宾见多识广,对此并不惊奇,他评论道:"还有什么是符合道德的呢?存在即是合理。"沃尔什希望"人性不要沦丧到臭气难闻的地步"。② 作为那一特定时期文化代言人的英国著名诗人奥登在1929年的一篇日记中如实记录了英国二三十年代的伦理价值取向:"'行善能带来幸福'是一个危险的倒置。'幸福、开心即是善'这才是真理。"③ 然而达雷尔并不认同前辈作家奥登的观点,在《恋人们的吹笛手》中强烈批评了英国当时享乐至上的主流文化思想。

沃尔什与英国当时文化的妥协与让步主要体现在他的音乐创作上。罗宾·埃姆斯发现了沃尔什创作抒情民谣歌曲的才能,并将沃尔什推荐给了有钱的音乐制作人加兰。虽然沃尔什对加兰给他的面试感到失望,但这一经历对沃尔什来说还是有一定启发意义的。加兰在他的工作室里用钢琴弹奏着令人作呕、拖沓黏人的华尔兹。他对沃尔什说:"你肯定认为我在糟践艺术。""但如果你能给我带来类似这样的作品"加兰重复说:"那你将永不会受穷挨饿。"④ 起初沃尔什对爵士乐不屑一顾,认为爵士乐过于低俗登不上大雅之堂。加兰让沃尔什将此前弹奏的抒情民谣改成爵士乐的形式演奏,并给沃尔什写了一张50英镑的支票买下了修改后的作品。虽然沃尔什对加兰"串改音乐""轻贱音乐"的做法怒气未消,但在劳埃德银行把那张50英镑的支票兑换成现金时的兴奋已经改变了沃尔什的音乐创作思想。达雷尔运用类似意识流的写作手法,真实反映了沃尔什此时此刻的思想斗争与转变:"让加兰随便从曲子里选

---

① 吉福德教授在《恋人们的吹笛手》的注释中写道:"达雷尔描写的出现于派对中的同性恋现象和苦艾酒在当时都是不合法的。"参见:James Gifford, "Notes", *Pied Piper of Lovers*, Lawrence Durrell, Victoria: University of Victoria, 2008, pp. 255 – 267。

② Lawrence Durrell, *Pied Piper of Lovers*, Victoria: University of Victoria, 2008, p. 219.

③ W. H. Auden, *The English Auden Poems*, *Essays and Dramatic Writings* 1927—1939, Ed. Edward Mendelson, London: Faber and Faber, 1977, p. 300.

④ Lawrence Durrell, *Pied Piper of Lovers*, Victoria: University of Victoria, 2008, p. 235.

取爵士乐里可用的旋律是不是显得自己太懦弱了？是不是像他这样的业余曲作家的愚钝让他自感屈辱？但无论如何，这一经历至少让他看到写爵士乐是能挣钱的，这才是值得庆祝的事情；再不济他也能写点儿卖钱的小曲儿。爵士乐并不难写。"①

　　经济上的独立和精神上归属感的建立让长期在两个"家"（印度和英国）的夹缝中生存着的沃尔什终于有了回"家"的感觉。沃尔什在伦敦街道上偶遇几年前在夜晚海滩上邂逅的神秘女子露丝。那时青春懵懂的沃尔什已经爱上了露丝。为了帮助露丝实现去瑞士的心愿，沃尔什决定给加兰写爵士乐。从露丝的朋友那里得知露丝患有心脏瓣膜病，将不久于人世的消息后，沃尔什更加坚定了与露丝生活在一起的决心。这种对列维纳斯所说的他者（露丝）责任感的形成是沃尔什精神上"回家"的关键一环。沃尔什已担当起了照顾露丝的"丈夫"的角色。在肩负责任的同时，沃尔什也获得了自我解放："从某种意义上讲，这个光秃秃的、蜿蜒曲折的国家（英国）解放了我，虽然我说不清楚从什么方面以及如何解放了我。我曾在某个地方有过这样的经历。我感觉已被囚禁许久。而现在我再次感受到脚下的大地……"② 小说以沃尔什给好友特恩布尔的信结束。这封信应被视为沃尔什精神顿悟后的内心独白。曾经囚禁沃尔什的是游离于印、英两个"家"之外，孰是孰非的"家园"情节，而最终解放沃尔什的并非是英国，而是自建"精神家园"的沃尔什本人。

　　综上所述，英国是沃尔什不得不回又无法回归的母国（mother country），然而英国殖民政治下的经济与道德束缚、盛行于 20 世纪二三十年代英国社会中的种族歧视思想和沃尔什本人与当时英国社会文化的格格不入是导致"帝国之子"沃尔什有"家"难回的主要原因。在对以上三方面进行伦理道德批判的基础上，达雷尔完成了对英国（"帝国之子"梦寐以求的大英帝国的中心）的去魅化阐释，意在指出"帝国之子""回家"的过程与他们被"家园"（英国）边缘化的过程并行不

① Lawrence Durrell, *Pied Piper of Lovers*, Victoria: University of Victoria, 2008, p. 237.

② Ibid. , p. 252.

悖。恰如密德萨斯大学（University of Middlesex）文化研究学家卢瑟福（Jonathan Rutherford）所写："家园是我们发出声音的地方"（Home is where we speak from）①，就被边缘化的沃尔什而言，家园与其说是单纯的物理存在，毋宁说是一种精神归属；音乐创作与对露丝纯真的爱情才是沃尔什抒发自我之声的精神家园。沃尔什以"精神家园"论替换英国"家园"论的做法是因"有家难回"而采取的寻求心理安慰和与外部世界暂时妥协的无奈之举。小说结尾，达雷尔意在通过对沃尔什此种自欺欺人的家园心理机制的描述进一步凸显了"帝国之子"的孤苦境地，深化了对英国殖民政治与社会文化的伦理批判。

---

① Jonathan Rutherford, "A Place Called Home: Identity and the Cultural Politics of Difference", *Identity Community*, *Culture*, *Difference*, Ed. Jonathan Rutherford, London: Lawrence & Wishart, 1990, p. 24.

第三章

《恐慌的跳跃:一部爱情小说》:
自我流放与道德批判

　　《恐慌的跳跃：一部爱情小说》（*Panic Spring A Romance*）是达雷尔"家园"小说三部曲中的第二部。之所以将英文书名译为"恐慌的跳跃"而不是"恐慌的春天"，是因为"跳跃"（spring）指的是主人公从英国到希腊小岛的自我流放的选择，而"流放（exile）一词有在位移中自我内化（internalization）的含义。这一充满矛盾的抛物线式的自我超越或否定的内化过程在词源学上与拉丁语单词'Salire'（英文解释是 to leap'跳跃'）相对应；以'Salire'为词根派生出的两个英文单词是：流放（exile）和狂喜（exult）"。① 从用词和小说内容上可以判断，达雷尔第二部小说题目中"spring"一词与"leap"一词同义，均是"跳跃"的意思，达雷尔借此揭示了主人公自我流放中前途未卜的恐慌心态；从小说人物从英国到希腊小岛的"跳跃"（自我流放）式生活出发，达雷尔运用批判现实主义的手法对主人公此前的英国生活进行了类似全景图式的描述，由此引发出读者对一系列伦理道德问题的思考。

---

　　① Nikos Papastergiadis, *Modernity as exile The stranger in John Berger's writing*, Manchester and New York：Manchester University Press, 1993, p.9.

第一节 自我流放主题的艺术表现

就《恐慌的跳跃》的结构而言，莫里森（Ray Morrison）认为：该小说的叙事顺序主观性较强而缺乏连续性，达雷尔对构成简单故事的各种元素处理方式过于随机。① 莫里森进一步指出：达雷尔"在很大程度上破坏了表层叙事，迫使读者在深层次的叙事中去发现叙事的连贯性"。② 莫里森的上述判断看似有一定道理，但从达雷尔实验性写作的角度出发，我们会发现与《恋人们的吹笛手》中以沃尔什·克利夫顿的生平为时间线索的线性叙事不同，《恐慌的跳跃》更像一幅极具后现代色彩的拼贴画，多个主人公同时出现，对每个主人公的描写各占一章的内容，虽身世各异，但为情所困仿佛是他们选择离群索居的小岛生活的共同点。

达雷尔在给艾伦·托马斯（Alan Thomas）的信中就《恐慌的跳跃》的结构写道："出于练习写作的目的，我试图在两个连续的生命平面上塑造主人公，分别是他们小岛生活的现在平面和他们过去生活的平面。这部小说与普通小说的叙事进度不同，（像章鱼一样）触角伸向各个方向，主体却保持静止。"③ 如达雷尔所写，《恐慌的跳跃》小说情节中的各种元素围绕一个几乎静止不动的中心在不同的时空内展开。在《恋人们的吹笛手》的"尾声"一章中，沃尔什在写给好友特恩布尔的信中说："语言总是含糊其辞的。自己想说的与表达给别人的意思是不同的。我想雕塑是传递意义的良好媒介。空间和时间的曲线与压力结合在一起，产生不同的结构和维度。到底怎样才能以在纸上用墨水涂写的方

---

① Ray Morrison, *A Smile in His Mind's Eye: A Study of the Early Works of Lawrence Durrell*, Toronto: University of Toronto Press, 2005, p. 158.

② Ibid., p. 160.

③ Alan G. Thomas, ed. *Spirit of Place Letters and Essays on Travel Lawrence Durrell*, Mount Jackson: Axios Press, 2011, p. 42.

式表现事物的体量（volume）呢？"① 我们可以把《恐慌的跳跃》的叙事结构看作是对沃尔什在前一部小说中所提问题的回答。在《恐慌的跳跃》中，达雷尔放弃了《恋人们的吹笛手》中使用的线性叙事，取而代之的是多个以对过去生活经历的记忆为内容的平行章节的设置。

《恋人们的吹笛手》中主人公沃尔什满怀对印度童年和已故女友露丝的回忆，走进《恐慌的跳跃》中的虚构小说世界中，和另外几个主人公：戈登、马洛、弗朗西斯和冯维辛一起住在名为马弗罗达夫尼的希腊小岛上。来自英国和俄国的五位年轻人共同组成了一个西方自我流放者的小社区。女友露丝之死是导致沃尔什自我流放的直接原因，失去精神寄托的沃尔什选择远离伦敦与已在小岛暂居的露丝的哥哥戈登相聚。沃尔什和戈登皆是达雷尔首部小说《恋人们的吹笛手》中的主人公，在此达雷尔续写前作的动机可见一斑。小岛主人富商鲁曼内兹的船夫克赖斯特是长有"潘一样脚"的"勤劳的渔夫"②，他把在人生中迷失方向的人送到马弗罗达夫尼岛上，这一叙事框架借用了巴里（J. M. Barrie）《彼得潘》（Peter Pan）"小岛成真"一章中渔夫把走失的孩子护送到梦幻岛（Never Land）上的故事情节。马弗罗达夫尼岛化作《恐慌的跳跃》中的梦幻岛，而那五位年轻人则是拒绝长大的"走失的孩子"。《恐慌的跳跃》中的主人公因伦敦压抑的气氛和此前生活中的不幸遭遇而感到恐慌，在他们身上都有逃离过去的强烈冲动。"在马洛心中恐慌与兴奋两种情感并存。不论如何，他已经断了自己的后路，哪怕只是一时冲动，他也决定去大胆尝试一种新生活"。③

评论者们普遍认为："生命力"（life-force）是《恐慌的跳跃》这部小说关注的焦点，小说主人公寻找他们自己的命运归属，因此他们将鲁曼内兹死后离开小岛的行为视为对现实世界的回归；还有学者认为他们在马弗罗达夫尼岛上获得了死亡的经验。当然在小说中皆可找到上述观点的例证。小说对生与死的描述并非暗示着对生、死两种状态的接

① Lawrence Durrell, *Pied Piper of Lovers*, Victoria: University of Victoria, 2008, p. 250.
② Ibid. , p. 16.
③ Ibid. , p. 9.

受，相反达雷尔的小说主人公们寻找的正是生与死之间的中间状态，戈登将其称为介于各种现实之间（不幸的过去和未知的将来）的"过渡状态"（limbo）。总而言之，马弗罗达夫尼岛是自我流放的主人公们暂时栖居的"家园"，在这里他们回首往事、反思人生困境，继续前行。尽管达雷尔笔下主人公们过着近乎无忧无虑的小岛生活，鲁曼内兹好像莎士比亚《暴风雨》中控制小岛的魔法师普洛斯彼罗（Prospero）一样对他们施加了咒语而无法离开，但随着鲁曼内兹的去世，由永远年轻的"潘"（主人公们拒绝成长的心态）和大自然"潘"神（希腊美丽怡人的自然风貌）共同构筑的以逃避现实为目的的虚幻的小岛家园生活就此结束。主人公们仿佛被解除咒语一般，重新将目光投向了小岛之外的现实世界，再次踏上寻找"家园"的旅程。

第二节　爱情、家园主题下的伦理道德思考

从《恐慌的跳跃：一部爱情小说》的小说题目看，达雷尔希望把它写成爱情小说，然而在描写主人公爱情经历的基础上，达雷尔并未忽视对社会现实问题的揭示与批评，因此笔者认为可把这部小说视为以爱情、家园为主题的批判现实主义小说，其中隐含着英国政治、教育、文化和日常生活等层面的伦理道德思考。

小说第一章讲述了马洛的希腊之旅，涉及对希腊革命（Greek Revolution)① 和英国教育等现实主题的探讨。希腊革命的爆发中断了马洛的旅行，他被暂时滞留在意大利东南部城市布林迪西（Brindisi）港等候

---

① 希腊革命（Greek Revolution）又称希腊独立战争，是 1821—1832 年希腊反抗奥特曼帝国的独立解放战争。达雷尔小说中所写的"希腊革命"指的是 1935 年希腊保皇派发动的废除共和宪法（republican constitution）并控制了公民投票的军事政变。1936 年乔治国王（King George）任命伊奥尼斯·迈塔克萨斯（Ioannis Metaxas）将军为首相，希腊就此进入独裁统治时期。因为《恐慌的跳跃》是达雷尔到达希腊后创作的小说，所以达雷尔很有可能犯了时间混淆的错误，将 1935 年希腊国内动乱称为"希腊革命"。小说中马洛滞留布林迪西港的经历源自 1935 年达雷尔与妻子南希（Nancy）前往希腊科孚岛（Corfu）过程中因希腊内乱被迫中途停留布林迪西港的真实经历。参见：James Gifford，"Notes"，*Panic Spring A Romance*，Victoria：University of Victoria，2008，p. 215.

希腊的通航消息。马洛对希腊保皇派发动的"革命"持批判态度："他一边搅动着刺鼻的咖啡，一边考虑着，（革命者）盗窃了整个希腊海军；一个重要政客的一系列海外旅行；宣布克利特岛独立；大肆宣传的地面行动和空中轰炸；政府对外国船只能否进入希腊港口的决定上的不确定性——早上允许，而晚上却下令禁止。这的确是场革命！"① 马洛吃惊地发现布林迪西港突然聚集了众多为希腊革命力量展开战后救济工作的英国传教士。下午茶时间他们昂然出现在宾馆的休息厅里，面无表情却试图展现出精神希望和基督教的温暖，马洛不无讽刺地把他们比作"一群秃鹫"；言外之意，他们的希腊之行就是为了趁火打劫、从中谋利；达雷尔在抨击英国宗教虚伪本质的同时，影射了英国以宗教行动为掩护的海外殖民政治意图。马洛以局外人的身份对时局作出较为客观的判断，"他详细说明了时局的严重性。他说，希腊已经穷得一塌糊涂了，而现在希腊还要花上好几百万却搞一场新革命"。②

达雷尔以"克里斯蒂安·马洛爬上四楼，走进自己洞穴般没铺地毯的房间，脸朝下趴躺在床上，与他内心那个特别的恶魔作斗争"③一句，将读者从外在现实世界引入马洛的心理现实世界。马洛认为放弃教职、花光积蓄，自我放逐无名小岛的选择是有勇无谋之举，不齿于向房东解释。精明的房东从他寒酸的穿戴、随身带笔的习惯和良好的阅读习惯，以及那一脸的书生气中早已发现了他的英国教师身份。原本热爱的教师职业仿佛成为马洛与之做斗争的恶魔，但马洛内心真正的恶魔却是第一次世界大战给他留下的精神创伤。班上的学生是"野蛮的英国人"（barbarian Britons），他们向马洛投来令人恐惧的凝视的目光；身材矮小的马洛只能用以手遮眼的方式回避学生们咄咄逼人的目光。学校里，马洛没有隐私的空间，只有晚上回到自己潮湿发霉的狭窄房间里马洛才有一丝安全感。达雷尔不仅谴责了英国教师待遇低下的现状，还借助第一人称叙述者的声音揭示了马洛精神问题的

① Lawrence Durrell, *Panic Spring A Romance*, Victoria: University of Victoria, 2008, pp. 1 - 2.
② Ibid., p. 11.
③ Ibid., p. 4.

历史成因：

> 然而马洛的遭遇并非个案，他只是同代人中的一个。他们所经历的历史事件令人失望。说他是一个出生又死了的人，是在暗示说他的一生平淡无奇。对马洛而言，应该说他降生于世，他上学；对他来说教学与死亡并存，因为两者都是非存在的形式。除了他这一代人生命中那个重大的片段——第一次世界大战之外，其他都是些偶发性事件罢了。①

实际上，马洛对学生的恐惧源于第一次世界大战的参战经历，"战争虽没有改变他，却给他留下了永远的印记——遭受创伤后的精神系统后遗症"②。马洛经常处于"歇斯底里的恐慌"③之中，这也是达雷尔在该小说中首次使用"恐慌"一词。马洛的身心状态容易让读者联想到沃尔夫《达洛维夫人》中的身患弹震症的退伍士兵塞普蒂默斯·史密斯（Septimus Smith）。第一次世界大战爆发之前马洛以学校为家，酷爱读书的他过着修士一般安静且有规律的生活；参战经历给他造成的情感灾难让他越发依赖约定俗成的生活模式，仿佛只有按部就班的生活才能让他产生一种活着的假象。从某种意义上讲，马洛从未离开学校，不同的是战后重返学校的马洛由于精神的原因已经无法胜任教师的工作。回校工作几年后，战争对马洛造成的精神创伤逐渐显现，症状也逐渐严重；原本性格温和的马洛变得憎恨学生，常因琐碎小事对学生大发雷霆，他甚至以无情地惩罚学生为乐趣。性情的突变使马洛在学校的声誉骤降。尽管如此，马洛内心深处还是充满了对战前恬静校园生活的怀念。也正因如此，他才能满怀激情地写作并出版了一部论英国文学中"寂静主义"（quietism）效果的短篇论著，该著作受到学界的广泛好评。然而马洛终因无法胜任教学工作而选择离开英国、离开学校，成

① Lawrence Durrell, *Panic Spring A Romance*, Victoria: University of Victoria, 2008, p. 5.
② Ibid., p. 6.
③ Ibid., p. 9.

为追求"寂静主义"真理而自我放逐希腊小岛的无家可归的"精神难民"。

《恐慌的跳跃》中，达雷尔对小说主人公女画家弗朗西斯生平的描述是该小说现实主义伦理批判的最好体现。通过对弗朗西斯这一小说人物的刻画，达雷尔揭示了英国父权社会中有才能、有追求的女性的不幸遭遇，批判了工业化、商业化了的英国城市中普遍存在的道德滑坡现象。达雷尔对弗朗西斯在小岛上近乎与世隔绝的生活和她对自身艺术创作的苛刻要求的描写使读者误认为她是个衣食无忧、一心追求艺术的完美主义者。此后达雷尔却来了个180度大转变，在与马洛的交谈中，弗朗西斯倾诉了自己的坎坷经历。弗朗西斯出生于英国北部偏远乡村的牧师之家，父亲希望女儿能尽快找个稳定工作养活自己，而拒绝送女儿去伦敦美术学校学习绘画。弗朗西斯的父亲微薄的牧师收入仅能勉强维持家用，作为独生女的弗朗西斯从有未过物质上的享受，在她的记忆中家是一栋阴暗的石头房子，里面有窄窄的壁炉、丑陋的家具、粗笨的沙发、便宜相框里的褪了色的爷爷奶奶的老照片和每天必吃的冷肉、土豆和辛辣的泡菜。女童军（Girl Guide）负责人希尔达是弗朗西斯羡慕的对象；希尔达的父亲在伦敦证券市场工作，家中有六个兄弟，希尔达富足、自由的生活与弗朗西斯贫穷、封闭的生活形成了强烈反差。原本使人向善的宗教成为阻碍弗朗西斯实现个人追求的"邪恶"力量，对宗教的盲从使弗朗西斯的父亲与时代脱节，直接影响了弗朗西斯的生活质量和职业前途。在父亲的坚持下弗朗西斯迫不得已做了主教的秘书。

父亲限制弗朗西斯身心发展的"邪恶"力量还体现在"焚书"事件上。十八岁的弗朗西斯喜欢阅读文学作品，她用省下的零花钱买了叶芝（W. B. Yeats）、德林克沃特（John Drinkwater）和布伦登（Edmund Blunden）等人的诗歌集和多部劳伦斯（D. H. Lawrence）的小说。父亲从弗朗西斯的书架上发现了由劳伦斯"这个伤风败俗的家伙"（immoral fellow Lawrence）写的两本小说，把它们没收并扔到厨房火炉里烧毁。即使是在父亲的高压管制下，弗朗西斯也并未放弃去伦敦学习美术的梦想。"伦敦对她（弗朗西斯）来说仿佛是新耶路撒冷；哲学家对乌托邦的渴望也比不上她对伦敦的感情"。[①] 弗朗西斯最终如愿以偿，以其所学在伦敦找到一份工作，并继续坚持自学绘画。然而伦敦并非弗朗西斯想象中的天堂。为生活所迫，弗朗西斯的初恋情人无情地选择了与弗朗西斯分手。玩弄女性的纺织业富商诺亚·西尔弗斯坦以给弗朗西斯提供图案设计师的工作为由将弗朗西斯迷奸。把弗朗西斯介绍给诺亚·西尔弗斯坦的人是曾经给弗朗西斯看病的医生。小说中，道貌岸然的白衣天使鲜为人知的另一身份却是为富商服务的淫媒。为了得到设计师的工作以便能够从事自己喜爱的绘画创作，弗朗西斯选择了忍气吞声。弗朗西斯生存于宗教和世俗两个世界的夹缝之中。在压抑人性的宗教世界和逼良为娼的世俗世界中，她找不到属于自己的艺术创作的空间。弗朗西斯希腊小岛上的自我流放是对上述两个非人化了的"邪恶"世界的逃避。

正如《恐慌的跳跃：一部爱情小说》的副标题所示，爱情是贯穿小说始终的主题，是将不同主人公的身世连接在一起的线索。然而，由于人物过去生活地点（英国、希腊、俄罗斯等）的差异，使该小说缺乏相对固定的社会历史背景，这从较大程度上削弱了作品本身社会文化和政治伦理的批评功能。虽然小说中也有关于五位西方自我流放者和希腊富豪的小岛生活的描述，但终因小岛的与世隔绝而使这部分叙事缺乏现实意义。正如达雷尔所说，该小说仅是一部实验性质的作品，是达雷尔流放写作的一次有益尝试。如前文所示，达雷尔在该小说创作过程中为今后的小说创作提出了两个核心问题，即：①如何从英国人的视角出发对所在地特定历史语境下的文化与政治作出相对客观的伦理评判？②如何在异国他乡，回写帝国——对英国社会文化与政治的伦理批判？或许上述两个问题的提出才是这部小说的真正艺术价值所在。

---

① Lawrence Durrell, *Panic Spring A Romance*, Victoria: University of Victoria, 2008, p. 112.

第四章

《黑书》:"弑父"宣言与生、死变奏

《恋人们的吹笛手》出版后不久,第二本小说《恐慌的跳跃》印刷之前,达雷尔生活中发生了两件重要的事情,达雷尔读了亨利·米勒(Henry Miller)在巴黎出版的小说《北回归线》(*Tropic of Cancer*)并说服家人离开英国。虽然这两个事件彼此之间并没有必然联系,但当达雷尔和家人移居希腊科孚岛并开始他的流放写作后,两者对其小说创作的促进作用便逐渐显现出来。

像许多自我流放作家,如亨利·詹姆斯(Henry James)、詹姆斯·乔伊斯(James Joyce)和亨利·米勒一样,达雷尔认为描写英国的最行之有效的方式是远离英国,与之保持距离以便清醒地观察她的社会问题。达雷尔的第三部小说《黑书》(*The Black Book*)便是对英国社会文化疏离、反抗与批判的结果,期间蕴含着达雷尔作为新生代作家初入文坛的焦虑以及为解除焦虑而采取的诸多文学创作手段。

第一节 达雷尔的"弑父"宣言

《黑书》中,达雷尔刻意弱化了传统小说叙事中清晰可见的道德批评话语,在对小说主人公"不置可否"的道德评判中,以婉转曲折的方式阐发了貌似违背伦理规约的"弑父"宣言。出生于印度的达雷尔将印度视为"母亲",12 岁时遵从父亲安排移居英国,从此将英国视为"继父",达雷尔化身为小说主人公路西弗(Lucifer)以哈姆·雷特(Hamlet)自比,并作出了"英国之死"(the English Death)① 的死刑判决。对年轻作家达雷尔来说"父亲"的强大毋庸置疑,即便如此,达雷尔在极具"自我意识"(self-conscious)的小说写作中,"在召唤读者反应的同时将读者'镶嵌'于叙事文本之中,为读者提供特定的伦理判断位置(ethical positioning of readers)";② 在获得读者伦理认同的基础上达成"弑父"目的。然而,与莎士比亚笔下和"继父"克劳狄斯(Claudius)同归于尽的哈姆·雷特不同,达雷尔和他笔下的主人公一样懂得"弑父"等同于自杀的道理,他们以在科孚岛自我流放的方式"回写"英国,成功"弑父"并保全了自我。

《黑书》中,达雷尔文学创作层面上的"弑父"可被视为消除前驱作家影响焦虑的过程,"父辈"的"死"(影响焦虑的消除)是达雷尔成为作家、获得新生的前提条件。通过对英国小说衰竭的主题阐释,达雷尔一方面暗示了"前驱的相对软弱",另一方面说明达雷尔经历了一个"妖魔化"和"逆崇高"③ 的过程。新生作家最强大的写作动机莫过于抒发自我之声,竭尽全力消解他者影响的焦虑。在《黑书》前言中,达雷尔以一声啼哭拉开了作家自我与他者间生、死变奏的序曲。初为作家的达雷尔表现出对前驱他者影响的焦虑,他将《黑书》视为艺术家自我诞生的第一声啼哭,虽然蹩脚、差劲,可那毕竟是我自己的声音④。布鲁姆在《影响的焦虑》中形象地总结了这种现象,他写道:那是一种新诗人诞生时对于自己是否已经成为'真正的自我'的深刻忧虑,而这种预卜本身早已具有的那种光荣的忧喜交杂的现象。⑤

达雷尔作家自我的诞生经历:对焦虑的抒发、对前驱的抵抗和超越

① Lawrence Durrell, *The Black Book*, London:Faber and Faber, 1959, p.9.

② Christopher S. Weinberger, "Critical Desire and the Novel:Ethics of Self-Consciousness in Cervantes and Nabokov", *Narrative*, Vol. 20, Number 3, October 2012, pp. 277 – 300.

③ 哈罗德·布鲁姆:《影响的焦虑》,徐文博译,江苏教育出版社 2006 年版,第 102 页。

④ Lawrence Durrell, *The Black Book*, London:Faber and Faber, 1959, p.9.

⑤ 哈罗德·布鲁姆:《影响的焦虑》,徐文博译,江苏教育出版社 2006 年版,第 103 页。

三个阶段。首先，达雷尔强调了困难和阻力对作家的重要性，并举出拜伦身体的残疾、普鲁斯特和理巴第（Leopardi）的健康问题以及亨利·米勒的精神障碍为例证，达雷尔认为写作是一个作家在公众面前实现精神宣泄和灵魂净化的过程。① 初为作家的达雷尔感到"他的前驱既是'完全的他者'，又是一种占有力的令人震慑的力量"。② 达雷尔在《黑书》中的代言人主人公路西弗如达雷尔本人一样因长期被文学传统禁锢，无法脱身而感到焦虑万分，他试图逃离文学圣殿的长期囚禁。

其次，达雷尔已经意识到了前驱他者的相对软弱，如在《黑书》中路西弗写道：我在写第一本书，这尤为困难，因为这本书要包罗万象，作为一种精神指南，要一劳永逸地为年事已高的小说提供一种新的模式。③ 达雷尔仿佛感觉到在 20 世纪二三十年代，几乎与英国社会的萧条同步，英国小说在经历了现代派大师们的创作高潮之后，也进入了衰竭时期。达雷尔在《黑书》中阐发的文学衰竭论要比美国小说家约翰·巴思（John Barth）在 1967 年发表的论文《文学的衰竭》（The Literature of Exhaustion）早了将近 30 年。在前驱他者影响的焦虑消亡的基础上，《黑书》二号主人公格雷戈里以"妖魔化"和"逆崇高"的方式宣判了前驱他者的死亡："我曾一度积累有关艺术原则和标准的知识，这对塑造文学绅士来说是必不可少的。然而现在的我不仅鄙视传统，还对所谓文学绅士的这类人不屑一顾。"④

最后，前驱他者的死亡只具象征意义，真正死亡的是前驱他者在达雷尔自我身上的影响的焦虑。尽管达雷尔在 1959 年费伯公司出版的《黑书》前言里将该小说比作"三十年代愤怒的青年对文学传统的双拳一击"，⑤ 但他还是借小说人物格雷戈里之口坦言了文学创作对

---

① Brelet, Claudine. "Interview with Lawrence Durrell", *Twentieth Century Literature*, Vol. 33, No. 3. Fall 1987, p. 381.

② 哈罗德·布鲁姆：《影响的焦虑》，徐文博译，江苏教育出版社 2006 年版，第 103 页。

③ Durrell, Lawrence. *The Black Book*, London: Faber and Faber, 1959, p. 66.

④ Ibid., p. 67.

⑤ Ibid., p. 9.

前驱文学作品借鉴的必要性。雷戈里指出"艺术的真谛在于连本带息地偿还对前人的借鉴,这比想象中要难得多"①。格雷戈里所谈及的利息便是超越前人艺术成就的部分,因此对前驱作家的超越与抵抗相辅相成在小说中构成一对矛盾的统一体,强化了自我与他者之生、死变奏中自我对他者影响焦虑之抵抗的主题。

除此之外,作家达雷尔的文学"弑父"揭示并抨击了当时英国人自欺欺人地坚持浪漫主义文学传统、沉溺于浪漫主义文学阅读,而主动放弃批判现实主义精神的社会文化现象。就此,小说主人公格雷戈里不无讽刺地评论道:

> 我(格雷戈里)翻看了一下报纸,上面没有什么能证明我的预感。尚未宣布战争(第二次世界大战)开始。自然诗人占据报纸的中间位置。雪、鸟和冬青。这也不是意料之中的灾难。一切旧有的祈祷全在诗中出现:不论如何我也不会理解英国人这一令人恐惧的且具有典型特征的怀旧情结,不可避免的错误押韵读起来让人恼火,甚至不如没有押韵的好。②

小说中上述叙事的发生时间是圣诞节期间,因节日缘故报纸上刊载圣诞诗歌的做法或可理解,而格雷戈里的谴责可能会显得有失偏颇;但他紧接下文对现实场景的描述与诗歌中的美好画面形成鲜明反差,确实起到了警醒世人的作用。

达雷尔对非洲黑人女学生史密斯小姐的描写将文学与英国社会两个层面上的"弑父"结合在一起,指出:对英国中世纪文学的学习扼杀了史密斯小姐的生命力。在英国文学尤其是对以乔叟为代表的英国中世纪文学的吸引下,史密斯小姐不远万里从非洲坦桑尼亚前来英国,却不知道学习的意义何在。史密斯小姐让格雷戈里联想到非洲的富饶、湍流不息的桑比西河、非洲大陆的信条和民俗以及野蛮人的疯

---

① Durrell, Lawrence. *The Black Book*, London: Faber and Faber, 1959, p. 121.
② Ibid. , p. 103.

狂与杀戮事件。"非洲大陆生命的律动展现在史密斯小姐身上,清晰可见,却正在死去"。① 达雷尔在此借格雷戈里之口,揭示了"帝国"文学对殖民地人民的"欺骗"功效,即便帝国中心(英国本土)危机重重,但在英国文学的感召下,英国仍是帝国殖民地子民的朝圣地。只有否定英国中世纪文学的价值,拒绝帝国朝圣,才能挽救史密斯小姐的"生命"。

1929 年始于纽约股票市场的经济危机席卷美国并迅速扩散到世界其他国家。1933 年英国失业率创历史新高,近三百万人失去了工作,失业人数占有保险工人数量的 23%。经济危机、美国在大众传媒与影视艺术等领域内的异军突起、英国统治阶级价值体系的失效、法西斯主义的兴起、战争的阴影以及形形色色的社会和经济运动困扰并威胁着 20 世纪 30 年代英国人的日常生活。② 在这一特定历史时期的社会、经济和政治大背景下,达雷尔认为必须对当下的英国社会把脉治病,在英国社会病入膏肓之际需当机立断宣布它的死讯。

《黑书》中,达雷尔刻画了一系列英国病态社会中的病态主人公形象,如玩弄女性的花花公子洛博和克雷尔、克雷尔的同性恋情人塔奎因、格雷戈里本人及其收留的街头妓女格雷西。婴儿、子宫、死亡和萧条等意象的重复出现强化了"英国之死"的"弑父"宣言。该宣言贯穿《黑书》始终,阐释了达雷尔心目中英国可怜且幼小的殖民主义灵魂③的麻木和无能。小说中英国社会的精神匮乏还反映在贫乏的两性关系中,这种贫乏和死亡一道催生出主人公对生命的强烈渴望。

就死亡与重生的主题意义而言,《黑书》可与 T. S. 艾略特的《荒原》相比。在达雷尔心目中英国是个吝啬、破旧的小岛,它"试图扼杀他人格中非凡、独特之处"。④ 达雷尔在《黑书》的前言中写道:

---

① Durrell, Lawrence. *The Black Book*, London: Faber and Faber, 1959, p. 125.

② 参见: Noreen Branson and Margot Heinemann, *Britain in the Nineteen Thirties*, Frogmore: Panther Books Ltd., 1973, p. 11。

③ Durrell, Lawrence. *The Durrell-Miller Letters 1935—1980*, New York: New Directions, 1988, p. 72.

④ Ibid., p. 51.

"该小说探讨了价值观的问题,反映了盎格鲁撒克逊民族精神世界的危机。"① 《黑书》早期版本的副标题是一部英国之死的编年史,达雷尔在小说中的代言人路西弗写道:"我选择今天开始写作,因为今天我们死于逝者中间;我的写作是为死者的战斗,为生者准备的编年史。"② 达雷尔意在通过夸张和变形的手法重新激起英格兰几乎停止跳动的脉搏。他在《现代英国诗歌导读》(*A Key to Modern British Poetry*) 中阐述说,"如果艺术能够传达某种信息的话,……这个信息应该提醒我们:我们正在死亡,我们并未活过"。③

弗雷泽指出米勒 (Henry Miller) 在谈论达雷尔《黑书》中生、死论题或酒神精神的主题时还暗指了达雷尔小说中重复出现的被密闭在子宫内的母题,新生命经过一番强力作用冲破子宫的束缚,来到世间,却面临着因退化而重返子宫的危险。④

《黑书》主人公路西弗"英国之死"的感叹源于对伊丽莎白时代的矛盾情感,那个原本给英国人带来极大物质丰富的时代,却滋生了现代社会中人们的挫败感和精神世界的空虚与幻灭。路西弗对现代英国人的描写是"我们与神话绝缘。我们的血管因机械化而变得僵硬,我们的脊梁像雨伞一样折叠在一起"。⑤ W. H. 奥登在《演讲者们》(*The Orators*) 中对 20 世纪二三十年代的英国社会做了相似的鞭挞,奥登评论说:"我们该如何评价英国呢,难道说在这个国家里没有一个人是健康的?"⑥ 达雷尔、D. H. 劳伦斯和亨利·米勒不约而同地将英国视为与真挚的感情、性爱和精神力量绝缘的国度,这里到处是寒冷的、没有爱情的荒原。面对死亡的阴影,达雷尔所做的就是如何摆脱"英格兰木乃伊的包裹——文化的襁褓"(Durrell, *Black Book*, 1959:9)。达雷

① Durrell, Lawrence. *The Black Book*, London: Faber and Faber, 1959, p. 10.

② Ibid. , p. 20.

③ Herbert Howarth, "Lawrence Durrell and Some Early Masters", *Books Abroad*, Vol. 37, No. 1, Winter 1963, pp. 5 – 11.

④ G. S Fraser, *Lawrence Durrell A Study*, London: Faber and Faber Limited, 1973, p. 53.

⑤ Lawrence Durrell, *The Black Book*, London: Faber and Faber, 1959, p. 160.

⑥ G. S. Fraser, *Lawrence Durrell*, London: Longman Group Ltd, 1970, p. 30.

尔在一首诗中抒发了在英格兰的死亡荒原中对生的希望：

> 然而我最终意识到
>
> 饥饿，贪婪究其本源，
>
> 并非出于对爱、金钱，
>
> 或性的饥渴；而来自对生的渴望。[①]

"英国之死"是达雷尔创作《黑书》的时代大背景。身为作家的达雷尔清醒地意识到要么选择与英国社会一起沉沦，要么摆脱死亡的阴影谋求新生。但在此之前，达雷尔认为应该先对英国社会萎靡不振的精神现状进行一番描述和抨击，希望以此来唤醒英国民众的时代紧迫感。更重要的是达雷尔不仅通过《黑书》真实地记载了英国之死，还借助该小说解脱了英国社会对他的束缚，进而完成了作家自我之生与英国之死的弑父宣言。

第二节　自我与他者之生、死变奏

在《黑书》文本叙事层面上的自我与他者之生、死变奏中，已故日记作者格雷戈里被小说作者路西弗纳入小说《黑书》的叙述中，并由此获得了生命，产生了双重叙事的共生关系。达雷尔试图建立一种小说作者路西弗自我的小说层叙述和日记作者格雷戈里他者的日记层叙述的双重叙事模式。《黑书》中的双重叙事具有巴赫金所论述的复合式文体和杂语的特点。除此之外，小说中还大量使用了巴赫金所说的身体意象，如格雷斯患上肺结核和艾伯特身患子宫癌等，小说最后诸多身体的死亡，似乎预示着自我与他者之生、死变奏的终止，巴赫金却说："物体坠落并非暗示着将它抛入一个无意义的存在和绝对的毁灭之中，而是

---

① G. S. Fraser, *Lawrence Durrell A Study*, London: Faber and Faber, 1973, p. 59.

将其抛入一个低级的再生层面。"① 由此可见自我与他者的变奏并未因他者叙述的停止而终结,小说开放的结尾暗示着崭新的自我与他者之间生、死变奏的开始。

小说《黑书》中镶嵌着格雷戈里名为《黑书》的日记,路西弗和格雷戈里两个叙述者叙述的故事内容和人物极为相似,小说和日记成为路西弗的自我和格雷戈里的他者之间生、死变奏的文本所在地。路西弗的小说层叙述与格雷戈里的日记层叙述交织在一起,自我与他者的生、死变奏便在彼此叙事框架的不断解构和重构中发展起来。帕特里莎·沃(Patricia Waugh)认为:框架的形成和打破,隐形框架对幻觉的建构和不断暴露使幻觉破灭,为元小说提供了必不可少的解构手段。② 达雷尔通过元小说的解构效应建构了两个相互导通的叙事空间。

小说现在时叙事的普遍运用进一步混淆了小说《黑书》与日记《黑书》的叙事框架。路西弗是科孚岛上的一名英语教师,是一位有极强自我意识的作家。他以第一人称叙事的方式追述了自己过去在一个名为女王(Regina)的破败不堪的伦敦旅馆里的生活经历。路西弗在旅馆的一个房间里发现了作为他者的格雷戈里的日记,并将日记有机地融入自己名为《黑书》的小说的叙事之中。路西弗自我与格雷戈里他者间的共生以空间为叙事基础,"时间要么受到控制,要么被完全消除"。③路西弗的回忆和他引用的格雷戈里的日记都采用了现在时的叙事,这就使过去与现实交织在一起,不分彼此混为一体。路西弗在书中写道"我生活在想象之中,那里无时间可言。因此我在爱奥尼亚用笨拙的打字机为你们创造出来的世界只是个空间场所,能在地图上准确地标示出来。"④ 随着时间的消失与空间的转移,路西弗和格雷戈里的双重叙事中自我与他者的位置频繁互换。

---

① M. Bakhtin, "Rabelais and His World", *Literary Theory: An Anthology*, Ed. Julie Rivkin and Michael Ryan, Massachusetts: Blackwell, 1998, p. 47.

② Patricia Waugh, *Metafiction The Theory and Practice of Self-Conscious Fiction*, New York: Methuen, 1984, p. 31.

③ John A. Weigel, *Lawrence Durrell*, Boston: Twayne Publishers, 1989, p. 18.

④ Lawrence Durrell, *The Black Book*, London: Faber and Faber, 1959, p. 59.

引人注目的是小说文本内叙述者之间的共生关系表现为此消彼长的生与死的重奏，例如：在路西弗引用格雷戈里的日记并对格雷戈里品头论足的时候，格雷戈里在日记中也谈到了路西弗，"我仍戴着一顶独特的无边帽，因为我和路西弗一样骄傲。他的确有些土气，假装对我的时髦毫无兴趣。相比之下我更喜欢他妻子"。① 日记叙述者格雷戈里与妓女格雷斯的婚姻多半是出于对后者的同情。出于世俗舆论和出身的考虑，格雷戈里始终认为这是场愚蠢的婚姻。格雷斯死于肺结核，格雷戈里追悔莫及，于是他用写日记的方式回忆并记录过去的生活经历并以此来折磨自己。小说叙述者路西弗和妓女希尔达的故事与格雷戈里与妓女格雷斯之间的故事相似。路西弗虽同情希尔达，但希尔达对路西弗来说只是个母亲的角色。对路西弗而言，另外一个母亲角色是希腊补习学校的法国女教师艾伯特（Madame About）女士，可是艾伯特身患子宫癌将不久于人世。令路西弗迷恋的母亲形象如同英国过于成熟和丰富的建筑、风景和文学让他感到窒息。

《黑书》结尾，艾伯特女士和希尔达即将死去；坦克雷德企图自杀；原本充满活力的希腊黑人姑娘，年轻女学生史密斯因沉溺于英国中世纪文学而失去了往日的朝气；颇具象征意义的是格雷戈里选择用自己手中的钢笔完成了日记中的自杀。随着路西弗和格雷戈里双重叙事中的人物相继死去，两者赖以共生的基本叙事元素消失殆尽。至此，《黑书》中路西弗与格雷戈里间自我与他者的生、死变奏中的共生关系告一段落，而"英国之死"的变奏主题再一次凸显出来。

文本层面上的小说主人公的自我与他者之生、死变奏不仅涉及主体自我与外在的客体他者间的生、死变奏，而且还涉及主人公自我与被其自身他者化了的主体内部"本我"间的生、死变奏。几近遭到扼杀的他者"本我"与自我融合在一起，这是一个由自我异化而达成自我回归的过程。身为作家的路西弗和格雷戈里都饱尝主体自我分裂之苦。正如"拉康告诉我们，任何主体都是一个分裂的主体。作家、艺术家尤

---

① Lawrence Durrell, *The Black Book*, London: Faber and Faber, 1959, p. 39.

其是一个分裂的主体,他比常人更敏感、更深刻、更痛苦地感受着自己的分裂,因此比常人更强烈地渴望拥抱那一开始就被排斥了的完满,渴望复归自己最本真的存在"。① 自我与他者"本我"的生、死变奏虽然在主人公格雷戈里和路西弗身上都有体现,但是只有小说叙述者路西弗真正完成了两者的融合。

格雷戈里的自我与他者本我之生、死变奏以本我的死亡和自我的慢性自杀宣告结束,这正应和了弗洛伊德"死亡本能"的心理分析理论。与"生的本能"相反,死亡本能要求回归到无生命的状态中去,它又可细分为外向和内向两种类型"外向型即能量向外投放,如破坏性、攻击性、战争等。内向型即能量向内投放,如自责自罪、自残自戕、自我毁灭等"。② 因为弗洛伊德后期将性本能又称为爱的本能或生的本能,所以格雷戈里不能对格雷斯表达爱意可被看作是一种生的本能的缺失。格雷戈里用灌满绿墨水的笔在日记中羞辱自己,在路西弗看来格雷戈里是在用日记的方式慢性自杀,这恰好是格雷戈里死亡本能的一种体现。格雷戈里无法原谅自己,他不间断地与自己和读者对话以便释放被自我囚禁的本我。他一边听着煤气炉噼里啪啦的响声,一边感觉到自己生命中尚未发现的潜力,即本我,如同没有走过的路一样,而上面的用闪闪发光的金属铺就的线路正在不断地氧化腐蚀。

格雷戈里在日记中袒露了心声,原来他对本我的扼杀源自本人早年的生活经验。象征超我的女监护人给儿时的格雷戈里带来了心灵创伤。面容憔悴的女监护人教给他的短语和其他一些无用的东西,那些在死亡国度里虽生犹死的生活格言、习俗和规诫,③ 将伴随他一生直至死亡。格雷戈里运用弗洛伊德的心理分析理论对人生做出了评价,他认为人们早期的生活经历决定了个人的本性,此后生活中个人用理智(即自我和超我)所作的努力以及由此获得的成功只是一种表象,这种虚假的

---

① 马元龙:《作者和/或他者:一种拉康式的文学理论》,《外国文学》2006年第1期。

② 孙小光:《弗洛伊德的本能论——中国现当代文学中的生本能与死本能》,《长春工程学院学报》(社会科学版)2004年第3期。

③ Lawrence Durrell, *The Black Book*, London: Faber and Faber, 1959, p. 41.

外表只能使人们心灵深处的本我更加混乱。莫里森对此的评论是：格雷戈里就像 T. S. 艾略特诗歌中的普鲁弗洛克一样，仿佛突然被从仆人房间传来的女人的笑声唤醒，内心感到一阵疼痛，他的情欲为其资产阶级的属性所禁锢和压抑①。格雷戈里一味强调具有外在显像的自我，始终将本我视为他者予以扼制。格雷戈里的自我所关注的只是外貌、品味和书籍等生活表象。从入场到退场，格雷戈里充其量不过是个小说中的扁型人物。他留给人们的印象无非就是坐在装订精美的图书中间，手持一杯雪梨酒，膝盖上放着一本小牛皮封面的帕斯卡的书。在格雷戈里高傲甚至完美的外表后面却隐藏着一个胆小、焦虑的另一个自我，一个深埋于层层理性和品味之下而被扼杀了的他者本我。

应当指出，路西弗的自我与他者本我之生、死变奏中体现了路西弗对本我先抑后扬的发展轨迹。弗洛伊德曾指出"生的本能可以将有机体结合到较大的统一体中去"② 抵御死的本能，"使生命获得更新"③。路西弗对本我的他者化旨在以解构和批评的方式认清本我。在此基础上路西弗重新赋予本我以生命力，完成了本我对自我的回归，或曰自我与本我的融合并形成较大的统一体，在此过程中路西弗的"生的本能"得到展现。路西弗在认识他者本我的过程中采用了所谓分离实验（experiments in dissociation）④ 的方法。分离实验目的在于将重重包裹着的自我剥离到只剩下赤裸裸的本我，这是路西弗解构自我、探索本我的范式。这一方法能够定位和诊断祖辈传下来的堕落和腐败⑤，因为堕落和腐败已严重扭曲了人们的性、爱和创造力等这些存在于本我之中的生命原动力。

弗洛伊德的《作家与白日梦》为自我与他者"本我"间的生、死

---

① Ray Morrison, *A smile in his mind's eye: a study of the early works of Lawrence Durrell*, Toronto: University of Toronto Press, 2005, p. 286.

② 弗洛伊德：《弗洛伊德后期著作选》，林尘、张唤民译，上海译文出版社 2005 年版，第 46 页。

③ 同上书，第 49 页。

④ Lawrence Durrell, *The Black Book*, London: Faber and Faber, 1959, p. 215.

⑤ Ibid. , p. 199.

变奏提供了理论依据。弗氏将描写人格分裂的小说定名为心理小说，并将这种小说归因于现代作家将自我进行分裂，并对其有所观察，自我被分裂成多个他我，因此作品中的主人公反映出作者心理生活相互冲突的方面①。弗洛伊德所提及的他我反映在《黑书》中则是以被他者化了的本我。达雷尔在《黑书》中曾将自我和本我比喻成两个政见不合的将军拙劣地指挥着两军之间的战争②。值得一提的是，第一版《黑书》的副标题分别是："第一本书：自我和本我（BOOK ONE：ego and id）""自我"（EGO）以及"自我和本我"（EGO and ID）③。这些副标题显示出小说主人公路西弗自我和本我间生、死变奏的三个阶段。第一个阶段中，小写的自我和本我意在表明路西弗对自我和本我模糊的区分。第二个阶段中路西弗突出了自我意识，本我被视为无足轻重的他者。因此副标题中只有以大写英文字母的形式出现的自我，本我的不在场暗示了对本我的扼杀。在第三阶段中，路西弗的人格归于完整，本我获得了与自我同等重要的地位，两者都以大写英文字母的形式出现。路西弗的自我与他者"本我"间的生、死变奏实际上是路西弗的一次精神旅程：路西弗的世界观从失败主义、宿命论和虚无主义（以英国凄凉、沉闷的冬天为象征）转变成对生命、爱情和创造力的肯定（以小说结尾路西弗所到之处，即希腊的温暖、色彩和富饶为象征）④。

路西弗对英国的宗教信仰持怀疑和排斥态度，他认为基督是妓女所生，现今的英国与神话绝缘，基督的神话是服务于帝国殖民事业的谎言：

（英国的）动脉因机械化大生产而僵化，其骨骼像雨伞的伞架一样折叠在一起。穿过恐慌世界里性命攸关的万神殿，我们毫无理性地哀伤叹息——不是为这世界，而是因为我们没有自己的

---

① 弗洛伊德：《弗洛伊德文选论无意识与艺术》，中国人民大学出版社 1998 年版，第 104 页。

② Lawrence Durrell, *The Black Book*, London：Faber and Faber, 1959, p. 31.

③ Ray Morrison, *A smile in his mind's eye：a study of the early works of Lawrence Durrell*, Toronto：University of Toronto Press, 2005, p. 263.

④ Alan Warren Friedman, *Lawrence Durrell and The Alexandria Quartet*, Norman：University of Oklahoma Press, 1970, p. 5.

万神殿——米奇鼠的形象、身上装着橡胶骨盆的戴高帽子的疯子和血液里流淌着淋菌病毒的快乐富豪。谈信仰的时候，怎样才能让我相信这不是已经失效了的众多理想主义思想中的一个，不是你（英国）十字军东征过程中高举着的大旗？①

在清楚无误地表述了自己的英国末世论之后，路西弗抒发了朝圣东方的向往。道教（Taoism）和拉萨（Lhasa）分别是能为他指点迷津的东方哲学和精神皈依的圣地：

睡梦中，童年重现、故地重游，西藏像史芬克斯（Sphinx）神一样令人魂牵梦绕：火山口遍地珠宝；皑皑白雪覆盖着连绵曲折山脉，随着山势的转变仿佛呈现出令人目眩的千姿百变的花朵；黎明破晓，天光方亮为拉萨撑开一把美丽的珊瑚伞。②

回归心灵深处的旅程乃是达成自我与本我和谐关系的唯一有效途径，路西弗想象中的目的地是遥远的东方古国，在那里上帝是个黄皮肤的人，是个对着算盘沉思的古老哲学家③。这句话中的国度和古老哲学家分别指的是：中国和老子，由此达雷尔对中国道家哲学中阴阳和谐之说的赞同可见一斑。达雷尔认为道家哲学中的阴和阳恰好与弗洛伊德提出的本我与自我相对应，自我与本我的融合与阴阳相合之说恰好吻合，而这一融合也为自我与他者本我之生、死变奏画上了完满的句号。

综上所述，《黑书》作者心理层面上的自我与他者之生、死变奏表现为英国社会和前驱作家他者具有象征意义的死和作者自我克服他者影响焦虑后的生。这为理解20世纪30年代英国社会的萧条景象以及现代主义文学之后新一代作家创作的困境提供了重要的文本资料。

---

① Lawrence Durrell, *The Black Book*, London: Faber and Faber, 1959, p.160.
② Ibid., p.224.
③ Ibid., p.234.

从某种意义上说,《黑书》文本叙事层面上的自我与他者之生、死变奏强调了自我与他者共生的重要性。他者格雷戈里的起死回生是路西弗自我小说叙事的前提。《黑书》中路西弗和格雷戈里的双重叙事暗示了自我与他者的共生才是自我与他者之生、死变奏中永恒的主题。最后,在《黑书》文本心理分析层面上,路西弗通过格雷戈里日记对格雷戈里之本我扼杀有了全面了解,即格雷戈里被他者化的本我之死是格雷戈里自我慢性自杀的直接原因。路西弗引以为戒,在充分认识本我的基础上,路西弗释放了被他者化的本我,从而完成了自我与本我的有机融合。

综观《黑书》全文,自我与他者之生、死变奏的主题在作者层和文本层上虽貌似彼此分离,但从艺术思想上来看,两者却存在着紧密的联系。文本层中自我与他者之生、死变奏实际上是作者层面上自我与他者之生、死变奏在小说内部的反映。尽管达雷尔的自我受制于英国社会和前驱作家组成的他者集合,但他希望他者带来的影响的焦虑尽快消失,作家自我的地位尽早确立。然而正如文本层路西弗自我与格雷戈里他者的双重叙述一样,作家达雷尔自我与前驱他者之间也存在着相互依赖的共生关系。正是在他者影响的焦虑中作家达雷尔的自我才破茧而出获得了新生。与文本层路西弗自我对他者本我的剖析一样,作家达雷尔的自我也只有认识到被他者化的本我的种种弊病之后才能赋予本我以生命,并最后通过自我与本我的融合促成作家自我的独立人格。显然,达雷尔是一个具有强烈自我意识的作家,其早期小说《黑书》不仅开启了后现代主义小说文本中关于主体性的讨论,而且对后现代主义小说的发展产生了积极的影响。

达雷尔《黑书》的创作地点是希腊科孚岛(Corfu),时间是冬天,如达雷尔的代言人、第一人称叙述者路西弗所说,"我之所以选择今天开始写作,因为今天我们在死亡中死去……衰败与衰败之间的通信就此完结。"[1] 对此,布朗(Sharon Lee Brown)评论道:"科孚岛是女王旅

---

[1]　Lawrence Durrell, *The Black Book*, London: Faber and Faber, 1959, p. 20.

馆的翻版；叙述者之所以在科孚岛上书写英国，是因为科孚岛的冬天与英国的一样萧杀寒冷。"① 布朗将达雷尔笔下的科孚岛等同于英国的观点仅是对达雷尔创作意图的现象描述与主观臆断。

究其本质，《黑书》中路西弗从对科孚岛现实生活的思考到对昔日英国生活经历的回忆不过是因二者地理、气候上的相似而引发的由此及彼的自由联想的结果。文中第一个"衰败"是对科孚岛冬天自然景观的描述，第二个"衰败"则是针对当时英国社会伦理与文化的批评。恰如弗里德曼（Alan Warren Friedman）所写："路西弗的自我与他者'本我'间的生、死变奏实际上是路西弗的一次精神旅程：路西弗的世界观从失败主义、宿命论和虚无主义（以英国凄凉、沉闷的冬天为象征），转变成对生命、爱情和创造力的肯定（以小说结尾路西弗所到之处，即希腊的温暖、色彩和富饶为象征）。"② 路西弗眼中生机盎然的希腊与英国伦敦的精神荒原形成鲜明反差。至此，达雷尔通过对英国社会伦理与文化批评的方式成功消除了本人"帝国之子"的伦理身份困惑，并开启了他流散文学的创作生涯。

① Sharon Lee Brown, "*The Black Book*: A Search for Method", *Modern Fiction Studies*, Vol. 13, No. 3, 1967, p. 325.

② Alan Warren Friedman, *Lawrence Durrell and The Alexandria Quartet*, Norman: University of Oklahoma Press, 1970, p. 5.

第五章

《亚历山大四重奏》中的政治伦理内涵

第一节　英埃关系的政治隐喻

麦克尼文（Ian MacNiven）认为"《芒特奥利夫》① 起到了将《亚历山大四重奏》中其他三部小说有机联系在一起的纽带作用"。② 究其本质，真正起到联结作用的是达雷尔在《芒特奥利夫》中对埃及特定历史时期英国与华夫脱党（埃及国民党 Waft）之间关系的阐释；该党与英国在 1936 年签订的条约确保了埃及的独立。达雷尔巧妙地将埃及民族主义运动、英国殖民和后殖民政治有机地贯穿于《芒特奥利夫》"爱情、间谍"小说的叙事之中；现实世界中，英埃之间政治关系的变化成为推动达雷尔虚拟小说叙事、决定主人公命运的核心力量之所在。

《芒特奥利夫》中，初任英国外交官且年轻有为的芒特奥利夫被英国政府派驻埃及并安排住到埃及科普特富商法尔陶斯·霍斯南尼（Faltaus Hosnani）家中；这是个一举两得的安排，芒特奥利夫既可以提高阿拉伯语的水平又可以学习埃及的风土人情，得益于此番生活学习经历芒特奥

---

① 《亚历山大四重奏》由《贾斯汀》（*Justine*, 1957）、《巴萨泽》（*Balthazar*, 1958）、《芒特奥利夫》（*Mountolive*, 1958）和《克丽》（*Clea*, 1960）四部小说组成。

② Ian S. MacNiven, *Lawrence Durrell：A Biography*, London：Faber and Faber, 1998, p. 466.

利夫成为 1918 年成立的执行英国对埃及殖民统治权力的高级专员公署（High Commission）中的一员。① 在此期间，芒特奥利夫与莉拉·霍斯南尼（Leila Hosnanis）建立了情人关系，虽是两情相悦，这却是乱伦之举，因为莉拉不仅是身患残疾的法尔陶斯的妻子还是纳西姆·霍斯南尼（Nessim Hosnani）和纳洛兹·霍斯南尼（Narouz Hosnani）两个儿子的母亲。不久，芒特奥利夫就被英国政府调离埃及。埃及独立后，芒特奥利夫以英国驻埃及大使身份重返埃及并继续与莉拉保持书信往来。凯克文斯基（Donald P. Kaczvinsky）通过历史考据发现，小说中芒特奥利夫回埃及的时间是 1934 年的夏天，这与麦尔斯·兰普森爵士（Sir Miles Lampson）英国驻埃及最后一任高级专员公署长官和英国派往独立埃及的第一任大使到达埃及的历史事件和时间吻合。②

两次世界大战之间，英国殖民者与埃及国内决定埃及后殖民国家命运的各种政治力量周旋。为国家自由而战的埃及国民党是其中一股不可忽视的力量。达雷尔用芒特奥利夫与莉拉之间的感情纠葛喻指英国当局对埃及国民党不置可否、模棱两可以及"始乱终弃"的政治态度；《亚历山大四重奏》因此成为一部具有独特政治隐喻的小说。

达雷尔对埃及女主人公莉拉持赞扬和同情的态度，他将美丽、富有的莉拉塑造成欧化了的"新埃及人"（New Egyptians）的代表。历史学家胡拉尼（Albert Hourani）在《阿拉伯人的历史》中详细描述了在时局瞬息万变的中东，两次世界大战期间欧化了的新兴埃及本土资产阶级的生活场景。"旅行、教育和新媒体"创造出一个为"新埃及人"共享的品位较高的埃及社会；双语（阿拉伯语和法语）在埃及已流行甚广，实际上"法语几乎彻底取代了阿拉伯语成为埃及人的母语"，"新埃及人"渴望阅读"外国报纸或收听国外广播"。这一阶层的知识分子"需要阅读更多的英语或法语报纸、文章和文学作品"，他们养成了去欧洲度暑假的习惯，且经常"一去就是好几个月"。对欧洲文化习俗的学习

---

① 参见：Lawrence Durrell, *Mountolive*, New York: E. P. Dutton, 1961, pp. 11, 91。

② Donald P. Kaczvinsky, "'When was Darley in Alexandria?': A Chronology for The Alexandria Quartet", *Journal of Modern Literature*, Vol. 17, No. 4, 1991, pp. 591 – 595.

直接影响了"新埃及人""房间的装修风格、待人接物的方式；（他们）与众不同的衣着打扮（尤以女性为代表）反映了巴黎的时尚潮流"。①从学历、语言和生活习惯等方面看，莉拉毫无疑问恰是胡拉尼所描述的"新埃及人"中的一员。毕业于开罗大学的莉拉精通多种语言，定期去欧洲旅游，热爱巴黎。她喜欢阅读来自欧洲不同国家的期刊和书籍，是欧洲品味与风尚的追随者。莉拉是两次世界大战期间埃及政坛新生力量的代言人，这一阶层的埃及人向往独立，认为自由埃及人应在讲阿拉伯语的同时，珍惜埃及历史与文化，在教育和知识分子的远见上应向欧洲学习，埃及区域政治的考虑范围应是整个地中海地区。

小说中，在上述埃及社会文化、政治背景下，莉拉参与成立了主张埃及独立的华夫脱党。1882—1918 年，英国对埃及的占领持续了 36 年，埃及实际上已成为英国的保护国。第一次世界大战结束后不久，英国高级专员公署专员和他的政治顾问们摇身一变成为大英帝国埃及领地上名副其实的殖民统治者。第一次世界大战检验了"新埃及人"对英国殖民统治者的忠诚与耐心。战争期间开罗和亚历山大的街上挤满了来自世界各地的大英帝国的吵闹、暴虐的士兵，他们将在埃及奔赴加利波利（Gallipoli）和美索不达米亚（Mesopotamia）的战场。第一次世界大战对埃及经济是一个致命的打击。现代埃及历史学家安塞利（George Annesely）描述了这一特定历史时期内埃及社会的现状："第一次世界大战期间英国的外交，尤其是英国对埃及的外交出现了明显的脱节和下滑现象；英国常常无法兑现诺言，两国间误解频出……与埃及农民的关系日渐疏远，埃及民族主义最终构筑起强有力的联合阵线。"②

新埃及精英中的知名人士组成代表团与英国人协商埃及独立问题。1918 年 11 月 13 日第一次世界大战停战协议签署的第二天，律师出身的华夫脱党领袖柴鲁尔（Sa'ad Zaghloul）将埃及独立议案交给了英国高级专员公署专员雷金纳德·温盖特（Reginald Wingate）。华夫脱党提出了

① Albert Hourani, *A History of the Arab Peoples*, London: Faber and Faber, 1990, pp. 338–340.

② George Annesely, *The Rise of Modern Egypt: A Century and a Half*, 1798—1957, Edinburgh: Pentland, 1994, p. 320.

埃及彻底独立的要求。①《亚历山大四重奏》叙事的历史时间不仅与上述时间吻合，更重要的是霍斯南尼家族所属的科普特少数民族跟华夫脱党联系密切。

现代阿拉伯文学也从某种意义上阐明且加强了科普特人与华夫脱党之间的关系。20世纪50年代中期，埃及诺贝尔文学奖获得者纳吉布·马赫福兹（Naguib Mahfouz）用阿拉伯语创作了成名作《开罗三部曲》；达雷尔在同一时期正从事《亚历山大四重奏》的写作。与《亚历山大四重奏》相似，马赫福兹的三部曲同样以五十年代为立足点追溯描写了前几十年里的埃及社会。三部曲中的第三部小说《甘露街》（Sugar Street）刻画了里亚德·阔尔达（Riyad Qaldas）这样一个典型的科普特人物。小说中，阔尔达讲述了华夫脱党在他狂热的宗教朋友中受欢迎的程度：

> 我们科普特人都是华夫脱党成员，因为华夫脱党主张真正意义上的民族主义。这一主张不具宗教性质，同倾向土耳其的埃及国家党（the National Party）大相径庭。华夫脱党是受埃及民众欢迎的政党。华夫脱党能够实现为全体埃及人谋求自由的目标，并不考虑种族起源或宗教信仰。②

历史学家沃伯格（Warburg）和库普弗尔施密特（Kupferschmidt）记述了科普特人在华夫脱党中的重要作用，"穆斯林人和科普特人的共同追求是'独立'"。五位科普特知名人士为此做出了巨大贡献，他们是：斯努特·汉纳（Sinut Hanna）、马库斯·汉纳（Murqus Hanna）、维萨·瓦西夫（Wisa Wasif）、瓦西夫·哈里（Wasif Ghali）和马克拉姆·尤巴德（Makram Ubayd）③。达雷尔的小说主人公干脆把华夫脱党视为科普特人的阴谋，拥有大量土地和产业的霍斯南尼家族是当时埃及富有

① Janice Terry, *The Wafd*, 1919—1952: *The Cornerstone of Egyptian Political Power*, London: Third World Research and Publishing, 1982, pp. 70 - 74, 79.

② Naguib Mahfouz, *Sugar Street*, *The Cairo Trilogy* Ⅲ. New York: Doubleday, 1993, p. 135.

③ G. Warburg and R. Kupferschmidt, eds., *Islam*, *Nationalism and Radicalism in Egypt and the Sudan*, New York: Praeger, 1983, p. 313.

的科普特土地业权人、"棉花大王"们的缩影，他们倾尽财力、毕生致力于华夫脱党倡导的埃及独立事业。埃及历史现实中的真实人物马克拉姆·尤巴德与《亚历山大四重奏》中的虚构小说人物纳西姆·霍斯南尼极为相似。二者都是欧化了的科普特人，都与英国在埃及的殖民政府关系紧密。尤巴德被称为"科普特人中最杰出的政治人物"，① 纳西姆则被其父亲称作："真正的科普特人。头脑聪明、不苟言笑……他的参与定能给埃及外交增色不少。"②

1919 年之初，埃及犹太社区里的显贵人士已开始积极帮助华夫脱党。埃及阿拉伯语报纸《太阳报》号召犹太人全面参与埃及政治、文化生活，将阿拉伯语作为埃及犹太人的语言。生活在埃及的主张犹太复国运动的犹太人对华夫脱党实现国家独立的强烈愿望公开表示同情。埃及民族主义与犹太人以在巴勒斯坦建立家园为宗旨的犹太复国运动并不冲突。实际上，出于反抗英国殖民统治和保证埃及少数民族权力的共同目的，左翼犹太复国运动组织与华夫脱党保持着积极的合作关系。从政治角度看，埃及犹太人和基督徒"发现他们的境遇几乎相同"。③《亚历山大四重奏》中纳西姆的妻子贾斯汀就是埃及犹太人。此外，达雷尔还虚构了科普特密谋者帮助犹太复国运动地下组织成员向巴勒斯坦运送武器的行动，而巴勒斯坦当时正在英国托管政治统治之下。

纳西姆与贾斯汀结婚时说："法国和英国丧失了对中东的控制。我们……正逐渐被阿拉伯大潮，穆斯林大潮包围。我们有些人试图抵抗；埃及亚美尼亚人、科普特人、犹太人和希腊人，而其他地方的人则建立了自己的组织。"④ 纳西姆曾问贾斯汀，在中东，谁能取代英国和法国？纳西姆自问自答道："只有一个国家能够决定中东的命运。所

---

① G. Warburg and R. Kupferschmidt, eds., *Islam, Nationalism and Radicalism in Egypt and the Sudan*, New York: Praeger, 1983, p. 314.

② Lawrence Durrell, *Mountolive*, New York: E. P. Dutton, 1961, p. 44.

③ G. Warburg and R. Kupferschmidt, eds., *Islam, Nationalism and Radicalism in Egypt and the Sudan*, New York: Praeger, 1983, p. 362.

④ Lawrence Durrell, *Mountolive*, New York: E. P. Dutton, 1961, p. 199.

有的一切——甚至就连可怜的穆斯林人的生活标准都取决于这个国家的力量和资源。"① 纳西姆所说的那个国家正是巴勒斯坦。他对贾斯汀继续解释说:"如果犹太人能够赢得他们的自由,我们就轻松了。我们唯一希望的就是把外国人赶走",法国人和英国人"已经丧失了斗志"。② 纳西姆的计划被发现后,贾斯汀逃亡巴勒斯坦,并在"犹太人集体农场"里工作;另一名小说女主公克丽(Clea)将"集体农场"称为"共产主义者的定居点"。③ 由此可见,贾斯汀与"集体农场"的联系恰好应和了埃及历史上华夫脱党与犹太左派复国组织(如青年卫队 HaShomer HaTzair,英文翻译是 The Youth Guard)的联系。

麦克尼文(Ian MacNiven)认为:《亚历山大四重奏》在讲述科普特人帮助犹太人向巴勒斯坦秘密运送军火的故事时,达雷尔实际上借用了塞浦路斯反英运动的历史事件。《贾斯汀》写作期间,埃奥卡(EO-KA 塞浦路斯独立运动组织)的炸弹爆炸和子弹射击的声音正回响在达雷尔耳边。④ 因此达雷尔很有可能将塞浦路斯人向犹太复国组织运送枪支的密谋移植到《亚历山大四重奏》中,为该小说建构了隐含着的深层叙事情节。当然,《亚历山大四重奏》中达雷尔描述的科普特反英"计划"或"阴谋"也有可能源自第二次世界大战期间他在埃及为英国政府工作期间听到的英国对华夫脱党的种种歪曲解读。在顽固不化的英国殖民主义者(小说中以马斯克林准将 Brigadier Maskelyne 为原型)眼中,所有的埃及独立运动都是"反英阴谋"。他们认为华夫脱党受科普特人控制,并与巴勒斯坦的犹太复国组织相勾结;华夫脱党党员因此而被视为"极端主义分子"(extremists)⑤。从很大程度上讲,埃及民族主义者、华夫脱党和科普特人在两次世界大战期间更加需要彼此间的相互依存;在华夫脱党的帮助下,"科普特人的民族主义

① Lawrence Durrell, *Mountolive*, New York: E. P. Dutton, 1961, p. 200.

② Ibid.

③ Ibid. , pp. 202, 211.

④ Ian S. MacNiven, *Lawrence Durrell: A Biography*, London: Faber and Faber, 1998, pp. 433 –436.

⑤ Janice Terry, *The Wafd*, 1919—1952: *The Cornerstone of Egyptian Political Power*, London: Third World Research and Publishing, 1982, p. 92.

运动获得了新活力",华夫脱党已经成为名副其实的"科普特人的政治家园"。①

华夫脱党的民族意识植根于"悠久而充满荣耀的尼罗河文明（Nile civilisation）"②；该党充分调动了埃及人民对尤以法老和希腊统治时期为代表的埃及不同历史时期的集体意识。塔哈·侯赛因（Taha Hussein）是 20 世纪前半叶埃及文学文化启蒙运动的领导者。在法国师从著名人类学家埃米尔·涂尔干（Emile Durkheim）并获得博士学位后，塔哈·侯赛因回到埃及在创建亚历山大大学过程中起到了重要作用；随后，他出任了埃及最后一届华夫脱党政府的教育部长（从 1950 年开始，到 1952 年埃及自由军官政变爆发为止）。

1938 年，时任开罗大学文学院院长的塔哈·侯赛因出版了《埃及文化的未来》（*The Future of Culture in Egypt*）一书；1956 年，该书被译成英文再版。《埃及文化的未来》探讨了后殖民独立埃及的文化政策与本源问题，深刻影响了当时埃及人的思想意识。他认为，华夫脱党领导下埃及的发展目标是"从文明的角度，成为与欧洲平等的伙伴"；此外，他主张亲希腊（Philhellenism）的文化与民族发展政策。

除非埃及人学习古典语言，否则埃及本国历史中将有一大段不会被国人所知：若干世纪以来，埃及由希腊人和罗马人统治，所以，如果不懂拉丁语和希腊语的话，埃及人就只能通过外国人的眼睛审视本国的民族遗产了。对古典语言和知识的学习是增强埃及民族自信心的必由之路。③

在确保埃及大学里普及希腊语和拉丁语教育的同时，身为穆斯林世俗论者（Muslim secularist）的塔哈·侯赛因强调了科普特教堂在古埃及文明中的显著地位，将其比作埃及国家的支柱。这一观点恰好印证了达雷尔小说中老霍斯南尼的宣言："我们（科普特人）是法老真正的子

① G. Warburg and R. Kupferschmidt, eds., *Islam, Nationalism and Radicalism in Egypt and the Sudan*, New York: Praeger, 1983, pp. 314 – 316.

② Janice Terry, *The Wafd*, 1919—1952: *The Cornerstone of Egyptian Political Power*, London: Third World Research and Publishing, 1982, p. 72.

③ Taha Hussein, *The Future of Culture in Egypt*, New York: Octagon Books, 1975, p. 15.

孙——先人的后代，埃及的精髓。"①

　　20 世纪 30 年代的大多数时间里，华夫脱党是埃及的执政党，这段时间也是《亚历山大四重奏》小说世界的内部叙事时间。从 1941 年 5 月到 1945 年 6 月，达雷尔暂居埃及。1942—1944 年，塔哈·侯赛因任埃及教育部特别顾问并致力于亚历山大大学建校工作。1944 年，塔哈·侯赛因出任亚历山大大学第一任校长，直至 1950 年退休。② 达雷尔的作家朋友格温·威廉斯（Gwynn Williams）曾任教于亚历山大大学，达雷尔本人也考虑过在该所大学任教的工作。③ 考虑到第二次世界大战期间华夫脱党的影响力和达雷尔受雇于英国情报机构的经历，达雷尔极有可能了解华夫脱党并和该党的重要成员有过接触。因此达雷尔小说中隐含着的华夫脱党—塔哈·侯赛因—亚历山大之间的联系绝非偶然。

　　对英国殖民主义者来说，华夫脱党给他们带来了困境和机遇。困境在于占领埃及 40 年后，他们不得不面对埃及独立运动的挑战，这一运动受到来自埃及各个阶层、不同职业人士的大力支持，而靠武力镇压根本无法解决问题。与此同时，英国殖民主义者也看到了潜在的机遇。就英国保持对印度的殖民统治而言，埃及和苏伊士运河具有至关重要的战略地位。华夫脱党统治下的埃及将会是亲英的国家，很容易说服这样一个埃及政府允许英国在苏伊士保留一只守备部队以便保护运河。

　　高级专员公署专员雷金纳德·温盖特对 1919 年华夫脱党的政治代表团心存好感；他曾在官方报告中写道："我必须承认他们的态度就总体而言还是正确的，……他们提出的是纯粹爱国主义的政治主张。"温盖特认为从长远看，"埃及政治领域内的革新会倾向于英国的民主"④，

---

　　① Lawrence Durrell, *Mountolive*, New York: E. P. Dutton, 1961, p. 41.

　　② Albert Hourani, *Arabic Thought in the Liberal Age* 1798—1939, Cambridge: Cambridge University Press, 1983, p. 338.

　　③ Ian S. MacNiven, *Lawrence Durrell: A Biography*, London: Faber and Faber, 1998, p. 320.

　　④ Janice Terry, *The Wafd*, 1919—1952: *The Cornerstone of Egyptian Political Power*, London: Third World Research and Publishing, 1982, p. 80.

毫无疑问，埃及的政治革新将有利于英国的地缘政治利益（British geo-political interest）。这便是年轻的芒特奥列夫初到埃及富商法尔陶斯·霍斯南尼家时的历史、政治语境。

小说中纳西姆·霍斯南尼是受过高等教育、欧化了的埃及城市精英的代表。与塔哈·侯赛因一样，纳西姆倡导华夫脱党领导下的"地中海主义"（Mediterraneanism）①，纳洛兹则是华夫脱党中宣扬法老文化遗产的埃及平民民族主义者。莉拉·霍斯南尼可被视为华夫脱党的化身。莉拉年事已高、因瘫痪而失去了行动能力的丈夫法尔陶斯·霍斯南尼将不久于人世；法尔陶斯是早期埃及民族主义者的代表，他们在英国殖民者镇压阿拉比起义（Urabi revolt）过程中高举民族主义的火炬。马斯克林准将是忠实于19世纪帝国主义的残余力量的代表，他们认为大英帝国的殖民统治应保持不变并一直延续至20世纪。克罗默勋爵（Lord Cromer）就是大英帝国保守势力中的一员；1883—1907年，克罗默勋爵一直担任英国在埃及保护领的总督。艾伦比将军（General Allenby）接替温盖特担任英国驻埃及高级专员公署专员之后，对华夫脱党实行"铁腕"（iron fist）政策。②

芒特奥列夫是20世纪奉行温盖特外交政策的新一代帝国主义者，他愿意接受现代埃及社会的进步和有价值的新鲜事物，对在华夫脱党领导下的埃及自治持积极态度。普斯沃登是个不走运的英国作家，在埃及历史的紧要关头，来到埃及却对眼前发生的一切毫不知情。从某种角度看，普斯沃登的处境与达雷尔和他同事们的处境相似，因为他们都是迫不得已流放到战时埃及进行文学创作的愤世嫉俗的帝国之子。

艾伦比任高级专员公署专员期间，华夫脱党人并不想与英国为敌，

---

① 在亚历山大城的希腊—罗马博物馆（Graeco-Roman Museam）中纳西姆首次感受到"历史梦境的巨大循环，这些梦替代了他儿时的梦想——亚历山大城将自己投入其中——这一循环仿佛找到了能够响应的主体，通过他传达埃及人的集体欲望、愿望，将其呈现于文化之中"。参见：Lawrence Durrell, *Justine*, New York: E. P. Dutton, 1961, p. 155. 在这些梦中，纳西姆看到的是亚历山大大帝、托勒密王朝、普罗提诺、安东尼与克里奥佩特拉统治和居住过的亚历山大城。达雷尔由此将纳西姆塑造成具有亚历山大城特征的埃及民族主义者。

② Janice Terry, *The Wafd*, 1919—1952: *The Cornerstone of Egyptian Political Power*, London: Third World Research and Publishing, 1982, p. 148.

而是希望英埃两国发展新型关系。莉拉与芒特奥列夫之间的恋情恰好反映了华夫脱党对英埃"新型关系"的渴望。然而不幸的是，芒特奥列夫试图将 19 世纪东方主义者"伯顿（Burton）、贝克福德（Beckford）和希丝塔夫人（Lady Hester）"[1] 的东方想象强加于莉拉身上，最终导致他对与莉拉之间的关系的困惑，而这正是 20 世纪新一代帝国主义者处理与华夫脱党之间关系时所产生的困惑态度的缩影。与芒特奥列夫的期待相反，莉拉不想被看作"东方"的化身，在思想上更接近塔哈·侯赛因的主张。塔哈·侯赛因赞成吉卜林的格言"东方就是东方，西方就是西方，两者永不相会"，还指出："不能认为易卜拉（Isma'il）提出的埃及是欧洲一部分的观点是种吹嘘或夸张，因为就埃及的知识和文化生活而言埃及一直是欧洲的一部分。"[2] 莉拉曾计划去欧洲继续学业，却无法摆脱埃及传统的束缚。[3] 塔哈·侯赛因或会同情莉拉的遭遇，正如胡拉尼所写：实现女性解放和保障女性的受教育权（包括高等教育）是华夫脱党教育政策的核心组成部分。[4]

莉拉与年轻的芒特奥列夫首次见面时，她与年长自己二十岁的丈夫处于无性婚姻的状态。如 D. H. 劳伦斯 1928 年出版的小说《查泰莱夫人的情人》中下半身瘫痪的克利福德·查泰莱（Clifford Chatterley）一样，法尔陶斯·霍斯南尼只能坐在轮椅上活动。[5] 已经习惯"孤独生活"的莉拉对芒特奥列夫的到来毫无心理准备，她在丈夫面前与芒特奥列夫调情，手上却没戴结婚戒指。[6] 对芒特奥列夫的到来，莉拉感到惊喜万分。这与华夫脱党人看到新一代英国统治者时的感觉一样。华夫脱党人在新一代英国统治者身上看到了胡拉尼所说的"与英国达成合理协议"（reasonable agreement with Great Britain）的可能性。为达此目

① Lawrence Durrell, *Mountolive*, New York: E. P. Dutton, 1961, p. 22.

② Taha Hussein, *The Future of Culture in Egypt*, New York: Octagon Books, 1975, p. 9.

③ Lawrence Durrell, *Mountolive*, New York: E. P. Dutton, 1961, p. 24.

④ Albert Hourani, *Arabic Thought in the Liberal Age 1798—1939*, Cambridge: Cambridge University Press, 325.

⑤ Lawrence Durrell, *Mountolive*, New York: E. P. Dutton, 1961, p. 19.

⑥ Ibid., p. 25.

的，华夫脱党呼吁英国践行著名作家约翰·罗斯金（John Ruskin）描述的理想的英国国家形象"学识与艺术的女主人；伟大记忆的忠实守护者；……经过时间检验的原则的忠实仆人……在她奇特的胆识中获得尊崇，对人类充满善意"。①

东方主义者芒特奥列夫对莉拉的西方主义情节同样没有心理准备。与欧洲殖民者教化被殖民他者的情况相反，莉拉却担负起帮助芒特奥列夫成长的教育者角色。极具讽刺意味的是，《亚历山大四重奏》中白人竟成为长有棕色皮肤的女性的负担。然而莉拉爱的并非芒特奥列夫本人而是"死去的十字军战士的肖像"②。彼此对对方抱有的不切实际的期待使莉拉与芒特奥列夫的关系（预示着华夫脱党与英国之间的关系）从一开始就注定失败的，这便是达雷尔为《亚历山大四重奏》设置的带有寓言性质的悲喜剧中的"过失"所在。

《亚历山大四重奏》中时隔二十年后，莉拉和芒特奥列夫令人不快的再次见面应和了第二次世界大战之前英埃两国关系恶化的政治现实。两次世界大战之间华夫脱党深受英国第一任工党政府的鼓舞，因为工党领导人拉姆齐·麦克唐纳（Ramsey MacDonald）未出任英国首相之前曾对华夫脱党的民族独立事业表示同情。麦克唐纳与华夫脱党领导人扎格卢勒（Zaghloul）彼此发送了一系列热情洋溢的电报，扎格卢勒在其中的一份电报中赞扬麦克唐纳"胸怀开阔，充满善意"③；在达雷尔小说中表现为芒特奥列夫离开埃及后与莉拉之间不断往来的书信关系。遗憾的是，莉拉不应该打乱计划去和芒特奥列夫见面，因为身患天花的莉拉已经毁容，这次见面彻底粉碎了芒特奥列夫对莉拉的美好回忆，两人的关系也因此画上了句号。与此相似，与华夫脱党尚未会面，英国工党在1924年的英国选举中惨败；新上台的执政党对华夫脱党不再持同情态度。英国政府支持泛阿拉伯主义政策以便实

---

① Lawrence Durrell, *Mountolive*, New York: E. P. Dutton, 1961, p. 29.

② Ibid. , p. 30.

③ Janice Terry, *The Wafd*, 1919—1952: *The Cornerstone of Egyptian Political Power*, London: Third World Research and Publishing, 1982, p. 62.

现埃及政治结盟。英国政府提出的"阿拉伯世界"的政治主张中存在着一系列问题。胡拉尼指出:"埃及民族主义的主流是法老和地中海文化而不是阿拉伯文化;这一代阿拉伯民族主义者倾向于把巴格达(Baghdad)而不是开罗视为中心,他们认为阿拉伯国家的最终归属应是西奈半岛(Sinai)。"①

《亚历山大四重奏》中总部设在开罗的大英帝国殖民者支持专制国王福阿德(Fu'ad)对华夫脱党的镇压,他们认为:与广受欢迎的民主运动相比,服从英国的暴君更好控制,然而英国对福阿德的支持意味着对福阿德倡导的伊斯兰教主义和泛阿拉伯野心的默许。埃及的未来成为三种力量争权夺利的一场战争,它们分别是:英国、埃及皇室和华夫脱党,前两者用"阿拉伯主义"来遏制后者的政治影响力。小说中,深受维多利亚时期殖民主义意识形态影响的马斯克林准将和阿尔及利亚裔埃及贵族蒙木里克帕夏(Memlik Pascha)便是上述前两种政治势力的代表。在写给即将上任的英国驻埃及大使芒特奥列夫的信中,普斯沃登谈及福阿德的政治倾向以及英国对埃及国王政治主张的纵容。普斯沃登在信中流露出对华夫脱党政治处境的担忧:英国在中东所谓的泛阿拉伯政策"根本就不算前后一致的政策";"无法通过扶持最软弱和最腐败势力的方式达到统一埃及的目的";英国对泛阿拉伯主义的支持是个错误"在现有的反英势力中再加入阿拉伯元素看起来简直就是个引人入胜的愚蠢行为"。普斯沃登指出英国被年代误植了的东方主义幻想所欺骗:"我们还沉浸在令人沉闷的一千零一夜的故事中吗?"② 普斯沃登对埃及社会问题的分析好似出自华夫脱党人之手:"埃及社会里的穷富两极化现象与印度社会相同",新兴的受过欧洲教育的中产阶级感到被英国的埃及政治边缘化。③ 作为犹太复国运动支持者的普斯沃登提出解决中东紧张局势的关键在于:重新调

① Albert Hourani, *Arabic Thought in the Liberal Age* 1798—1939, Cambridge: Cambridge University Press, 315 –316.

② Lawrence Durrell, *Mountolive*, New York: E. P. Dutton, 1961, p. 103.

③ Ibid. , p. 104.

整政策，允许犹太人行使政治权力。

从职业身份①到对华夫脱党政治主张的支持，小说主人公普斯沃登都与作家达雷尔本人有惊人的相似之处。达雷尔于 1945 年离开埃及；1977年，达雷尔首次重返埃及旅游时"谈起科普特人不禁感慨万千——把他们的祷文跟欧洲基督教'有气无力的祷文'相比，会发现'他们是纯正的，最早的基督徒'"。② 可见，达雷尔对法尔陶斯·霍斯南尼称赞科普特人是真正的法老后代的描写——"你们（科普特人）这样的基督徒才是唯一的最古老和最纯洁的种族"③ ——的确是作家本人真实思想的抒发。

《亚历山大四重奏》中，莉拉作为上一代华夫脱党的代表无法理解以自己儿子为代表的新一代华夫脱党人的反英热情。她在恳请芒特奥列夫原谅她两个儿子的错误行为的同时，重申了自己的亲英态度："他（纳西姆）给我都说了什么巴勒斯坦的事情！吓得我出了一身冷汗。反英行动！我怎么会做这种事呢！纳西姆肯定是疯了。"④ 在前往肯尼亚避难之前，莉拉再次请求芒特奥列夫原谅并理解纳西姆。没和莉拉见面之前，芒特奥列夫对莉拉的困境表示同情；然而当他见到莉拉之后，发现莉拉对他来说竟是个陌生人："他丝毫听不出莉拉的声音。"莉拉说起话来"不仅语速快而且前言不搭后语"⑤；坐在漆黑的双轮小马车里，头戴面纱，莉拉的举止显得过于轻率。芒特奥列夫只能看到莉拉的双手，"那双胖手未加修饰"与他年轻时看到的"柔滑雪白且没戴戒指的小手"⑥ 形成鲜明反差。此外，莉拉身上散发着"橙花纯露、薄荷、科隆香水和芝麻"的混合气味，芒特奥列夫意识到如今的莉拉已然成为"一位阿拉伯老女人"⑦。莉拉揭开面纱后，芒特奥列夫发现记忆中那位

---

① 与两次世界大战期间暂居埃及并担任英国外交官的达雷尔一样，小说中的普斯沃登也是英国驻埃及外交部里级别较低的一名外交官。

② Ian S. MacNiven, *Lawrence Durrell: A Biography*, London: Faber and Faber, 1998, p. 629.

③ Lawrence Durrell, *Mountolive*, New York: E. P. Dutton, 1961, p. 41.

④ Ibid., p. 283.

⑤ Ibid., p. 279.

⑥ Ibid., p. 25.

⑦ Ibid., p. 280.

美丽、高雅的情人早已不在，取而代之的是"一位体态肥胖、长着四方脸的、年纪不详的埃及妇女。她的脸上长满了麻子，眼袋下垂"。① 她的眼神充满悲伤，她的嘴唇在颤抖。她身上的皮肤布满红斑和疤痕，看上去就像大象的皮肤；从她嘴里散发出威士忌酒的气味。芒特奥列夫曾深爱着莉拉，而现在他对莉拉的感情却是怜悯与厌恶参半。

达雷尔明确阐明了自己政治隐喻性质的叙事动机。20 世纪 20 年代年轻且充满活力的华夫脱党（以莉拉为化身）现在只能勉强维持；随着第二次世界大战的迫近，华夫脱党"年事已高""魅力不再"。老一代华夫脱党领导已经去世。以纳西姆和贾斯汀为代表的新一代华夫脱党人反英的意志更加坚定，以武力和诡计达成目的的决心也更强烈。芒特奥列夫与莉拉之间关系的拖延和他对这一关系不置可否的态度使原本积极的英埃关系逐渐恶化。1919 年那些令人陶醉的日子一去不复返，留下来的只是对过去美好时光的无情嘲讽。芒特奥列夫没有答应莉拉帮助她的儿子；他在纳西姆反英事件上采取了中立和不过问的职业立场。芒特奥列夫对莉拉说："我不能与个人谈论官方问题"，② 他用这一简短的外交辞令结束了与莉拉之间的情人关系。在《亚历山大四重奏》中的最后一部小说《克丽》（Clea）中，巴萨泽（Balthazar）宣布了莉拉在肯尼亚流亡过程中的死讯。③ 小说中，莉拉死于 1942 年，像争取埃及独立和奉行亲欧文化政策的华夫脱党一样，莉拉"跌倒在两个凳子……两种生活，两个爱人之间"④。

不论《亚历山大四重奏》中的小说人物是否指涉了历史中的特定人物，达雷尔对霍斯南尼家族及其对埃及政治参与活动的描写与胡拉尼对"新埃及人"和华夫脱党的描述极为相似，由此可以断定达雷尔已把自己在埃及从事情报工作的部分经历变成了小说创作的素材。或许该小说为读者展开了一张更加宏大的社会历史画卷。如果英国在华夫脱党

① Lawrence Durrell, *Mountolive*, New York: E. P. Dutton, 1961, p. 281.

② Ibid. , p. 283.

③ Lawrence Durrell, *Clea*, New York: E. P. Dutton, 1961, p. 264.

④ Ibid. , p. 266.

成立之初就与该党达成一致意见，埃及就不会遭受纳塞尔（Nasser，埃及总统，1918—1970）的阿拉伯化政策之苦，亚历山大的希腊人也不会流离失所，埃及犹太人也不会逃亡至以色列和西方；长达三十年的埃及与以色列的战争和第二次世界大战后埃及兴起的伊斯兰恐怖主义也可因此而避免。如果当时的英国有足够的远见、道德和政治勇气面对华夫脱党的挑战的话，所有这些历史灾难均可避免。即便是在第二次世界大战的黑暗时期里，由民主且具有国际视野的华夫脱党领导的埃及肯定是英国反法西斯和纳粹主义的最可靠同盟，而不用担心变化无常且倾向轴心国的法鲁克国王，也不用提防泛阿拉伯主义者和伊斯兰主义者们妄图借法西斯德国的力量消灭犹太复国主义的阴谋。总而言之，在《亚历山大四重奏》中达雷尔将历史现实与小说虚构缜密、有机地编制在一起，巧妙地讽喻了特定历史时期英国中东殖民政治中的重大失误。

第二节　殖民伦理的后殖民重写

《亚历山大四重奏》常被国外学者视为作家本人维护英国殖民主义统治的文本证据。例如，布恩（Joseph A. Boone）撰文批评了达雷尔该作品中表现出的殖民主义、性别歧视和种族偏见等思想。[①] 还有部分国外学者指出，尽管达雷尔对第二次世界大战之后大英帝国的没落心知肚明，但他却更加致力于英国殖民文化对东方的渗透工作，并试图以此维系英国在黎凡特（Levant）构筑的文化帝国。

《亚历山大四重奏》的叙事背景是 1918—1943 年的埃及，1918 年和 1936 年分别是英国在埃及殖民统治机构"高级专员公署"（High Commission）的成立时间和废除时间。从某种意义上讲，"公署"制度是英国对埃及殖民政治的表征，而 1936 年应被视为埃及殖民和后殖民时期的分水岭。因此《亚历山大四重奏》可被看作带有后殖民批评性

---

① Joseph A. Boone, "Mappings of Male Desire in Durrell's *Alexandria Quartet*", *South Atlantic Quarterly*, Vol. 88, No. 1, 1989, pp. 73 – 106, 103.

质的作品。国外学者在研究中缺乏对上述时间的考量，仅以埃及实际独立时间 1953 年为衡量标准将《亚历山大四重奏》认定为宣扬殖民主义的文本，进而忽视了达雷尔隐含于作品中的批判殖民伦理的重写动机。

王晓兰教授曾对"殖民伦理"作出如下定义："欧洲殖民者所奉行的殖民伦理就是以'白人种族优越论'为预设，……为了证明他们对'劣等民族'和'落后地区'进行殖民统治的正当性而提出的一种政治哲学。"① 国外学者将殖民伦理理解为，"文明与原始、家长与孩子"之间的关系，认为"未发育完善的（unformed）和邪恶（evil-like）的孩子是界定被殖民种族的最贴切比喻。该比喻与原始主义的暗喻结合在一起证明了欧洲殖民者对被殖民者实施的教化行为的合理性；在欧洲殖民者的教化下被殖民者转变成文明且有责任心的成年人"。② 以上述观点为依据，笔者认为可将"殖民伦理"归纳为殖民者与被殖民"他者"之间高低贵贱、主动与被动的主仆式或家长制伦理关系。恰如维斯瓦纳坦（Gauri Viswanathan）所说："在传教士的挑衅和对被殖民当地人反抗的畏惧中，英国殖民政客们发现可与英国文学结成同盟，这使他们能以'博雅教育'（liberal education）为伪装，巩固他们对当地人的控制。"③《亚历山大四重奏》中，殖民主义文学作品不仅是为殖民伦理正名、给被殖民者洗脑的工具，还是禁锢着英国外交官头脑的"神圣幽灵"。通过对殖民主义文学作品的重写，达雷尔解构了殖民伦理合法性。通过对被殖民"他者"反殖斗争中文化传统与宗教神启力量的赞颂，《亚历山大四重奏》中的第三部小说《芒特奥利夫》完成了对殖民伦理逻辑颠覆性的逆向重写，从而成为反殖民伦理的有效文学武器。

《贾斯汀》中的第一人称叙事和《芒特奥利夫》中的第三人称叙事

---

① 王晓兰：《"利己主义道德原则与殖民伦理行为——康拉德'马来三部曲'中林格殖民行为的伦理阐释"》，《外国文学研究》2009 年第 6 期。

② Amar Acheraiou, *Rethinking Postcolonialism Colonialist Discourse in Modern Literatures and the Legacy of Classical Writers*, London: Palgrave Macmillan, 2008, p.70.

③ Ashcroft, Bill and Gareth Griffiths and Helen Tiffin, *The Empire Writes Back*, London: Routledge, 1989, p.3.

都涉及对英国殖民主义文学作品的重写，然而目的却大相径庭。第一人称叙述者英国人达利对莎士比亚经典戏剧作品《安东尼与克里奥佩特拉》的重写将不同时代和文本中不同主人公的身份相重叠，着力描写被殖民"他者"的堕落与邪恶，试图以此证明殖民伦理的合法性。第三人称叙事中对罗斯金著名讲稿《帝国责任》的重写则展现了带有殖民色彩的英国文学作品对被殖民他者施加的"认识暴力"。对英国殖民主义文学作品的重写是达雷尔谴责帝国文学传播服务于殖民政治及其不良后果的批评策略。

莎士比亚的戏剧《安东尼与克里奥佩特拉》是第一人称叙述者达利构拟被殖民"他者"卑贱形象的文学想象蓝本。"夜里一个醉酒的妓女摇摇晃晃地走在漆黑的街道上，偶尔哼上几声，那歌声倒像是零星飘落的花瓣"。[①] 此情此景令达利心生疑惑："难道这就是让安东尼陶醉其中并诱使他永远臣服于这座城市的美好乐曲？"[②] 达利还将小说女主人公贾斯汀比作骄奢淫逸、欲壑难填的埃及艳后克莉奥佩特拉。

伴随着对《安东尼与克里奥佩特拉》的自由联想，达利已将今日的大英帝国与昔日的罗马帝国画上了等号，将英国对埃及的殖民置于西方对东方漫长的殖民史之中，这也为他所信奉的殖民伦理预设了自我"虚构"的历史依据。透过小说，达雷尔揭示了达利丑化被殖民"他者"和建构殖民伦理关系的叙事动机。达利眼中的亚历山大城到处是挂着脏布帘的妓院和刺眼的霓虹灯。亚历山大美轮美奂的街景和令人心旷神怡的异国风情好似浓妆艳抹却身染性病的妓女，以装扮来掩盖因疾病而损毁的容颜。通过对贾斯汀荒淫的私生活的描述，达利给亚历山大城贴上了'欲望之都'的伦理标签。达利将亚历山大城描述为"了不起的爱的榨汁器"，认定"道德沦丧"是亚历山大"场所精神"的最好诠释，然而这却是殖民者达利故意妖魔化被殖民他者，以实现殖民政治合法化而编造的谎言。

《芒特奥利夫》中，达雷尔还以英国首任驻埃大使芒特奥利夫与亚

---

① Lawrence Durrell, *Justine*, New York: E. P. Dutton, 1961, p.14.
② Ibid.

历山大贵妇莉拉间的不伦情史为例，讲述了殖民政治与英国殖民文学间的隐秘联结。初到埃及的年轻英国外交官芒特奥利夫与埃及贵妇莉拉一见倾心，然而芒特奥利夫将莉拉拥入怀中之时，却有"男人跌跌撞撞走向镜子"①般的感觉。这种似曾相识但又不敢相信的"镜像"效果源自莉拉对英国殖民者先入为主的文学想象，而此种文学想象"得益"于莉拉在开罗大学所受的欧化了的现代教育。在汲取欧洲文化滋养的过程中，不知不觉中莉拉已成为"帝国主义认知暴力"（epistemic violence of imperialism）②的受害者。

第三人称叙事者以重写的方式将《帝国责任》有机地内嵌于莉拉与芒特奥利夫的爱情故事之中，起到了对莉拉身陷殖民伦理而不自知的尴尬境地的反讽作用。当芒特奥利夫问莉拉为何选择他做情人时，莉拉并未直接作答，而是低声吟诵了英国作家罗斯金在牛津大学就职演讲中的一段内容。罗斯金以《帝国责任》为题的演讲稿于1894年被收入名为《艺术讲座》（Lectures on Art）的论著之中。《亚历山大四重奏》故事的时间背景是1918—1943年的埃及；从时间顺序上看，莉拉就读埃及开罗大学期间该讲稿已被作为英国文学经典引入埃及。罗斯金将英国描述为"世界光明的源泉，和平的中心；学识和艺术的女神……"③，罗斯金的演讲给英国的殖民政治披上了美学和伦理道德的外衣，激励着英国殖民者在异国他乡为实现英帝国利益攻城略地，还引发了以莉拉为代表的被殖民"他者"对英国殖民者光辉形象的美好联想。由此可见，莉拉爱的并非芒特奥利夫本人，而是赋予芒特奥利夫殖民主义者身份的大英帝国。

其实早在第一部自传体小说《恋人们的吹笛手》中，达雷尔已经揭示并批判了罗斯金所宣称的文学与殖民政治间的共生关系，即英国殖民政治的文化内核由英国文学和十字军战士的宗教形象共同构成，文人墨客赋予了帝国美丽并带有神话色彩的光环，遮蔽了回国途中的英

---

① Lawrence Durrell, *Mountolive*, New York: E. P. Dutton, 1961, p. 28.

② Gayatri Chakravorty Spivak, "Can the Subaltern Speak?", *Marxism and the Interpretation of Culture*, Ed. Cary Nelson and Lawrence Grossberg, London: Macmillan, 1988, p. 280.

③ 参见: Lawrence Durrell, *Mountolive*, New York: E. P. Dutton, 1961, p. 29.

国殖民者们对"烂泥"般丑陋的英国社会现实的感知。从殖民地回国的士兵、工程师正肃穆地站在甲板上,"他们脑海中浮现的是阿诺德(Matthew Arnold)的诗歌和司各特(Walter Scott)的长诗《玛密恩》(Marmion)"。① 《芒特奥利夫》中,莉拉的长子纳西姆批判了西方人为征服东方而编造十字军东征故事的殖民企图。他指出问题出在教会激进分子身上,"对我们(埃及人)来说根本不存在基督教与伊斯兰教之间的斗争。所谓的宗教战争不过是西欧国家殖民文学虚构的产物。穆斯林人皆是凶残异教徒的说法更是一派胡言。从宗教层面上讲,穆斯林人从未迫害过科普特人(Copts,科普特人是早期十字军东征后定居在埃及地区的基督教徒的后裔)"。② 英国文学作品也同样"欺骗"了被殖民他者。莉拉将以《帝国责任》为代表的英国文学作品中描绘的大英帝国的殖民愿景内化于心的同时,把自己降格为英国殖民者的情人;无意识中莉拉似乎已经成为罗斯金殖民主义思想的东方代言人。

由上述解读不难发现,殖民的过程不仅是军事上的占领和经济上的掠夺,更是一场以文学文本为武器的没有硝烟的伦理战,其中殖民主义者意欲与被殖民"他者"争夺的是合情合理的统治者的伦理身份。然而不幸的是,在《亚历山大四重奏》中以莉拉为代表的被殖民他者被带有殖民色彩的英国文学作品中描绘的伟大、美好的英国形象所欺骗,心甘情愿放弃自己国家主人公的身份,将国家的政治统治权拱手送人——这是达雷尔对被殖民他者发出的"不觉醒即成亡国奴"的伦理身份危机的警示。

1936年英埃协约签订之后,从某种程度上讲埃及已进入所谓后殖民"独立自主"的发展时期。《芒特奥利夫》中,芒特奥利夫和马斯克林等英国外交官不识时务,在埃及独立之后仍以文学作品中塑造的殖民者形象为榜样力图继续维护英国在埃及的殖民利益。殖民伦理仿佛是帝国不死的"神圣幽灵",禁锢着英国外交官的头脑,把他们变成了可悲

① Lawrence Durrell, *Spirit of Place Letters and Essays on Travel*, Ed. Alan G. Thomas, Mount Jackson: Axios Press, 1969, p. 266.

② Lawrence Durrell, *Mountolive*, New York: E. P. Dutton, 1961, p. 45.

的殖民伦理的卫道士。

驻俄罗斯大使路易斯爵士指出，英国外交制度如幽灵一般无处不在，监控着外交官的一言一行，大使身份是外交官获得自由之身的"终极幻想"。他对芒特奥利夫说，"（荣升大使后）你就会发现自己四处仗势欺人——如果不小心的话，就会犯下与'神圣幽灵'为敌的罪恶"①；然而对芒特奥利夫而言，"神圣幽灵"却另有一番寓意，如果将英国比作曾经叱咤风云、显赫一时的殖民巨人，"神圣幽灵"则是巨人死后阴魂不散的殖民伦理，而承载这一伦理精神的英国文学文本小到赞美诗大到小说。

对芒特奥利夫来说，离开俄罗斯前往埃及才是实现他殖民者的身份和回应"神圣幽灵"召唤的有效途径。在英国驻俄罗斯大使馆1936年的圣诞夜晚会上，牧师有气无力地唱着《外事赞美诗》（*Foreign Service Hymnal*）中名为《前进吧！基督战士》（*Onward Christian Soldiers*）的颂歌，其间错误百出。在场的芒特奥利夫感到"他们（英国大使馆里的外交官们）好似身处异邦的基督教飞地（Christian enclave）之中……"②，这种与世隔绝、与殖民主义政治隔绝的境况令芒特奥利夫心生郁闷，他"心里不断重复道'离开俄罗斯！离开俄罗斯'这一想法让他心潮澎湃"。③ 俄罗斯是囚困、消磨以基督战士自比的芒特奥利夫殖民政治力比多的地方，在这里梦想成为殖民英雄的芒特奥利夫只会变成碌碌无为的凡夫俗子，终会像退休之际的路易斯爵士那样整日以酒浇愁、无所事事。

达雷尔通过对芒特奥利夫购买路易斯爵士旧大使制服这一事件的描写，暗指芒特奥利夫殖民梦想的不合时宜。路易斯爵士曾身着大使制服访问过许多前英国殖民地，见证了英国殖民主义统治的辉煌时期；然而时过境迁、威严不再，制服被路易斯爵士弃置一边，路易斯爵士只是偶尔在出席外交场合不得不穿的情况下才想起它。为了省钱，新任英国驻

---

① Lawrence Durrell, *Mountolive*, New York: E. P. Dutton, 1961, p. 77.

② Ibid., p. 71.

③ Ibid., p. 73.

埃及大使芒特奥利夫跟路易斯爵士讨价还价，最终以三十英镑外加三箱香槟的低价买下了那件制服。制服的贬值影射了英国殖民政治影响力的减弱。想象着芒特奥利夫穿上制服的样子，路易斯爵士不无讽刺地说："你新官上任穿着那身可笑的制服，帽子上插着一支鹦的羽毛，活像一只罕见的求偶期的印度小鸟。"① 与路易斯爵士对"帝国没落"的清醒认识截然相反，芒特奥利夫却认为对制服的继承具有延续英国殖民政治的象征意义。

二十年前，莉拉背诵罗斯金演讲的时候，芒特奥利夫已经觉察到英国殖民主义的"神圣幽灵"在英国文学文本中的存在及其荒谬本质；然而极具讽刺意味的是，从事外交工作二十年后，芒特奥利夫却被殖民主义的"神圣幽灵"所禁锢。芒特奥利夫曾将莉拉敬仰、热爱的英国殖民者形象称为"死了的十字军战士的石像"。

然而，二十年后，当芒特奥利夫以英国驻埃及第一任大使身份再次踏上埃及土地时，身着大使制服的他却为自己预设了一个殖民者的身份："他的制服好似中世纪的锁子甲将他包裹其中，让他与世隔绝。"② 面对前来机场欢迎的埃及各界人士，芒特奥利夫潜意识里将大使制服比喻成"锁子甲"。"锁子甲"原是中世纪十字军战士的服饰。言为心声，通过芒特奥利夫对该词的使用可以看出，他已把自己跟欧洲早期以宗教为名入侵东地中海国家的殖民者（十字军战士）的形象联系在一起了。芒特奥利夫有关制服的比喻貌似自由联想，实际上却是其潜意识里压抑已久的殖民政治力比多进入意识层面的表现。

除了《前进吧！基督战士》的颂歌和旧大使制服以外，殖民主义"神圣幽灵"还体现在达雷尔笔下"吉卜林"式的人物刻画中。杨（Kenneth Young）在对达雷尔的访谈中指出："达雷尔早年生活于充满吉卜林色彩的印度（Kiplingesque India）"③；派因（Richard Pine）在专

---

① Lawrence Durrell, *Mountolive*, New York：E. P. Dutton, 1961, pp. 77 – 78.

② Ibid. , p. 131.

③ Kenneth Young, "A Dialogue with Durrell", *Encounter*, Vol. 13, No. 6, 1959, pp. 61 – 68.

著中写道："儿时的达雷尔常听母亲给他读吉卜林的小说。"① 这或许是达雷尔把小说中军人出身的英国外交官马斯克林（Maskelyne）描绘成"吉卜林式"的殖民主义英雄人物的根源所在。

马斯克林准将曾在英属印度屡立战功，在英国驻埃及"高级专员公署"时期的"陆军部"（War Office）里专门负责情报搜集工作。借英国外交官普斯沃登之口，达雷尔为读者描述了马斯克林食古不化的殖民者形象，"马斯克林有两个恒久不变的评语，他称赞与反对的意见（就像温度计上的温度标示一样）在这两个评语之间移动：'这是拉吉（the Raj）赞许的做法'和'这不是拉吉赞许的做法'。他太过固执……这样一个人无法以开放的新视野审视业已变化了周围世界"。② 资深殖民主义者马斯克林自始至终都生活在"日不落帝国"辉煌的殖民神话里。

弗雷泽（G. S. Fraser）在评论《亚历山大四重奏》时写道："权力！芒特奥利夫这一生几近权力的中心，然而他永远不能独立行使权力，他所能做的要么是制止（check），要么是延迟（delay）。"③ "制止"和"延迟"两词高度概括了达雷尔反殖民伦理的写作意图，即大英帝国的殖民势力虽已是强弩之末，仍垂死挣扎。尽管英国对埃及殖民统治逐渐削弱，但带有殖民色彩的英国文学作品却已深入芒特奥利夫和马斯克林的骨髓，如"神圣幽灵"一般仍然强有力地束缚着他们的头脑，使他们成为英国殖民政治的傀儡、埃及独立进程中的绊脚石。

《芒特奥利夫》不仅是帝国没落的挽歌，更是达雷尔对以纳洛兹为代表的亚历山大"贱民"从被妖魔化到被崇高化的反殖民逆写。哥哥纳西姆的抗英计划暴露之后，纳洛兹被埃及警方当作纳西姆的替罪羊惨遭暗杀。达雷尔在小说结尾把纳洛兹描写成基督一样的殉道者，彰显了达雷尔朝圣东方，歌颂东方宗教神启力量的写作动机；此后隐含着达雷

---

① Richard Pine, *Lawrence Durrell*: *The Mindscape*, New York: St. Martin's Press, 1994, p. 96.
② Lawrence Durrell, *Mountolive*, New York: E. P. Dutton, 1961, p. 107.
③ G. S. Fraser, *Lawrence Durrell*: *A Study*, London: Faber and Faber, 1973, p. 143.

尔对纳洛兹萨满教领袖和反殖民斗士的双重伦理身份的肯定和对纳洛兹反殖民"圣战"的赞扬。

罗宾逊（W. R. Robinson）认为亚历山大城里的银行家纳西姆与郊区农场主纳洛兹之间的差异反映了"城市与乡村"的二元对立。如果亚历山大城象征着英国殖民统治下的现代荒原，那么在纳洛兹管理下的卡姆农场则象征着古埃及文明的保留地。① 虽然卡姆农场与亚历山大城之间仅一河相隔，但在地理和文化两方面，卡姆农场都处于被边缘化的状态。胡克斯（bell hooks）认为，"边缘是一个抵抗的空间（space of resistance）。进入那个空间。让我们相遇。进入那个空间。我们把你们称作解放者。"② 纳洛兹即是边缘空间里解放者的典型代表；与世隔绝的卡姆农场不仅是纳洛兹防沙、治沙的阵地，还是他抵御英国殖民政治如沙漠般继续侵蚀埃及的根据地。

纳洛兹自幼患兔唇症并且性格暴虐，国外学者常因此把他视为"东方的妖魔"。奥尔丁顿（Richard Aldington）将纳洛兹比作邪恶、原始和残暴的恶魔，是"雨果笔下令人可怖的人物"③。皮尔斯（Carol Peirce）认为纳洛兹"像《呼啸山庄》中的希斯克利夫一样，集邪恶与善良、控制与释放、自由与占有等一系列对立元素于一身"④。迪博尔（Diboll）认为《亚历山大四重奏》中达利与纳洛兹间的对比是"英国人与埃及人、殖民者与被殖民者、现代与封建、自我实现的艺术家与粗鲁的农场主、屠龙救美的圣乔治（St George）与骄横怪异的'伊德'（id）之间的较量"⑤。迪博尔意在指出，英国人达利是殖民英雄，而纳

① W. R. Robinson, "Intellect and Imagination in *The Alexandria Quartet*", *Shenandoah*, Vol. 18, No. 4, 1967, pp. 55 – 68.

② Bell Hooks, "Marginality as the Site of Resistance", ed. Russell Ferguson and Martha Gever, *Out There: Marginalization and Contemporary Cultures*, Boston: MIT Press, 1992, p. 343.

③ Richard Aldington, "A Note on Lawrence Durrell", *The World of Lawrence Durrell*, Ed. Harry T. Moore, Carbondale: Southern Illinois UP, 1962, p. 10.

④ Carol Peirce, "'Wrinkled Deep in Time': The Alexandria Quartet as Many-Layered Palimpsest", *Twentieth Century Literature*, *Lawrence Durrell Issue*, Vol. 33, No. 4, Part II, Winter 1987, pp. 485 – 498.

⑤ Michael V. Diboll, *Lawrence Durrell's Alexandria Quartet in Its Egyptian Context*, New York: The Edwin Mellen Press, 2004, p. 58.

洛兹的"丑"恰好可以反衬达利的"美"。以上论点太过绝对,有曲解纳洛兹真实身份的嫌疑。

从某种意义上讲,纳洛兹应被视为埃及农业三角洲(agrarian delta)的守护者,他以自己的言行唤醒了埃及人的乡土民族主义(rural nationalism)情节。纳洛兹指出反殖民主义的斗争应植根于对埃及土地和自然的热爱之中,"必须在大地、在内心、在属于我们的埃及维护大自然的永恒……要脚踩大地跟世俗的不平做斗争;深入内心跟宗教的不公做斗争"。① 在纳洛兹眼中,尼罗河、法老和圣·马克(St Mark)是联系现代埃及和由埃及祖先们所开创的辉煌历史的纽带,也理应成为激发埃及人民族自尊心和自信心的文化符码,恰如达雷尔所写:"尼罗河……这绿色的河流在她孩子们的心间流淌。他们终将回归她的怀抱。法老的后代,太阳神的子孙,圣·马克的子民。他们定会找到充满光明的出生地。"②

此外,达雷尔还着力赞颂了纳洛兹类似古埃及丰饶之神的宗教神启的力量。在听纳洛兹演讲过程中,英国情报官普斯沃登似乎有一种被纳洛兹"受孕"(Fecundated)了的感觉。"受孕"一词形象生动地描述了纳洛兹身上的男性气概和神性气质。纳洛兹反抗英国殖民统治的力量源自他对萨满教的信仰。普斯沃登曾对纳洛兹的公众演讲能力持怀疑态度:"长得像狒狒一样的纳洛兹能给在场观众讲些什么呢?"③ 出乎意料的是,纳罗兹却通过演讲完成了他作为萨满教徒的精神顿悟。普斯沃登惊叹道"所有人仿佛受到电击一般,尽管我的阿拉伯语糟糕透顶!可那语音语调有像音乐一般的巨大感染力,蕴含着的凶猛与温柔的力量仿佛能把我们击倒在地。是否理解演讲的内容已不再重要"。④ 纳洛兹已经成为宗教神启力量的代言人,对英国在埃及业已动摇了的殖民秩序再度构成威胁。

---

① Lawrence Durrell, *Mountolive*, New York: E. P. Dutton, 1961, p. 230.
② Ibid., p. 125.
③ Ibid., p. 123.
④ Ibid., pp. 124 – 125.

纳罗兹一连几个星期待在孵卵室里工作的场面使其萨满教丰饶之神的形象不断丰满起来。萨满教专家伊利亚德（Mirea Eliade）指出在古老的萨满宗教仪式中鸡蛋常常被当作丰饶的象征。① 纳罗兹的父亲告诉莉拉说："纳罗兹把自己反锁在孵卵室里已经四十天了。"② 纳罗兹将孵化工作视为与萨满神之间的一种交流。蒙托列夫和莉拉推开孵卵室的门打断了纳罗兹的孵化工作，达雷尔描写道："他们闯入了坐落在悬崖边上的庙宇里的圣地。"③

纳洛兹将埃及科普特人反殖民的民族主义运动视为一场"圣战"；而普斯沃登则高度赞赏了纳洛兹在这场圣战中的宗教领导力："阵阵熏香从大地中间向我们迎面扑来——天使与魔鬼寄居的地下世界……没人怀疑那位神谕的诅咒者——手持长鞭的人（纳洛兹）！我暗自思量着，他能领导一场宗教运动。"④ 如达雷尔所写，在沙漠中举行的宗教集会是纳洛兹团结埃及科普特人，组织反殖民武装的有效途径。然而，不幸的是，奉行绥靖政策的埃及政府对残余英国殖民主义势力姑息迁就，以暗杀纳洛兹的方式镇压了他所领导的反殖民主义的宗教运动。

达雷尔将"丰饶之神"纳洛兹的死期设置在冬天意在凸显纳洛兹反殖民主义的英雄形象。弗雷泽认为"《亚历山大四重奏》中纳洛兹的死是唯一一个英雄之死；纳洛兹身上展现出的原始暴力与温柔使其成为小说中绝无仅有的一位史诗般的英雄人物"。⑤ 纳洛兹化身为冬天里即将死去的虚弱的老国王。村民们用宽阔的紫色幕布包裹着纳洛兹的尸体，抬着它缓步前行，那肃穆的场面像是在举行一场宗教仪式。达雷尔将纳洛兹比喻成一位在与沙漠（真实的沙漠和英国的

① Mirea Eliade, *Dreams*, *Myths*, *and Mysteries*, Trans. Philip Mairet, New York：Harper and Row, 1967, p. 216.

② Lawrence Durrell, *Mountolive*, New York：E. P. Dutton, 1961, p. 26.

③ Ibid., p. 27.

④ Mirea Eliade, *Dreams*, *Myths*, *and Mysteries*, Trans. Philip Mairet, New York：Harper and Row, 1967, pp. 124－125.

⑤ G. S. Fraser, *Lawrence Durrell*：*A Study*, London：Faber and Faber, 1973, p. 148.

殖民统治）旷日持久的战争中"失败了的国王"；而他的臣民却期盼着他的重生。葬礼上，村民们跳着埃及远古时期流传下来的招魂舞，高声呼喊着纳洛兹的名字，希望能把他从死亡的睡眠中唤醒。

纳洛兹是巴赫金（M. M. Bakhtin）所说的"在（特定）民族历史时期里不断成长着的人物形象"。[①] 小说中，纳洛兹身上展现出的青春活力令欧洲殖民者艳羡甚至感到恐惧；纳洛兹成长、成熟和自我壮大的过程和从"妖魔"到"圣人"的身份转变是对殖民伦理中有关被殖民者"未发育完善的和邪恶的孩子"形象的颠覆性逆向重写。纳洛兹与埃及民族独立运动之间形成一种相互依托的共生关系；从某种角度看，纳洛兹的个人成长已成为埃及民族独立运动发展的缩影。达雷尔通过对纳洛兹被暗杀致死的描述，影射了埃及民族独立运动因埃及绥靖政府与英国殖民势力之间的勾结而遭受的重大挫折。

综上所述，在《亚历山大四重奏》中，达雷尔以后殖民重写的方式批判地审视了英国文学的"认知暴力"中所隐含的殖民伦理。达雷尔意在指出英国殖民者借助英国殖民文学的力量在妖魔化东方的同时，树立了殖民者的高大形象，编织了美妙的殖民神话。正如神话是时代的产物，时代的变迁终将导致神话的失效一样，随着埃及独立进程的推进，英国殖民文学美化殖民者、丑化被殖民"他者"的合法性也随之消失。小说中，达雷尔对西方"基督教"与东方"萨满教"进行了此消彼长的对比描写，讴歌了纳洛兹反殖斗争中埃及传统文化与宗教神启的力量。"十字军战士""《前进吧！基督战士》"等带有基督教色彩的殖民宣传已成为禁锢英国外交官头脑、固化其殖民者伦理身份的"神圣幽灵"，而信奉萨满教的"丰饶之神"纳洛兹却虽死犹生。通过对埃及贱民纳洛兹的崇高化描写，达雷尔进一步批判了"白人种族优越论"以及殖民者与被殖民者之间"我主你仆"的殖民伦理关系。

---

① M. M. Bakhtin, "The Bildungsroman and Its Significance in the History of Realism", *Speech Genres and Other Late Essays*, Austin: University of Texas Press, 1986, p. 25.

第三节 场所与伦理释读

达雷尔出生于印度，12 岁时在父亲安排下随母亲返回英国，短期居住于伦敦；此后，达雷尔曾先后旅居于科孚岛、法国巴黎、埃及开罗和亚历山大等地。旅居经历使达雷尔倍加关注人与场所、场所与伦理道德间的关系。小说中，达雷尔多次阐释了场所决定论的观点，如在《贾斯汀》开篇注解中达雷尔写道"这本小说中的所有人物都是虚构的，包括叙述者的性格，与现实生活中的人物毫无相似之处。整部书中唯独城市是真实的"，[①]"人物是城市场所精神的延伸"。[②] 达雷尔通过小说女主人公贾斯汀之口，对场所给人物施加的影响评论道："我们被一种强大、非人的意志力所控制，那就是亚历山大城加于我们身上的重力场（gravitational field），我们是这重力场的受害者……"[③] "我们是场所的孩子；场所决定我们的行为，甚至还决定着我们对场所的看法。除此之外，我想不出更好的身份认同的方法。"[④] 评论家多布里（Bonamy Dobrée）认为："亚历山大城居民的故事好似一副亚历山大城的'肖像画'，城市赋予人物'生命'。"[⑤] 透过小说，达雷尔似乎告诉读者：人的出生地，或居住地不再是无关痛痒的自传性事件，而是决定人物性格与命运的重要因素。

小说中达雷尔对亚历山大城的描述涉及该特定场所内主人公的生活经验和实践活动，以及与此相关的伦理道德的反映。简言之，作为故事发生场所的亚历山大城是"诸多人化了的环境"（Human-made environment）。[⑥] 英国当代著名伦理学家大卫·史密斯（David Smith）阐释了

① Lawrence Durrell, *Justine*, New York：E. P. Dutton, 1961, p. 9.

② Ibid., p. 175.

③ Ibid., p. 22.

④ Ibid., p. 41.

⑤ Bonamy Dobrée, *The Lamp and the Lute：Studies in Seven Authors* (Second Edition), London：Frank Cass, 1964, p. 159.

⑥ Anduzej Zidleniec, "Preface", *Place and Social Theory*, London：Sage Publications Ltd, 2007, p. 6.

场所与伦理之间的关系：场所是个人或集体身份的核心，体现为建构和经历过该场所的人们高度重视的场所意识。史密斯的论述具有伦理道德的内涵，反映出在某种地理语境中人们的善、恶评价。实际上，场所或地方的确立与对它们的解读，从本质上讲都是人们那时那地道德观念的评价，即把伦理秩序或善恶美丑加于自然景观之上，依照经济或社会目的进行场所定位，并赋予场所一定的价值理念。①

以上论述虽然属于社会学范畴，但其中有关人与场所、场所与伦理之间关系的探讨却为达雷尔《亚历山大四重奏》中场所与伦理之间关系的释读提供了一个绝佳的批评范式。聂珍钊教授指出："不同历史时期的文学有其固定的属于特定历史的伦理环境和伦理语境，对文学的理解必须让文学回归属于它的伦理环境和伦理语境，这是理解文学的一个前提。"②《亚历山大四重奏》中，两次世界大战之间的亚历山大城既是一种共时性的物理存在，又是一种蕴含特定历史意义的历时性存在，为小说提供了一个相对客观、具体的后殖民背景下的伦理环境和伦理语境，是对达雷尔作品进行文学伦理学批评的"历史现场"。③ 从叙述者、殖民主义者和被殖民主义者的视角出发，达雷尔不仅对贴在亚历山大城伦理环境上的伦理标签进行了的虚、实解读，还揭示出亚历山大城"伦理真空"和"贱民的发言"地的双重伦理环境特征。

人们对某一场所中伦理环境的认知来自对与该场所相关的历史、文学及文化等元素的理解；理解的深刻与否直接决定着对场所中的伦理环境进行伦理评判的虚与实、是与非。从《亚历山大四重奏》的第一部小说《贾斯汀》到第三部小说《芒特奥利夫》，达雷尔对贴在亚历山大城伦理环境上的伦理标签的阐释经历了一个由虚到实的渐进过程。

《贾斯汀》中，第一人称叙述者达利通过对莎士比亚戏剧《安东尼与克莉奥佩特拉》的互文指涉阐发了自己对亚历山大城伦理环境的标

① David Marshall Smith, *Moral geographies: ethics in a world of difference*, Edinburgh: Edinburgh University Press, 2000, p.45.
② 聂珍钊：《文学伦理学批评：基本理论与术语》，《外国文学研究》2010 年第 1 期。
③ 同上。

签式解读。戏剧中的埃及艳后克莉奥佩特拉化身为小说中犹太女主人公贾斯汀。通过对贾斯汀荒淫的私生活的描述，达利给亚历山大城贴上了"欲望之都"的伦理标签。达利眼中的亚历山大是个"了不起的爱的榨汁器",① 而"道德沦丧"则是亚历山大"场所精神"（spirit of place）的最好诠释。虽然《亚历山大四重奏》自始至终不乏对贾斯汀"妖魔化"了的"欲女"形象的描述，但从《贾斯汀》到《芒特奥利夫》读者能分辨出一条被"妖魔化"了的贾斯汀到被"神圣化"了的贾斯汀的叙事轨迹。《芒特奥利夫》中相对客观的第三人称叙事者通过对贾斯汀真实伦理身份的描述，揭掉了达利贴在亚历山大城伦理环境上的虚假的伦理标签，还原了事件的伦理真相。

《贾斯汀》中的女主人公贾斯汀与《安东尼与克莉奥佩特拉》中的克莉奥佩特拉有诸多相似之处，现代文本对莎士比亚经典文本的互文指涉凸显了亚历山大"欲望之都"这一伦理标签一脉相承的历史渊源。贾斯汀的丈夫纳西姆是亚历山大甚至全埃及最富有的银行家之一，被人形象地称为埃及财经界的安东尼。像戏剧中的克莉奥佩特拉对罗马皇帝权势的依附一样，贾斯汀依靠纳西姆获得了显赫的社会地位，她的社会影响力几乎可以同克莉奥佩特拉等量齐观。小说中达利不止一次地将贾斯汀比作克莉奥佩特拉。达利写道："她（贾斯汀）让我不由自主地联想到那些了不起的女王。她们身后留下的乱伦情史的刺鼻味道像飘浮在亚历山大城上空的乌云一般遮蔽着亚历山大人的潜意识。食人猫阿尔西诺是她的亲姐妹";② "贾斯汀是亚历山大城真正的孩子，克莉奥佩特拉的后代";③ "她（贾斯汀）就是克莉奥（Cleo）。你能从莎士比亚的戏剧里读到有关她的一切"。④

通过对《安东尼与克莉奥佩特拉》的互文指涉，达利定义了亚历山大城伦理环境的内涵，阐释了以"场所精神"为表征的亚历山大伦

① Lawrence Durrell, *Justine*, New York: E. P. Dutton, 1961, p. 13.
② Ibid., p. 20.
③ Ibid., p. 27.
④ Ibid., p. 97.

理环境对人物伦理观的影响。贾斯汀的伦理观与亚历山大城的"风水"密不可分,是亚历山大城的"土壤、空气和景观"①作用于人身上的结果。巴萨泽医生对达利说:"城里所有的女人都是贾斯汀,你知道吗,她们不过是以贾斯汀不同变体的形式出现罢了。"② 尽管纳西姆对贾斯汀恩爱有加,却无法阻止贾斯汀和达利、和英国外交官普斯沃登间的婚外恋。不仅如此,贾斯汀还与定居亚历山大的英国女画家克丽之间有过一段鲜为人知的同性恋史。贾斯汀和克莉奥佩特拉一样表现出"雌雄同体"的双性意识和权力欲望。评论家品奇(Lagoudis Pinchin)指出:贾斯汀是现代版的克莉奥佩特拉——是她所属种族的女王——她集"男性力量"(masculine power)和"女性情色"(feminine sensuality)于一身。③ 达利对贾斯汀的评价是"她有类似男性的思维,做起事来像男人一样果断利索"。④ 对权利的渴望是贾斯汀男性意志的一种体现;像克莉奥佩特拉一样,性爱则是贾斯汀满足自身权力欲望的唯一途径,因为"性爱所具有的功能涉及权利、体制和知识形态"。⑤ 很多批评家都将贾斯汀比作恶魔般的妖妇,如卡尔(Karl)曾将贾斯汀比喻成吸血鬼,她展现出的"不是女性的吸引力,而是一种以折磨和摧毁男性为目的的恶魔精神",然而卡尔还指出:贾斯汀同时也是受害者,受亚历山大城"场所精神"的影响和控制。⑥ 也就是说,贾斯汀的所作所为不受理性意识支配,是亚历山大"欲望之都"中"兽性因子"⑦起作用的必然结果。在《亚历山大四重奏》的前两部小说《贾斯汀》和《巴萨泽》中,达利对亚历山大城市居民的伦理现状总结如下:亚历山大城

①　Lawrence Durrell, *Justine*, New York: E. P. Dutton, 1961, p. 98.

②　Ibid., p. 95.

③　Jane Lagoudis Pinchin, *Alexandria Still: Forster, Durrell, and Cavafy*, Princeton: Princeton University Press, 1977, p. 174.

④　Lawrence Durrell, *Justine*, New York: E. P. Dutton, 1961, p. 26.

⑤　Joseph Allen Boone, *Libidinal Currents: Sexuality and the Shaping of Modernism*, Chicago: University Of Chicago Press, 1998, p. 1.

⑥　Frederick R Karl, *A Reader's Guide to the Contemporary English Novel*, Beijing: Foreign Language Teaching and Research Press, 2005, p. 51.

⑦　聂珍钊:《文学伦理学批评:伦理选择与斯芬克斯因子》,《外国文学研究》2011 年第 6 期。

里的性爱缺乏意义，不过是肉欲的宣泄，而亚历山大人"如同行尸走肉一般，过着一种介于生、死之间，无序而混乱的生活"。①

将贾斯汀与克莉奥佩特拉画上等号的同时，达利已把"情欲"和"权欲"设定为描述亚历山大城伦理环境的核心词，然而两位女主人公真实崇高的伦理身份却不为达利所知。"莎士比亚塑造了许多女性形象，最出色者之一、同时在作品中又举足轻重的只有克氏（克莉奥佩特拉），她是一个由荡妇到贞女的逆转式人物，是具有双重性的女性形象。"② 克莉奥佩特拉之所以委身于恺撒大帝和安东尼是为了通过与两位罗马掌权人"联姻"的方式确保埃及国家安全和埃及人民的和平生活。安东尼死后，克莉奥佩特拉本想投靠新一代罗马领导人屋大维，却获悉屋大维会把自己作为战利品拉出去游街示众。克莉奥佩特拉知道已经无法保全自己的尊严、国家的独立与完整，选择了自杀。由此可见，传说中埃及艳后克莉奥佩特拉荒淫的私生活背后隐藏着的却是为了抵御外族入侵、保护国家主权不受侵犯而舍生取义的圣女精神。

与克莉奥佩特拉相似，贾斯汀以身体为代价取得殖民主义者信任和换取情报的做法体现了她为国家、民族利益而献身的崇高的伦理旨归。在《亚历山大四重奏》前两部小说《贾斯汀》和《巴萨泽》中，达利对贾斯汀的"妖魔化"认识源于贾斯汀前夫留下的日记。贾斯汀被前夫通过所谓心理分析诊断为患有"慕男狂"（nymphomania）的精神疾病。幼年被强奸的精神创伤和女儿失踪的不幸是诱发该心理疾病的主要原因。至此，读者对被"妖魔化"了的贾斯汀似乎有了更为科学的理解。然而在《亚历山大四重奏》的第三部小说《芒特奥利夫》中，达雷尔对贾斯汀的刻画却有了180度的逆转。在《贾斯汀》中，达利认为贾斯汀之所以同意与纳西姆结婚是想利用纳西姆的财富和社会关系寻找失踪已久的女儿。在《芒特奥利夫》中达雷尔揭示了这场婚姻背后的真正原因，即纳西姆希望通过与犹太女贾斯汀的结合取得

---

① Abdulla K. Badsha, *Durrell's Heraldic Universe and The Alexandria Quartet：A Subaltern View*. Diss, Wisconsin U, 2001, p. 149.

② 杨玉珍：《〈安东尼与克莉奥佩特拉〉主题新释》，《中州大学学报》2000 年第 2 期。

亚历山大犹太人乃至全埃及犹太社区的支持，并以此来重振埃及科普特民族，实现埃及真正意义上的独立。① 原本因女儿失踪、婚姻破裂而一蹶不振的贾斯汀得知纳西姆计划的真相之后，决定与他结婚，并在参与纳西姆反英"阴谋"的过程中实现了自我价值。贾斯汀与达利及普斯沃登间的"婚外恋"实际上是帮助丈夫纳西姆获取英国情报的一种策略，是贾斯汀高尚爱国情操的体现。由此可见，"欲女""妖女"是强加在克莉奥佩特拉和贾斯汀身上的虚假的伦理身份，为国家、民族利益献身的"圣女"才是两位女性真实的伦理身份。

文学伦理学批评强调"回到历史的伦理现场，站在当时的伦理立场上解读和阐释文学作品"。② "妖女"与"圣女"间的强烈反差源于达雷尔由表及里、由虚入实的双层叙事模式。《贾斯汀》是达雷尔的表层叙事文本，英国人达利是第一人称叙述者。派因（Richard Pine）将《亚历山大四重奏》视为一部有关达利的"成长小说"（Bildungsroman），③ 叙述了达利思想成熟的过程。《贾斯汀》中初为作家的达利表现出强烈的自我意识，"我（达利）要在脑海中重建这座城市"，④ 却被亚历山大城的浮华和贾斯汀"堕落私生活"的表象所迷惑。他自然而然地联想到历史上曾经盛极一时、物欲横流的亚历山大和埃及艳后克莉奥佩特拉。然而，在第三部小说《芒特奥利夫》中达雷尔将不可靠的第一人称叙述者达利替换成客观、冷静的第三人称叙述者，展现出亚历山大城伦理环境的真实一面。与克莉奥佩特拉一样，贾斯汀的"堕落"是反抗英国殖民主义的手段。前两部小说中以"妖女"身份出现的贾斯汀也因此被推举到了"圣女"的神坛上，因此达利最初用来界定亚历山大城伦理环境的核心词便由"情欲"和"权欲"转变成"爱国主义"和"自我牺牲精神"。

小说《芒特奥利夫》开始，由于缺乏对后殖民语境下亚历山大伦

---

① Lawrence Durrell, *Mountolive*, New York：E. P. Dutton, 1961, p. 204.
② 聂珍钊：《文学伦理学批评：基本理论与术语》，《外国文学研究》2010 年第 1 期。
③ Richard Pine, *Lawrence Durrell：The Mindscape*, New York：St. Martin's Press, 1994, p. 171.
④ Lawrence Durrell, *Justine*, New York：E. P. Dutton, 1961, p. 15.

理环境的正确认知，英国驻埃及第一任大使芒特奥利夫把对亚历山大城的想象凌驾于现实之上，构建出一个虚拟的"异托邦"。达雷尔在书中这样写道："他（芒特奥利夫）已经将想象中完整、巨大的世界移植到这片赋予他新生的土地上了。"① 小说中芒特奥利夫构建的亚历山大"异托邦"是一个充满殖民主义和浪漫主义伦理冲突的"打气筒"。两种观念之间的剧烈冲撞、彼此消解形成窒息芒特奥利夫的亚历山大伦理真空。以亚历山大为背景，达雷尔用"困在打气筒里的猫"这一后殖民寓言来形容埃及独立运动兴起之后，芒特奥利夫政治上生不逢时的伦理困境。

"打气筒"的一端是帝国不死的野心和芒特奥利夫强大的政治力比多，而另一端却是一个因大英帝国日渐衰落而造成的日渐狭窄的发泄口。芒特奥利夫满怀抱负想要在埃及建功立业，然而突变的政治环境使芒特奥利夫陷入殖民主义者的伦理困境之中："他（芒特奥利夫）的生命仿佛深埋地下的暗流，与虚假的现实世界不相容，在这个世界里外交家的生活令人窒息，那种感觉就像一只困在打气筒里的猫。"② 芒特奥利夫对英国驻埃及"高级专员公署"制度下的殖民主义伦理秩序记忆犹新，然而物是人非，后殖民语境下亚历山大城的伦理环境已与芒特奥利夫想象中的伦理环境截然相反。

通过英国驻埃及大使馆里的工作人员对刚上任的芒特奥利夫的一番话，达雷尔为读者大致勾勒出了英国殖民主义者在埃及后殖民语境下的伦理困境：

> 1918 年以后逐个建立起来的，为"高级专员公署"服务的英国机构相继脱离了英国殖民体制，"公署"被"大使馆"取代。这里的一切杂乱无章，有一大堆事情正等您做决定。过去的一年半时间里，使馆一直处于"假死"（suspended animation）状态。使馆群龙无首，工作人员像无依无靠的孤儿一样，整日为自己的命运担惊受怕。③

---

① Lawrence Durrell, *Mountolive*, New York: E. P. Dutton, 1961, p. 22.
② Ibid., p. 56.
③ Ibid., p. 91.

小说主人公芒特奥利夫年富力强，受过良好的教育和外交训练，是维护大英帝国海外殖民主义统治的精英。在同僚与埃及政界眼中芒特奥利夫是一位"严格的、理性的、永远精明强干的年轻的拉吉"，① 因肩负治理殖民地的帝国责任而表现出殖民主义者的使命感和优越感。

> 作为年轻人，他（芒特奥利夫）的未来不可限量，所以（英国政府）为了提高他的阿拉伯语水平，派他去埃及亚历山大学习一年。他有幸发现自己竟隶属于"高级专员公署"，并等待"公署"给他委派职务；如今他已是大使馆的秘书，对未来外交工作中的责任和义务早已了如指掌。②

芒特奥利夫本以为荣升大使后，自己能从常年以服从为天职的低层次外交工作中解放出来，代表大英帝国自由地行使殖民主义海外权力，然而英—埃条约的签署却粉碎了他作为殖民主义者统治埃及的伦理构想。"1936 年埃及国民党与英国政府签署的英—埃条约废除了英国在埃及设立的高级专员公署制度。英国对埃及统治削弱的事实已经公开化了。"③芒特奥利夫意识到他的殖民主义政治抱负不过是痴人说梦，软弱无力的大英帝国已在原殖民地"丧失了最基本的行动能力"。④ 尽管芒特奥利夫渴望成为吉卜林笔下所向披靡的帝国英雄，但同时也对时局心知肚明，即英国人"再也不能像以前高级专员公署时期那样对埃及发号施令了"。⑤

亚历山大城的后殖民伦理环境已然构成囚禁芒特奥利夫的伦理真空，达雷尔将他形象地比喻为"困在打气筒里的猫"。小说开篇，达雷

---

① 爱德华·W. 萨义德：《东方学》，王宇根译，生活·读书·新知三联书店 2007 年版，第52 页。

② Lawrence Durrell, *Mountolive*, New York：E. P. Dutton, 1961, p. 11.

③ Abdul-Qader Abdullah Khattab, *Encountering the Non-western Other in Lawrence Durrell's The Alexandria Quartet*, Diss. Ohio U, 1999, p. 92.

④ Lawrence Durrell, *Mountolive*, New York：E. P. Dutton, 1961, p. 104.

⑤ Ibid. , p. 251.

尔对芒特奥利夫与莉拉之间情史的描写是为此后的伦理冲突而预设的"伦理结"，也是芒特奥利夫"伦理混乱"（ethical confusion）① 的缘由。面对爱情与殖民政治之间不可调和的矛盾，芒特奥利夫丧失了对浪漫主义和殖民主义伦理观的把握。芒特奥利夫掌握的阿拉伯语与东方文化的知识好似"芝麻开门"的咒语——打开东方大门的一把钥匙，而这把钥匙在他手中却失去了魔力。相反，非但没有叩开埃及这一东方古国的大门，"芒特奥利夫的语言钥匙却为读者开启了一扇洞察其心灵深处的窗户，隐藏之后的是芒特奥利夫意欲占有东方他者的性心理"。② 芒特奥利夫眼中的埃及恰如一位神秘的东方女性，对埃及的殖民统治如同对"无声的"东方女性的占有。芒特奥利夫自始至终将埃及与情人莉拉联系在一起，在他心目中埃及即是莉拉、莉拉即是埃及。然而芒特奥利夫既是殖民主义统治的执行者又是受害者，他被以"占有东方"为核心的帝国伦理观所束缚。伴随着埃及日渐独立和英国海外殖民主义影响力的削弱，芒特奥利夫不能再像"观察显微镜下的昆虫"③ 那样居高临下地对待东方他者了；相反芒特奥利夫清楚地意识到他"已经置身于自我想象所绘制的画卷之中"，④ 被自我编织的以莉拉为主人公的埃及梦所困。受对昔日情人莉拉感情的牵绊，芒特奥利夫一再姑息迁就纳西姆的反英阴谋。英国外交官普斯沃登因未能及早发现纳西姆的反英阴谋而畏罪自杀，这一事件终将芒特奥利夫从他的埃及梦中惊醒。虽然芒特奥利夫已经感受到伦理真空对一个殖民主义政治家的威胁，但为时已晚，他已无法阻止纳西姆的反英阴谋。将此事告知埃及当局之后，芒特奥利夫能做的就只有像"困在打气筒里的猫"那样，无助地等待着命运之神的安排。

此外，达雷尔还用了一系列类似"打气筒"的比喻，来刻画芒特奥利夫在亚历山大"异托邦"里的伦理真空，如政治家背负的十字架、

---

① 聂珍钊：《文学伦理学批评：基本理论与术语》，《外国文学研究》2010 年第 1 期。

② Michael V Diboll, *Lawrence Durrell's Alexandria Quartet in Its Egyptian Context*, New York：The Edwin Mellen Press, 2004, p. 177.

③ Ibid. , p. 182.

④ Lawrence Durrell, *Mountolive*, New York：E. P. Dutton, 1961, p. 22.

埃及的坟墓、被关在装有镜子的笼子里的鸟儿和小人国里的格列佛等。在证实了纳西姆反英阴谋之后,芒特奥利夫意识到自己捅了马蜂窝。像身陷理智与情感间的冲突无法自拔的政治家一样,芒特奥利夫背上了沉重的十字架。获知普斯沃登、达利等英国外交人员也卷入了纳西姆反英阴谋中的消息后,芒特奥利夫心灰意冷,认为"自己的内心世界像古老的埃及坟墓那样满是灰尘、令人窒息"。① 芒特奥利夫认识到他对纳西姆的信任源自对莉拉的感情;然而经历了一系列事件后,芒特奥利夫突然意识到莉拉或许才是纳西姆反英阴谋的真正策划者,而莉拉对他的"爱"可能从一开始就是这场阴谋的一个组成部分。芒特奥利夫对二十年前与莉拉之间海誓山盟的爱情失去了信心,他感叹道:"被关在装有镜子的笼子里的鸟儿为想象中的同伴歌唱,可是那些同伴竟然只是自己在镜子里的反射!那歌声令人心碎,那是因爱情幻灭而发出的哀鸣!"② 故事临近结尾,沮丧、愤懑的芒特奥利夫在土耳其小酒馆里借酒浇愁,却被一貌似智者的老头误导去了女童妓院。芒特奥利夫被幼小的妓女们包围袭击,"就像格列佛到了小人国"。③ 芒特奥利夫将那些幼妓比作老鼠,而他则是一只掉到鼠窝里的猫。芒特奥利夫心目中以莉拉为象征的埃及顿时失去了往日魅力,身心俱疲的芒特奥利夫希望早一天被调离,摆脱"打气筒"般令人窒息的亚历山大伦理真空。

芒特奥利夫之所以成为"困在打气筒里的猫",是他所遵循的两种伦理原则间矛盾冲突的必然结果。首先,身为大使的芒特奥利夫遵循殖民主义政治伦理规范下的"现实原则"。④ 这一原则贯穿芒特奥利夫政治生涯始终。达雷尔借芒特奥利夫的大使制服比喻殖民主义者遵循的刻板、严格的伦理规约。

走下飞机,芒特奥利夫试着上前与欢迎的人群握手,然而他

---

① Lawrence Durrell, *Mountolive*, New York: E. P. Dutton, 1961, p. 191.

② Ibid., p. 286.

③ Ibid., p. 291.

④ Sigmund Freud, *Freud's Readings of the Unconscious and Arts*, Beijing: China Renmin University Press, 1998, p. 21.

身上的制服却改变了一切。一种莫名的孤独感突然向他袭来——他似乎意识到为了换取人们的尊重他必须永远放弃与普通人之间的友谊。他的制服好似中世纪的锁子甲将他包裹其中，让他与世隔绝。①

在"现实原则"的高压下，芒特奥利夫无法挣脱英国殖民主义伦理秩序，逾越东西方的鸿沟。其次，受东方"他者"莉拉的影响，芒特奥利夫遵循情感伦理下的"快乐原则"，表现为个人情欲的达成。在"快乐原则"驱使下芒特奥利夫忘却了驻埃大使的责任和义务，将个人情感生活与殖民主义政治生活混为一谈。埃及化身的年轻美丽的莉拉和被天花夺取美貌的年老的莉拉在小说中的对比具有双重隐喻：从芒特奥利夫殖民主义者的视角出发，这一对比预示着帝国精英对东方他者美妙幻想的破灭；从以莉拉为代表的被殖民主义者的视角出发，既然芒特奥利夫已将莉拉与埃及画上了等号，那么天花则象征着殖民主义对东方古国破坏性统治的恶果。达雷尔试图运用这一隐喻表明东西方之间的殖民与反殖民的斗争并非浪漫的爱情所能调和；小说结尾，生存于亚历山大伦理真空中的芒特奥利夫迷失了自我，谱写了一曲帝国精英殖民主义埃及梦幻灭的挽歌。

邓肯（J. Duncan）认为可以用各种传统符号对某一场所中的群体成员及其社会身份进行编码，这能让"个体讲述有关自己和所处社会结构的伦理故事"。②《芒特奥利夫》中，达雷尔将芒特奥利夫符号化为一类殖民主义者的代表，并通过他讲述了后殖民语境下原殖民主义者在亚历山大城伦理真空里的故事。除此之外，以著名后殖民理论家斯皮瓦克的思想为出发点，笔者发现达雷尔在作品中对"贱民能否发言"的问题给出了较为清晰和肯定的回答。亚历山大贵妇莉拉和她的长子纳西

---

① Lawrence Durrell, *Mountolive*, New York：E. P. Dutton, 1961, p. 131.

② J. Duncan, "Elite Landscape as Cultural（Re）production：The Case of Shaughnessy Heights", *Inventing Places：Studies in Cultural Geography*, Ed. Anderson, K. and Gale, F., Melbourne：Longman Cheshire, 1992, pp. 37－51.

姆以反父权、反殖民精英的形象出现，成为"贱民"之后殖民新伦理秩序的代言人，给亚历山大后殖民语境下的伦理环境注入了新的活力。

斯皮瓦克在"贱民能否发言"中经分析得出女性贱民失声的主要原因在于：帝国主义势力与阶级压迫和性别压抑纠缠在一起。"妇女的解放运动往往从属或让位于民族解放运动，民族精英分子往往与当下权力结构结成共谋，女性贱民因此成为帝国主义霸权和男权统治的双重牺牲品。"① 通过阐述，斯皮瓦克得出如下思想，即"只有当贱民能够被倾听，他们才能够发言，才可以进入有效的社会抵抗结构，而有可能成为葛兰西所说的能够参加对社会的干预，担负起社会的伦理责任的有机知识分子，到那时，贱民将不复存在"。②《芒特奥利夫》中，莉拉既是埃及富商的妻子又是英国大使的情人。她将反父权与反殖民的斗争合二为一，塑造了独立的现代埃及女性形象。在与父权"他者"（丈夫霍斯南尼）和殖民"他者"（情人芒特奥利夫）的对话中，莉拉抒发了对自由意志的伦理诉求。

莉拉是开罗大学的高才生，接受过上等的欧洲教育，是欧化了的埃及女性的代表。她的社会活动能力重新定义了她在后殖民语境下"女性贱民"的伦理身份。对欧洲知识的摄取和对欧洲语言的习得是她反抗埃及父权社会性别歧视的有力武器。经父母包办莉拉嫁给了比自己大二十几岁的埃及富商法尔陶斯·霍斯南尼。莉拉与丈夫分别来自埃及两个最富有的科普特家族，两者的婚姻没有感情基础可言，倒更像是"公司间的合并"。③ 婚后的莉拉没有过养尊处优的埃及贵妇生活，她"利用闲暇时间博览群书"④；莉拉的美丽和智慧让她在亚历山大上流社会赢得了"黑燕子"（the dark swallow）的美誉。莉拉对知识的渴求、对社交生活的参与和与芒特奥利夫的"婚外恋"都是她反抗父权、建立埃及女性新伦理秩序的诸多表现形式。

① 曹莉：《后殖民批评的政治伦理选择：以斯皮瓦克为例》，《外国文学研究》2006 年第 3 期。
② 同上。
③ Lawrence Durrell, *Mountolive*, New York：E. P. Dutton, 1961, p. 23.
④ Ibid.

弗莱德曼（Friedman）认为莉拉："不能独立存在，究其本质只是芒特奥利夫的一个他我（alter-ego），一块可靠而适合的发音板。"[①] 弗莱德曼的论断有失偏颇，因为莉拉对芒特奥利夫的影响是不可忽视的。随着芒特奥利夫与莉拉之间恋人关系的确立，芒特奥利夫感到"英国远在万里之外；他的过去如同蛇蜕皮一样离他而去"；[②] 芒特奥利夫在忘记过去的同时还忘记了自己作为殖民主义者的伦理身份和责任。初为外交官，原本来亚历山大学习当地风俗习惯的芒特奥利夫不无惊讶地感叹道："难道这就是来此学习的真正意义之所在吗？"[③] 尽管芒特奥利夫将莉拉视为等待他去征服和占有的东方女性，但成熟、果敢的莉拉绝非福楼拜笔下被动、顺从的哈内姆。莉拉远比西方殖民主义者芒特奥利夫成熟得多，"在她的指导下（芒特奥利夫）成长起来"。[④] 迪博尔（Diboll）指出："实际上，受东方女性（莉拉）'他者'的影响，芒特奥利夫的欧洲男性气质发生了改变"，[⑤] 上文中所提到的芒特奥利夫因念及旧情而在政治决策上的失误便是最好的例证。

霍斯南尼家族是埃及科普特少数民族，该家族的发展史从某种程度上映射了埃及国民党的党史和埃及"贱民"在反殖民主义斗争中的不同声音及伦理观念的变化。小说中莉拉的丈夫、莉拉以及莉拉的长子纳西姆则可被分别视为：第一代、第二代和第三代埃及国民党人的代表。莉拉的丈夫代表了"奉行亲欧政治主张的老一代埃及国民党人"，而他们"此时早已退出历史舞台"。[⑥]"女性贱民"莉拉反殖民主义的温和情感策略不能从根本上解决问题。法农（Fanon）指出被殖民者们的唯一出路是暴力反抗殖民主义压迫，"（暴力）冲突之后消失的不仅仅是殖

① Alan Warren Friedman, *Lawrence Durrell and The Alexandria Quartet Art for Love's Sake*, Oklahoma：University of Oklahoma Press, 1970, p. 117.

② Lawrence Durrell, *Mountolive*, New York：E. P. Dutton, 1961, p. 20.

③ Ibid. , p. 22.

④ Ibid. , p. 30.

⑤ Michael V. Diboll, *Lawrence Durrell's Alexandria Quartet in Its Egyptian Context*, New York：The Edwin Mellen Press, 2004, p. 180.

⑥ Janice Terry, *The Wafd*：1919—1952：*The Cornerstone of Egyptian Political Power*, London：Third World Research and Publishing, 1982, p. 226.

民主义，还有土著居民被殖民者身份"。① 在绥靖政策和温情策略失效的情况下，纳西姆领导的"暴力抗英"行动成为亚历山大后殖民语境下最强大的"贱民"之声。

以纳西姆为首的亚历山大埃及精英通过欧化，或曰"模仿"成功掩盖了他们的抗英行动，对英国在埃及文化和政治上的殖民统治形成了威胁。通过接受西方教育和文化，纳西姆能够"模仿"殖民主义者的言行，取得他们的信任，和他们打成一片。受过良好欧洲教育的埃及精英是殖民主义者心目中理想化了的被殖民者的形象，这为他们的抗英行动提供了伪装。霍米·巴巴（Homi Bhabha）指出"模仿"具有伪装和监视（camouflage and surveillance）的双重作用，埃及精英们的欧化教育、与英国殖民者之间的密切联系"增强了（被殖民主义者对殖民主义者的）监视能力，对殖民主义者在埃及'正常化了的'知识（'normalized' knowledges）和惩戒性的政权力量（disciplinary powers）来说是一种内在威胁"。②

纳西姆反抗英国殖民统治，实现埃及独立的爱国主义伦理观与科普特民族自豪感紧密相连，构成了那个时期亚历山大后殖民语境下伦理环境的核心。科普特精英世代以来在埃及政界、经济界担任重要职务，为埃及的发展做出过显著贡献。然而随着英国殖民主义者的到来，科普特人被渐渐排挤出埃及政坛。埃及科普特精英通过组织和加入埃及国民党的方式重新参与到埃及政治生活中，取得了反抗殖民主义的话语权。历史学家特里（Terry）提出停战日（1918 年 11 月 11 日）之后，在 1918年 11 月 13 日当天受过欧洲教育的埃及有志之士，其中包括大量科普特人，组建了一个以阿拉伯语"Wafd"（即后来的埃及国民党）命名的代表团与英国政府谈判，希望第一次世界大战后立刻取得国家独立。③ 值得注意的是芒特奥利夫第一次接触霍斯南尼家族的时间恰好也在 1918

① Frantz Fanon, *The Wretched of the Earth*, London: Penguin Books Ltd. , 1990, p. 246.

② Homi K. Bhabha, *The Location of Culture*, London and New York: Routledge Classics, 2004, p. 123.

③ Janice Terry, *The Wafd*: 1919—1952: *The Cornerstone of Egyptian Political Power*, London: Third World Research and Publishing, 1982, pp. 71 - 74.

年 11 月 13 日。谈到科普特人与埃及国民党之间的关系时，特里指出
"科普特人参与埃及国民党不仅能起到统一国家的作用还为该党输送了
许多远见卓识的战略家"。① 因此埃及国民党的活动常被一些较为保守
的英国殖民主义者，如小说中英国驻埃及情报主任马斯基林，看成
"科普特人的阴谋"（A conspiracy among the Copts）。②

　　埃及科普特民族主义是纳西姆试图冲破亚历山大英国殖民统治束
缚的原动力，也是亚历山大后殖民语境下新伦理秩序的重要组成部
分。毕业于英国牛津大学的纳西姆本可以成为有名的埃及外交家，然
而在英国殖民统治期间，科普特人失去了政治权利，纳西姆不得不退
而求其次，成了埃及银行家。从某种程度上讲，政治生活中的被边缘
化是纳西姆反英行动的触发因素。纳西姆不但在经济上资助巴勒斯坦
国（Palestine State）的成立而且还参与秘密策划其中的细节，包括向
巴勒斯坦走私军火等，以达到暴力反抗英国近东殖民统治，进而动摇
英国在埃及乃至地中海地区殖民统治的目的。纳西姆对贾斯汀说：
"如果犹太人在巴勒斯坦获得自由，那么我们大家的日子都会好起来。
我们唯一的希望是……赶走外国人。"③

　　《芒特奥利夫》结尾，莉拉归隐庄园；财产被埃及政府没收后，
纳西姆被扣留在亚历山大成了一名消防车驾驶员，至此"贱民"似
乎失去了声音；然而与深陷亚历山大伦理真空中的芒特奥利夫相
比，莉拉和纳西姆却因对亚历山大后殖民语境下新伦理秩序的创造
而对未来充满希望。萨特在《大地上受苦的人》（*The Wretched of the
Earth*）的前言中写道："回旋开始了；土著居民重塑自我，而我们，
定居者们和欧洲人……却分裂了。"④ 莉拉和纳西姆虽壮志未酬但我
们仍可从小说的字里行间听到他们反父权、反殖民主义的发聋震聩的

　　① Janice Terry, *The Wafd*：1919—1952：*The Cornerstone of Egyptian Political Power*, London：
Third World Research and Publishing, 1982, p. 79.

　　② Lawrence Durrell, *Mountolive*, New York：E. P. Dutton, 1961, p. 107.

　　③ Ibid. , p. 200.

　　④ Jean-Paul Sartre, "Preface", Ed. Frantz Fanon *The Wretched of the Earth*, London：Penguin
Books Ltd. , 1990, pp. 7 – 26.

"贱民"之声。

文学中的场所、地点并非真实存在；即便如此，通过对生活在虚拟社区中的文学人物的分析，读者却能参照文学文本对现实生活中特定历史时期、特定场所的伦理环境中人们的伦理观念有所认知。史密斯（David Smith）认为"社区观念是场所与伦理道德相结合的最清晰表述"。① 达雷尔选取特定历史语境下的亚历山大城为小说人物生活的社区，通过对城中殖民主义者与被殖民者之间复杂伦理关系的描写，为读者展示出一副后殖民语境下亚历山大城的伦理环境全景图。作为长期旅居他乡的世界公民，达雷尔以不偏不倚的、既非东方又非西方的"第三者"身份通过小说展现出对亚历山大城伦理环境的虚、实解读。作为故事发生的场所，达雷尔笔下的亚历山大城不是一种简单、无机的物理存在，它集历史、文化（包括文学）和政治等多重元素于一身，在宏大的历史叙事中获得了生命力。透过小说，达雷尔强调对亚历山大被人化了的场所的共时性和历时性阐释在揭示亚历山大城伦理环境和人物伦理价值取向时的重要作用。

---

① David Marshall Smith, *Moral geographies：ethics in a world of difference*, Edinburgh：Edinburgh University Press, 2000, p. 77.

第六章

《阿芙罗狄特的反抗》：后现代
消费文化的伦理思考

劳伦斯·达雷尔的"双层小说"（double-decker novel）《阿芙罗狄特的反抗》（*The Revolt of Aphrodite*）包含《彼时》（*Tunc*，1968）和《永不》（*Nunquam*，1970）两部小说。英美文学评论界对这两部小说的评论褒贬不一。《时代周刊》（*Time*）、《新闻周刊》（*Newsweek*）和《观察报》（*Observer*）对达雷尔精致的语言和精巧的故事情节赞叹不已，其中不乏文学大师和批评家，如安格斯·威尔逊（Angus Wilson）和马尔科姆·布雷德伯里（Malcolm Bradbury）等人的溢美之词。然而有些评论家并不看好这部作品，他们认为《阿芙罗狄特的反抗》偏离了《亚历山大四重奏》的创作风格，无法与《亚历山大四重奏》同日而语，达雷尔该作品的艺术和社会价值也因此被诸多评论家所忽视。

《阿芙罗狄特的反抗》中，达雷尔以梅林公司的全球商业帝国为原型构拟了一个后现代消费文化下的世界图景，为读者阐释了以伦理主体的缺失和异化为外现的伦理真空的成因。在此基础上，达雷尔指出隐藏于后现代社会"消费快感"之后的是人类"兽性因子"激发下的非理性消费欲望。发明家费利克斯对"人性因子"的理性回归受到与公司签订的契约的限制而无法实现。费利克斯两种伦理身份："浮士德博士"和"普罗米修斯"的并存与矛盾冲突使其深陷伦理危机之中。为了解决后现代消费文化下的伦理失范问题，小说主人公类人机器人艾俄兰斯和费利克斯分别从个人层面和"有机知识分子"的权力层面对公司进行了反抗。达雷尔在小说中阐释的这种自下而上、由内而外的伦理觉醒与实践正是作者本人留给后现代消费文化下的读者们的有益启示。

第一节　梅林公司与后现代消费文化中的伦理真空

赫布迪齐（Dick Hebdige）将后现代生活比作"另一个星球上的生活"①，言外之意面对全新的生存环境，人们丧失了对传统伦理规范的把握，变得无所适从；斯莱克（Jennifer Slack）和惠特（Laurite Whitt）指出："后现代主义指的是一种道德困惑和所有价值的贬值状态。"② 在《阿芙罗狄特的反抗》中，达雷尔以小见大将梅林公司设定为后现代消费文化的缩影，为读者绘制了一幅伦理真空的图谱。达雷尔虚拟的小说世界就是梅林公司统治下伦理失范的"另一个星球"，公司既是这个星球的主宰者又是伦理真空的制造者，伦理真空主要体现在伦理主体的消失和异化两方面。

小说中的梅林公司如詹明信（Frederic Jameson）在《后现代主义，或晚期资本主义的文化逻辑》（*Postmodernism：The Cultural Logic of Late Capitalism*，1991）中描述的那样，是跨国资本主义扩张的具象，是"主体之死"③ 的动因；公司分别以西方（英国的伦敦）和东方（土耳其的伊斯坦布尔）为中心，像巨大的资本章鱼一样迅速发展成分支机构遍布全球的跨国企业集团。然而与规模的无限制扩大相并存的却是公司领导人的缺失（the absence of leader），以及由此而产生的伦理主体的消失。

---

① Joanna Zylinska, *The Ethics of Cultural Studies*, London：Continuum, 2005, p. 40.

② Ibid., p. 31.

③ 詹明信：《晚期资本主义的文化逻辑》（第二版），陈清侨、严锋译，生活·读书·新知三联书店 2013 年版，第 328 页。

达雷尔用"梅林"给小说中的科技公司命名旨在取得反讽的批判效果。公司是"以资本主义商品生产的扩张为前提预设"① 的金钱至上的后现代消费文化的缩影。梅林是英格兰及威尔士神话中的睿智机敏、法力强大、能预知未来的传奇魔法师②。在亚瑟王的传说故事中，梅林是正义力量的化身，在他的帮助下亚瑟王登上英格兰的王位，领导圆桌骑士统一了不列颠群岛。然而小说中以"梅林"命名的科技公司却好似魔鬼撒旦，它的执行总裁朱利安则是撒旦爪牙梅菲斯托费勒斯（Mephistopheles）的化身，他们的联合旨在建立一个全球范围内以刺激消费为手段，以牟利为目的的商业帝国。朱利安曾借路德（Luther）的观点，揭露了"公司"的魔鬼本质，"他（路德）认为资本主义制度是撒旦用以统治世界的力量来源。撒旦的王国从本质上讲是资本主义的——我们都是恶魔的财产，他（路德）在谴责现存社会制度时说'金钱是魔鬼的语言，与上帝以神圣的语言创造世间万物一样，魔鬼以金钱为语言创造了这个世界'"③。

　　公司创始人和后继领导者已被置于一个可有可无的境地，人作为伦理规约制定者的身份被公司剥夺。公司创始人梅林病逝后，朱利安接替他成为从未露面的公司领导人（faceless leader）。公司仿佛一个不受控制、独立运行的有机生命体，正如朱利安在电话中批评费利克斯（Felix Charlock）时所说的那样："公司早已超出缔造者们——梅林、乔卡斯和我的掌控：我们不过是它的前辈罢了。现在公司能自我延续，按照自身设定好的轨迹运行，你我都无法左右它。"④ 公司运行的伦理道德监管也因此陷入真空，如公司在费利克斯不知情的情况下，将他发明的镶纳纤维（sodium-tipped filament）给公司另一名科学家马钱特使用去生产枪炮瞄准器。发明专利被公司剥夺，产品的应用是否符合伦理规约已超出发明者本人的掌控。

---

　　① 迈克·费瑟斯通：《消费文化与后现代主义》，刘精明译，译林出版社 2000 年版，第 18 页。

　　② Katharine Mary Briggs, *An Encyclopedia of Fairies, Hobgoblins, Brownies, Boogies, and Other Supernatural Creatures*, New York: Pantheon Books, 1976, p.440.

　　③ Lawrence Durrell, *Nunquam*, London: Faber and Faber Limited, 1990, p.177.

　　④ Lawrence Durrell, *Tunc*, London: Faber and Faber Limited, 1990, p.286.

公司缔造者梅林为了招募天才发明家加入公司，无情地践踏了父女间的亲缘伦理关系。梅林从女儿守护神的父亲角色异化为夺取女儿贞操与幸福的恶魔。梅林的养子朱利安与亲生女儿贝妮蒂特青梅竹马。为了阻止二人的结合，让他们各自为公司所用，梅林命令手下人阉割了朱利安，轮奸了贝妮蒂特。梅林任命朱利安为公司继承人，把女儿调教成以美色诱引发明家们加盟公司的"诱饵"，并先后与不同的发明者结婚。

费利克斯便是众多"上当受骗"的发明者中的一员。费利克斯与贝妮蒂特第一次见面时，贝妮蒂特正在哄诱、训练刚捕获的"猎鹰"。凯克文斯基（Donald P. Kaczvinsky）指出：言语之间，贝妮蒂特实际上将费利克斯与手上的猎鹰相提并论。在贝妮蒂特的诱引下，费利克斯分别与梅林公司和贝妮蒂特签订了工作与婚姻的双重契约，成为受制于公司的"猎鹰"。[①] 朱利安和费利克斯沦为梅林公司的傀儡，而贝妮蒂特从梅林的女儿——梅林商业王国里的公主，降格为公司利益链条上不可或缺的"性奴隶"，公司生产之初所必须消耗的"原材料"。

公司还通过特殊的"洗脑"方式完成了对费利克斯伦理主体的异化，失去记忆的费利克斯丧失了伦理判断的能力，心甘情愿地为公司服务。小说《彼时》结尾，试图逃离公司的费利克斯被公司抓捕后送到公司位于保尔豪斯专门收治精神分裂症病人的疗养院。费利克斯大脑记忆中枢的一小部分被外科医生切除。就这样费利克斯被强制进行了"洗脑"，一觉醒来，费利克斯甚至连自己写在日记封面上的名字都认不出来了，"床头放着一本绿色的日记，或许这能提供线索？上面写着别人的名字费利克斯·夏洛克。……一连好几个月的日记内容都被人撕掉了。消失了！消失的月份，消失的日子"。[②] 费利克斯变成"一个没有影子的人，就像没有表盘的钟表"[③]。从《彼时》结束到《永不》开始，费利克斯对公司的态度发生了戏剧性变化，"洗脑"后的他是最值

① Donald P. Kaczvinsky, "'Bringing Him to the lure': Postmodern Society and the Modern Artist's 'felix culpa' in Durrells 'Tunc/Nunquam'", *South Atlantic Review*, Vol. 59, No. 4, Nov., 1994, pp. 63 - 76.

② Lawrence Durrell, *Nunquam*, London: Faber and Faber Limited, 1990, p. 11.

③ Ibid., p. 12.

得信任的、最有责任心的成员。

罗宾逊（Jeremy Robinson）指出《阿芙罗狄特的反抗》"凸显了20世纪中后期自我身份危机、文化衰落、道德下滑等主题"。[1] 如从微观视角出发，以公司为切入点，不难发现引发上述论题的核心应该是后现代消费文化中的公司制度与伦理之间的关系问题。被人格化了的公司把商业版图的扩张和追求经济效益设定为公司成员必须服从的"终极伦理旨归"，消除了人对公司的领导与伦理监管，扭曲了人与人之间正常的伦理关系，公司制度下的人最终陷入后现代消费文化的伦理真空之中。

第二节　契约关系、"消费快感"与伦理身份危机

费利克斯与梅林公司之间存在着类似浮士德博士与魔鬼撒旦之间的契约关系，为了换取公司物质（科学研究设备和优越的生活条件）上的支持，费利克斯身上的"兽性因子"战胜了"人性因子"[2]。加入公司后，两种因子之间的斗争关系发生了逆转，然而费利克斯对向善的"人性因子"的伦理选择却被契约的牢笼囚困。费利克斯因无法实现伦理选择，重塑伦理身份而深陷危机之中。

在梅林公司提供的一系列"消费快感"[3] 面前，费利克斯迷失了自我。未加入"公司"前，费利克斯已经对"公司"充满了如浮士德博士对魔鬼撒旦般的笃信。"南去的列车上，我（费利克斯）大声朗读着《泰晤士报》的市场报告专栏，听起来像是在读圣经里的赞美诗，胸中充满对梅林公司的忠诚与热爱"。[4] 在被朋友问及为何与梅林公司签合同时，费利克斯回忆说："那时我眼里满是名誉、爱情和随之而来的巨

① Jeremy Robinson, "Love, Culture, and Poetry", *Into the Labyrinth Essays on the Art of Lawrence Durrell*, Ed. Frank L. Kersnowski, London: UMI Research Press, 1989, p. 143.

② 聂珍钊：《文学伦理学批评：伦理选择与斯芬克斯因子》，《外国文学研究》2011 年第 6 期。

③ 迈克·费瑟斯通：《消费文化与后现代主义》，刘精明译，译林出版社 2000 年版，第 19 页。

④ Lawrence Durrell, *Tunc*, London: Faber and Faber Limited, 1990, pp. 20 – 21.

额资产。我对自己说'是的',听到自己沙哑的嗓音我吃了一惊。'是的,我的确是个傻瓜,但我必须在合同上签字'。"① 新婚之际的费利克斯面对隆重、奢华的婚庆场面感叹说:"不是我在说话,上帝啊。我不过是我身处文化的代言人罢了。"②

费利克斯身上存在着"兽性因子"与"人性因子"之间不可调和的对立,为了实现"消费快感",费利克斯与公司签订了浮士德博士般出卖灵魂的契约。"浮士德精神"内含"兽性因子"与"人性因子"这两种伦理选择因子。斯宾格勒在《西方的没落》(*The Fall of the West*)中指出:"浮士德精神"是近代欧洲人为了改造社会而在自然科学和技术知识等领域展现出的进取精神。③ "浮士德精神"体现了一种张力的延伸、精神的释放和无限进取的开拓精神,这恰好是"人性因子"的美好写照,因为"人性因子指的是人类从野蛮(savagery)向文明进化过程中出现的能够导致自身进化为人的因素"。④ 与此同时,浮士德精神中还包含着"为追逐知识、财富和权力而不惜向魔鬼出卖灵魂的恶的精神"⑤。在浮士德精神指引下,费利克斯伦理精神中的"兽性因子"战胜了"人性因子",对善的追求降格为兽欲的满足,如聂珍钊教授所说"人同兽的区别,就在于人具有分辨善恶的能力,因为人身上的人性因子能够控制兽性因子,从而使人成为有理性的人"。⑥

契约关系中的费利克斯在批判后现代消费文化的同时展示出较为清晰的伦理判断。费利克斯已经认识到"大众文化与高雅文化之间差别的消弭,向后现代文化的转轨,给知识分子带来一种特别的威胁"。⑦ 费利克斯对贝妮蒂特"消费狂"的心理疾病作出诊断,即漫无目的的

---

① Lawrence Durrell, *Tunc*, London: Faber and Faber Limited, 1990, p. 147.

② Ibid., p. 173.

③ Klaus P. Fischer, *History and Prophecy: Oswald Spengler and the Decline of the West*, New York: P. Lang, 1989, pp. 32 – 34.

④ 聂珍钊:《文学伦理学批评:伦理选择与斯芬克斯因子》,《外国文学研究》2011 年第 6 期。

⑤ 吴晓江:《浮士德精神与西方科技文化》,《自然辩证法通讯》2009 年第 5 期。

⑥ 聂珍钊:《文学伦理学批评:伦理选择与斯芬克斯因子》,《外国文学研究》2011 年第 6 期。

⑦ 迈克·费瑟斯通:《消费文化与后现代主义》,刘精明译,译林出版社 2000 年版,第 81 页。

狂欢化消费让贝妮蒂特整日无所事事，消费成为她生活的全部，消费的停止即是她生命的终结，这是造成她周期性"脑疲劳"（brain-fag）和精神不济的主要原因。① 以自己发明的超级电脑亚伯为例，费利克斯指出后现代消费文化的负面效应已显露无遗，因为亚伯作为一台机器已具备了预知未来、通晓古今文史的能力，相比之下，沉溺于大众消费中的人"不过是核糖核酸的残留（RNA 遗传信息的载体），不是吗？然而，亚伯却表现出对文学本质的理解"。② 费利克斯以物讽人，机器的智能"人化"与人的消费活动"机器化"形成鲜明反差，后现代社会中的异化消费对贝妮蒂特和费利克斯为代表的"知识分子"乃至人类文明已构成了威胁。

费利克斯伦理危机的导火索源自契约之争和专利所有权之争；在契约约束力面前，费利克斯却显得束手无策。为"梅林"公司工作多年后，费利克斯希望将一项简单的发明无偿送给大众使用，却遭到公司执行总裁朱利安的断然拒绝。朱利安的回答是："很高兴在你还没采取任何行动之前，先来跟我商量。该如何解释呢？即便这发明一文不值，它也还是公司的财产和恩惠——梅林公司的专利。"③ 随后，费利克斯以辞职相威胁，朱利安拿出了他与公司签订的为期二十年的合同。谈及合同期限，费利克斯不寒而栗，这让他联想起浮士德博士与魔鬼撒旦签订的为期二十四年的灵魂契约。

值得注意的是，费利克斯兼具"浮士德博士"和"普罗米修斯"的双重伦理身份，其中隐含着与之相对应的多条"伦理线"（ethical line），如费利克斯实践"兽性因子"和"人性因子"的伦理线等，"伦理线串连或并连"在一起便形成伦理节④。小说中引起费利克斯产生伦理困惑的伦理节有二，它们分别是与公司签订的合同（契约）和专利所有权。为了实现"消费快感"费利克斯签订了契约，费利克斯在享

① Lawrence Durrell, *Tunc*, London: Faber and Faber Limited, 1990, p. 251.
② Ibid., p. 13.
③ Ibid., p. 283.
④ 聂珍钊：《文学伦理学批评：基本理论与术语》，《外国文学研究》2010 年第 1 期。

受公司提供的物质财富的同时却发现自己的发明专利权被公司剥夺。费利克斯为人类谋福利的"普罗米修斯"的伦理身份在与公司间的契约之争和专利所有权之争中凸显出来。虽然费利克斯良心发现，"浮士德博士"内心的"人性因子"被再次唤醒，但他依旧受制于契约，无法按照自己的道德良心支配自己的发明。在逃跑和将发明免费送给大众的努力被公司阻止后，费利克斯像被捆绑在高加索山上的"普罗米修斯"一样被囚禁在公司的疗养院里。

科斯诺斯基（Frank Kersnowski）认为主人公费利克斯是达雷尔在小说世界里虚拟道德法庭上的"被告"，而读者则是"绅士陪审团"，有裁决费利克斯是否有罪的道德审判权。[①] 上述论述不无道理，然而作为第一人称叙述者和达雷尔伦理思想代言人的费利克斯在"道德法庭"上的角色并不固定，而是游离于"被告"和"原告"两种角色之间。作为"被告"的费利克斯崇尚"消费快感"，在"浮士德精神"中的"兽性因子"作用下遵循享乐主义伦理原则；作为"原告"的费利克斯有"普罗米修斯"一样崇高的道德情怀，控诉的是以公司为代表的后现代消费文化对人类伦理价值造成的负面影响。费利克斯介于两种角色之间的不确定性恰是其受契约束缚而欲罢不能的伦理危机的外在反映。

第三节 "阿芙罗狄特"的反抗：后现代消费文化下的伦理启示

如上文所述，发明者、公司、商品三者的有机组合激发出人类"兽性因子"中的自由意志，表现为消费文化下自然欲望的满足。后现代消费文化迎合、刺激了人们的消费欲望，并通过诸多方式将其无

---

① Frank Kersnowski, "Authorial Conscience in Tunc and Nunquam", *On Miracle Ground Essays on the Fiction of Lawrence Durrell*, Ed. Michael H. Begnal, Lewisburg: Bucknell University Press, 1990, p. 138.

限放大。在《阿芙罗狄特的反抗》中，达雷尔为读者绘制了一条明晰的后现代消费文化链：产品发明者（费利克斯）—产品生产者、后现代消费文化主导者（梅林公司）—产品（以艾俄兰斯为例）—媒体（电影、广告）—产品消费者（大众）。通过对艾俄兰斯类人机器人的自杀式反抗和费利克斯烧毁公司合同存放档案室等事件的描述，达雷尔从产品和发明者两个层面出发挑战了公司在消费文化中的霸权地位，解构了上述消费文化链，为人们回归理性消费伦理提供了有益启示。

达雷尔将女主人公艾俄兰斯比作古希腊神话中"爱与美的女神"阿芙罗狄特，小说《阿芙罗狄特的反抗》因以艾俄兰斯为原型制造出的类人机器人的自杀式反抗而得名。如鲍德里亚所说："在当代西方社会，人们消费的已不是物品，而是符号"[1]，以后现代消费文化中的审美客体或形象出现的艾俄兰斯以及此后的类人机器人已成为维系公司经济命脉的消费"符号"。类人机器人艾俄兰斯的自杀终结了自身作为商品化了的消费"符号"的存在，实现了作为人的艾俄兰斯伦理回归的欲求。

梅林公司掌握并充分利用了后现代消费文化中的商品"符号化"特点，即"通过广告、大众传媒和商品展陈技巧，消费文化动摇了原来商品的使用或产品意义的观念，并赋予其新的影响与记号，全面激发人们广泛的感觉联想和欲望"[2]。艾俄兰斯经公司包装、媒体宣传从流落街头的妓女华丽转身为炙手可热的电影明星。然而究其本质，她不过是公司利用广告、影视媒体制造出来的消费"符号"。公司将艾俄兰斯形象本身所具有的文化与审美功能与公司利益紧密联系在一起，使其成为公司产品的文化代言人，最终达到以文化、审美展示的方式促进公司产品销售的目的。

艾俄兰斯是双重消费的受害者，第一重消费源于自身，第二重消费源自公司和大众，后者是前者存在的前提条件。凯克文斯基指出艾俄兰

---

① 罗钢：《西方消费文化理论述评》（上），《国外理论动态》2003 年第 5 期。

② 迈克·费瑟斯通：《消费文化与后现代主义》，刘精明译，译林出版社 2000 年版，第 166 页。

斯的消费价值在于她的"荧屏意象","艾俄兰斯能俘获后现代社会大众对美好事物的幻想,让他们与美保持联系"①。艾俄兰斯消费欲望的达成以她的消费价值为基础。美貌是其消费价值的源泉。为确保自身作为公司商品被消费的价值和消费欲望得到满足,艾俄兰斯意图通过液状石蜡丰胸的方式维持美丽形象,结果却是反受其害。液状石蜡丰胸是艾俄兰斯致死的原因,这无疑是对后现代消费文化中为了消费而消费的伦理观的强有力反讽,也是后现代消费文化下"人性因子"之理性意志泯灭的挽歌。

透过艾俄兰斯的案例,达雷尔向我们揭示了后现代消费文化"兽化"于人的残酷事实,即在强大的物欲、消费欲驱使下,艾俄兰斯丧失了理性,成为任公司摆布的消费机器;类人机器人艾俄兰斯的自杀式反抗却是对人性的回归。妓女艾俄兰斯作为电影明星的生是对自身消费欲望的妥协,她的死是为此而付出的高额代价。类人机器人艾俄兰斯的"生"虽然短暂,但贯穿始终的却是"她"对"被消费"的、"符号化"了的生存状态的抵抗。类人机器人艾俄兰斯以自杀终结了作为人的艾俄兰斯"兽性因子"中不可控的自由意志,恢复了"人性因子"中的理性意志。在此,达雷尔给读者的启示是:与作为人的艾俄兰斯相比,类人机器人更具有人的品性。

然而"阿芙罗狄特的反抗"并未就此结束,因为后现代消费文化中"艾俄兰斯的形象和肉体可被再造和买卖"②。尽管类人机器人艾俄兰斯与公司领导者朱利安同归于尽,但公司依然运行如故。达雷尔并不满足于主人公个人层面上对后现代消费文化苍白无力的伦理反抗,他认为对后现代消费文化链的解构才是彻底消除伦理真空和伦理危机的有效手段。类人机器人艾俄兰斯的反抗失败后,产品发明者费利克斯的反抗成为解构后现代消费文化链,恢复人们消费理性的必经之路。费利克斯

---

① Donald P. Kaczvinsky, "'Bringing Him to the lure': Postmodern Society and the Modern Artist's 'felix culpa' in Durrells 'Tunc/Nunquam'", *South Atlantic Review*, Vol. 59, No. 4, Nov., 1994, pp. 63 – 76.

② Ibid.

取代死去的朱利安成为总裁后，决定将对公司的反抗进行到底，把储存公司合同的文件室付之一炬，断绝了包括自己在内的所有员工与公司之间的契约关系。"逃离""囚禁"和"反抗"这一系列行动勾勒出小说中费利克斯追求自由与真、善、美的伦理主线。

费利克斯从发明者，即受公司奴役的"无机知识分子"到当权者，即有伦理判断能力的"有机知识分子"的转变反映出更高层面（社会领导层）上"人性因子"的伦理回归。费利克斯的"逃离"和辞职威胁与他建造的类人机器人的自杀式反抗一样对公司无济于事，因为他们此时的反抗还未上升到权力和决策层的高度。如何将个人的理性意志注入后现代消费伦理的形塑之中，是达雷尔在小说中为读者提出和解决的后现代消费文化中的伦理问题。《知识分子论》中，萨义德曾提到："葛兰西相信有机的知识分子主动参与社会，也就是说，他们一直努力去改变众人的心意、拓展市场"，他们有"获取潜在顾客的首肯、赢得赞同、引导消费者或选民的意见"① 的能力。如前文所述，被"洗脑"后的费利克斯不过是无条件为公司利益服务的傀儡，而类人机器人艾俄兰斯的自杀式反抗又点燃了费利克斯内心业已熄灭了的"人性因子"中理性意志的火焰。费利克斯焚烧文件室的行动在切断了公司为中心的后现代消费文化链的同时，彰显了有智慧、有良知的"有机知识分子"以理性意志遏制非理性生产与消费的决心，因此对处于权力阶层的"有机知识分子""人性因子"的伦理呼吁是达雷尔呈现于小说中的另一个重要的伦理启示。

综上所述，达雷尔为读者展现了后现代消费文化下伦理真空的成因、表现及其严重后果：消费欲望刺激下"兽性因子"与"人性因子"矛盾斗争中主人公的人格分裂和伦理身份的危机。消费欲望原本是人类本能的自由意志的体现，然而后现代社会消费文化下人们的消费欲望非但没有得到理性控制，却被以公司为代表的后现代社会消费文化放大和利用。达雷尔给身处后现代消费文化中的我们提出了是"按理所需"还是

---

① 爱德华·W. 萨义德：《知识分子论》，单德兴译，生活·读书·新知三联书店 2007 年版，第 12 页。

"按欲所需"①；是继续沉沦还是奋起反抗的伦理选择的迫切要求，如《阿芙罗狄特的反抗》中两部小说的书名《彼时》和《永不》②所示，"不是现在就是永不——因为我们是人，应该具有选择命运的权利。选择的时间就是现在"③。小说主人公类人机器人艾俄兰斯和费利克斯分别在后现代消费文化链的产品和发明者两个环节上的伦理反抗为我们揭示了逃离伦理真空和重塑伦理身份的有效途径。尽管达雷尔在小说结尾为读者描绘了一幅类似"乌托邦"式的未来理想社会的图景，但作者警醒、启示读者的意图还是显而易见的，因为细心的读者会发现主人公费利克斯身上闪现着的不仅是"有机知识分子""人性因子"的光辉，还有一种改良后现代社会消费文化下的伦理判断和伦理选择的摧枯拉朽的理性力量。

---

① 后现代消费文化中，人们的自由意志已经超越了满足基本物质需求的层面，即吃饱穿暖的阶段；当下社会中人们的自由意志多半表现为超乎理性的物欲和贪欲，即人们对物质财富的非理性占有已超出自身的合理需求数量，因此，后现代消费文化中急需解决的是"按理所需"还是"按欲所需"的问题。

② 达雷尔选择这两个词的灵感源自罗马著名讽刺作家彼特隆纽斯（Petronius, 27AD – 66AD）作品《爱情神话》（*The Satyricon*）中的碑铭"aut tunc, aut nunquam"（"It was then or never."不是彼时就是永不）（Durrell, *Nunquam* 9）。

③ Lawrence Durrell, *Nunquam*, London：Faber and Faber Limited, 1990, p. 285.

第七章

《阿维尼翁五重奏》:第二次世界大战欧洲启示录

　　《阿维尼翁五重奏》(*The Avignon Quintet*, 1974—1985) 是达雷尔创作的最后一部重奏小说。其中，达雷尔延续了《亚历山大四重奏》中的最后一部小说《克丽》(*Clea*, 1960) 有关第二次世界大战的创作主题。法国著名天主教古城阿维尼翁 (Avignon) 是达雷尔叙事的主要场所背景，其间达雷尔有意穿插了对埃及尼罗河、金字塔、科普特人寺庙和第二次世界大战中立国瑞士等场所内人与事的描写。通过对生活于上述场所中不同国籍的小说人物①思想、行动的描述，达雷尔将对宗教信仰、历史事件与现代战争的反思融为一体，为读者呈现了一个第二次世界大战的欧洲启示录。

　　小说中通过对诺斯替教 (Gnosticism) 主要观点的阐释，达雷尔意在指出人类盲目自大的"恋物癖"古来有之，表现为对物质世界无止境的占有和对他人权利的控制。在人类文明发展的现代社会，该"恋物癖"的恶果更为严重，表现为人类精神世界里的困顿、萎靡与物质世界中惨绝人寰的种族屠杀。《阿维尼翁五重奏》的第一部小说《黑王

---

①　东伊利诺伊大学 (Eastern Illinois University) 英语学院的安妮·扎贺兰 (Anne Zahlan) 教授指出：达雷尔的《阿维尼翁五重奏》涉及诸多种族与背景，而这一多样性主要源于对欧洲和地中海人的描述。参见：Anne Zahlan, "The Negro as Icon: Transformation and the Black Body in Lawrence Durrell's The Avignon Quintet", *South Atlantic Review*, Vol. 71, No. 1, Winter 2006, pp. 74 - 88。

子》（*Monsieur or The Prince of Darkness*）中，埃及人阿法德解释了"物质世界虚幻论"与"精神世界实体论"的诺斯替教思想。《阿维尼翁五重奏》中，达雷尔描述了小说主人公对纳粹德国邪恶力量的认识，由第二次世界大战而导致的人与人和人与外界环境之间的疏离以及追求"宇宙"神秘知识的欲望。①

第二次世界大战期间，用以应对欧洲人精神危机的以基督教和天主教为代表的西方宗教普遍失效；与此同时，新兴的弗洛伊德精神分析被证明有名无实。小说中性爱、战争、杀戮、死亡、精神病等词的高频出现揭示了第二次世界大战期间欧洲人信仰危机与精神焦虑的普遍现象。就达雷尔而言，虽然在第二次世界大战之前欧洲人已经发现上述精神问题的存在，但始终处于欲求解答而不得的茫然状态之中，对他们来说真理如同埃及沙漠中的海市蜃楼一般虚幻缥缈。"迷茫、无助、偏执、盲从"与"恋物癖"组合在一起，共同构成了第二次世界大战爆发的精神内因。正如小说人物萨克利夫所说："欧洲因缺乏对现实无质感和精神虚幻的生存状态的认知而渐渐死于血液中毒。"② 在此背景下，伦理道德判断的时效性与相对性显得尤为重要，而一向被欧洲人视为歪理邪说的诺斯替教中的"精神实体论"则是实现上述道德判断的前提，也是欧洲人应对这一特定历史时期精神危机的行之有效的办法。

第一节　第二次世界大战之"精神分析"

《阿维尼翁五重奏》中，达雷尔生动描述了第二次世界大战战前、战中与战后小说人物的精神面貌，逐一揭示了"死亡本能"、"寻找

---

① 哈佛大学著名已故宗教史教授诺克（Arthur Darby Nock，1902—1963）在其有关"诺斯替主义"（Gnosticism）的讲座中指出：就目前"诺斯替主义"一词的使用来看，指的是某一特定时间与场所内的现象。然而，它也可用以指涉广泛传播的人类态度与性情，其中包括三种心理因素，即对善恶问题的探究、疏离感的产生和对宇宙运作秘密的求知欲。参见：Arthur Darby Nock，"Gnosticism"，*The Harvard Theological Review*，Vol. 57，No. 4，Oct.，1964，pp. 255 – 279。

② Lawrence Durrell，*The Avignon Quintet*，London：Faber and Faber，2004，p. 705。

替罪羊"、"恋母情结"和"瓦格纳黑魔法情结"等现代欧洲社会中普遍存在的"心理疾病"。虽然达雷尔借小说人物萨克利夫之口讽刺了第二次世界大战之前早已盛行欧洲的弗洛伊德的心理分析，认为：弗洛伊德的精神分析体系就是个挣钱的工厂，而弗洛伊德是个只收现金的骗子，但透过小说达雷尔明确表明欧洲社会中人们普遍面临的精神危机非弗洛伊德的精神分析不能解释。就达雷尔而言，弗洛伊德创立的原本适用于个体的精神分析体系同样具有分析特定时期、特定场所内不同种群的人类集体无意识的功效。

在达雷尔的小说人物萨姆和冯·艾斯林身上，"性本能"不仅与"死亡本能"并存，还呈现出由"性本能"向"死亡本能"转化的心理倾向。前者是生命力的象征，而后者是消减生命力的破坏性力量。"两种本能均是能量源（sources of energy），将生理存在与心理存在、生物能量与心理能量联系在一起，是弗洛伊德所说的介于有机体（organism）与灵魂（psyche）之间的边界概念（borderland concepts）"。①

《阿维尼翁五重奏》的第三部小说《康斯坦斯》（Constance）中，萨姆与女友康斯坦斯（Constance）像其他阿维尼翁百姓一样享受着普罗旺斯的富足、和平与浪漫；仲夏的普罗旺斯即将迎来繁忙的收获季节。丰收之际，萨姆与康斯坦斯沉醉于甜蜜的二人世界；迫近的战争让"他们在遍布世界的疯狂之中，决定做一件令自己都感到疯狂的事情——结婚！"② 参军后的萨姆无意识中已经完成了上述两种本能力量的结合，将对性爱的满足转化为视死如归的冲动，这一心态恰是达雷尔阐发的西方文明之"死亡漂流"（death drift）观点在个人身上的反映。

达雷尔在《阿维尼翁五重奏》的第五部小说《撕裂者的故事》（Quinx or The Ripper's Tale）中借一首打油诗描述了战争阴霾笼罩下欧洲年轻人的生活场景：

---

① R. J. Bocock, "Freud and the Centrality of Instincts in Psychoanalytic Sociology", *The British Journal of Sociology*, Vol. 28, No. 4, Dec., 1977, pp. 467 – 480.

② Lawrence Durrell, *The Avignon Quintet*, London: Faber and Faber, 2004, p. 573.

> 欧洲深深地躺在死亡缪斯（death-muse）的怀抱中。
>
> 男孩和女孩出门玩耍。
>
> 香甜的水果无与伦比，
>
> 有胆量的话就前来吮吸。
>
> 灰烬归于灰烬，欲望归于欲望，
>
> 他们婚姻的喜气确定无疑。
>
> 他修饰了瓮，她点缀了半身像。①

言外之意，第二次世界大战将新婚燕尔的爱人拖入死亡的阴影，今日为美好生活而忙碌的夫妻明日就会变成英国诗人约翰·济慈（John Keats，1795—1821）在《希腊古瓮颂》中所赞美的绘制于古瓮上无生命的男欢女爱的人物形象。在此，达雷尔为读者描绘了一幅死亡与情爱并存的图景，死亡的非人化与充满活力的婚姻生活形成强烈反差。

令读者感到惋惜的是以萨姆为代表的年轻人不得不放弃幸福的婚姻生活，义无反顾地投身于自相残杀的战争中去。以军人身份出现的萨姆将对妻子康斯坦斯的牵挂视为自己懦弱、胆小的原因之所在。萨姆对布兰福德说："如此看来，康斯坦斯确实把我们变成了懦夫，对吧？"② 这一问句乃是萨姆内心的写照。萨姆将妻子康斯坦斯身上所体现的情与爱视为由战争所引发的无理性死亡力量的反作用力，然而在你死我活的残酷现实面前，对情与爱的谈论变得不合时宜。

《康斯坦斯》中，达雷尔并未美化反法西斯战争；相反，达雷尔以对埃及王子哈萨德晚宴故事和战时野餐活动的描写批判了部分参战者的猎奇与游戏心态。在英国企业家伽林勋爵举行的晚宴上，埃及王子指出"去埃及的人不会与自己的良知做斗争""埃及是个令人开心的国度"③，在那里有钱人为富不仁、穷人不知廉耻，"不论到哪儿，埃及人都会撩

---

① Lawrence Durrell, *The Avignon Quintet*, London: Faber and Faber, 2004, p. 1193.

② Ibid., p. 656.

③ Ibid., p. 580.

起衣服让你看他们的私处，并放声大笑。逗大家开心"。① 王子的描述让伽林勋爵倍感震惊，却让布兰福德对埃及心驰神往。此后，布兰福德高兴地接受了担任王子私人秘书去埃及工作的邀请。由此可见，与其说布兰福德埃及之行的目的是与埃及当局的反法西斯合作，毋宁说是布兰福德满足自身埃及猎奇欲望的一种途径。

通过对哈萨德王子组织的野餐事件的描述，达雷尔批判了部分参战者的游戏心态。为了实现其野餐计划，哈萨德王子利用其军中职权通过军事管制区到达与德军交战战场相邻的科普特寺庙。然而这种不论战事、只顾享乐的做法最终导致布兰福德重伤和萨姆被击毙的悲剧。袭击王子野餐营地的不是德国军队而是正在沙漠进行演练的盟军招募的塞浦路斯军队。哈萨德王子对战争不以为然的游戏心态是引发这一惨剧的主要原因。在野餐过程中被己方部队击毙的现实对一心只想实现英雄梦的萨姆来说，无疑是个莫大的讽刺。

达雷尔对第二次世界大战期间法国人"寻找替罪羊"和"坐以待毙"的心态与所作所为始终抱批判态度。第二次世界大战的战火波及法国前夕，达雷尔通过布兰福德的眼睛描绘了阿维尼翁祥和、平静的生活，法国人仿佛在阳光明媚的城市里围绕高耸的钟楼盘旋飞翔的鸽子，彼此闲聊着无足轻重的琐事，倾诉那些不切实际的空想和观点。此情此景，布兰福德的负罪感油然而生："世界濒临土崩瓦解之际，仍在享受如此这般的奢侈，难免令人心生愧疚。"② 此外，普罗旺斯灰色忏悔者天主教堂（Grey Penitents）的牧师在早弥撒仪式中对法国民众展开的以"寻找替罪羊"为主旨的战争教育让在场的英国人希拉里倍感沮丧。神甫宽慰希拉里说：一旦战争爆发，法国连手指头都不会动一下，德国随时可以碾压法国的领土；这都是犹太人惹的祸，是他们该死的激进思想的结果。希特勒是正确的，法国的腐败已深入骨髓。③

神甫将德国对法国的侵略战争归罪于犹太人的思想背后有深远的

① Lawrence Durrell, *The Avignon Quintet*, London：Faber and Faber, 2004, p. 581.

② Ibid., p. 587.

③ Ibid., p. 588.

历史、宗教原因。如恩德尔曼（Todd M. Endelman）所写："在法国、英国和美国等自由民主的国家里，国民的宗教信仰并不属于公民身份的范畴，因此不同于中欧和东欧的国家，奉行自由民主政策的国家不对公民宗教身份的转变实施监督。"① 法兰西第三共和国（French Third Republic，1870—1940）其间得益于司法平等政策的实施，几乎没有犹太人因犹太教与基督教间的宗教冲突接受基督教洗礼而背弃犹太教。② 尽管法国没像德国那样设置了众多反犹太的社会经济障碍，法国的犹太人也有幸不必像身处德国的犹太人那样移民他国，但犹太教与基督教间的宗教冲突已是法国民众中公开的秘密。第二次世界大战期间，希特勒正是利用了法国社会中由来已久的宗教矛盾成功瓦解了法国人的对德反抗。

"1899 年至 1939 年，西方社会反犹太主义（anti-Semitism）高涨"③，在法国基督教信徒心目中，德国的入侵从某种意义上讲起到了帮助法国实现宗教纯化的作用。德国占领法国后，哈萨德王子以国际红十字会官员身份前往法国试图通过外交途径解救法国犹太人。法国人不以为耻、反以为荣的亡国奴心态和多数法国人的反犹主张令哈萨德王子震惊。"起初王子认为法国人只是迫于无奈服从入侵者的命令，但后来他却发现相当数量的法国人骨子里充斥着反犹思想，并且非常乐意帮助德国人迫害这一富有才能但时运不佳的种族"。④

威尔士阿伯瑞斯忒斯大学政治科学系（Political Science department at University of Wales Aberystwyth）杰克逊（Peter Jackson）教授撰文写道：在 1933 年 1 月希特勒及其纳粹党上台执政之际，法国情报人员虽已向法国民众和军事领袖明确发出希特勒穷兵黩武，准备发动侵略战争的警告，然而在此关键时刻困扰法国社会的经济危机和全国范围内上到

---

① Todd M. Endelman, "Anti-Semitism and Apostasy in Nineteenth-Century France: A Response to Jonathan Helfand", *Jewish History*, Vol. 5, No. 2, Fall 1991, pp. 57 – 64.

② Ibid.

③ William I. Brustein and Ryan D. King, "Anti-Semitism in Europe before the Holocaust", *International Political Science Review*, Vol. 25, No. 1, Jan., 2004, pp. 35 – 53.

④ Lawrence Durrell, *The Avignon Quintet*, London: Faber and Faber, 2004, p. 762.

总统下到平民百姓的反战情绪已达到两次世界期间的高潮。① 此时的法国人民根本没有做好反击德国法西斯入侵的准备,在德国的炮火面前无能为力只能"坐以待毙"。《康斯坦斯》中时任法国总统②的讲话体现了法国政府的软弱和应对战争工作上的措手不及,这让小说人物布莱斯感到愤怒:"那个总统上周发表讲话了——简直就是个蠢货!他从未见识过真正的战争,只是在那里大谈自由!"③

令人啼笑皆非的是,目睹德国坦克部队在法国境内长驱直入,恐惧的法国农民却一面谄媚地向德国军人敬礼,一面为自己侥幸未被打死而窃喜。见此情景,德国将军冯·艾斯林认为:"法国人一定会欢迎我们,他们从没想过打仗,在新秩序(New Order)下我们(德国统治者)会给他们提供很多东西。"④ 更具讽刺意味的是,法国被德国占领后,法国民众不但不反抗德国纳粹的统治却充满了反英情绪。在其他国家和地区⑤的人民掀起反抗法西斯高潮的时候,法国人却认为英国对德国的轰炸和敌对行动会激怒德国人,而德国人必然会因此迁怒于法国人。

冒着生命危险穿行于阿维尼翁群山之间坚持养蜂、卖蜂蜜的养蜂人卢多维克指出,是法国年轻人的好逸恶劳和胆小如鼠导致法国沦陷、百姓民不聊生:"我们现在的处境简直糟糕透顶——很早以前,我是怎么给你(康斯坦斯)说的来着?法国年轻人看到工作害羞,看到枪也害羞,结果就成了今天这个样子。国家毁了,野蛮人成了主子。"⑥ 冯·艾斯林

① Peter Jackson, "French Intelligence and Hitler's Rise to Power", *The Historical Journal*, Vol. 44, No. 3, Sep., 1998, pp. 795 - 824.

② 维希法国总统贝当(Philippe Pétain, 1856—1951)执政时间为 1940—1944 年,纳粹德国于 1940 年 6 月占领法国。在德国监督下,贝当颁布了一系列法西斯主义、教权主义和反犹太的法律。1944 年法国解放后贝当被判终身监禁。参见:http://en.wikipedia.org/wiki/List_ of_ Presidents_ of_ France。

③ Lawrence Durrell, *The Avignon Quintet*, London: Faber and Faber, 2004, p. 590.

④ Ibid., p. 674.

⑤ 通过艾斯林的内心独白,达雷尔为读者描绘了当时除主要参战国之外的非洲、苏联、巴尔干地区和挪威等地的反法西斯斗争。参见:Lawrence Durrell, *The Avignon Quintet*, London: Faber and Faber, 2004, p. 678。

⑥ Lawrence Durrell, *The Avignon Quintet*, London: Faber and Faber, 2004, p. 797.

发现，新成立的法国维希政府（new Government of Vichy）只顾讨好德国人，如果没有德国政府的支持，该政府将岌岌可危。通过观察，冯·艾斯林将法国人分为两类：认可纳粹主义的法国人和无法忍受德国统治的法国人。然而艾斯林所不知的是，德国人心目中所谓隐藏在阿维尼翁山区里的法国反法西斯游击队根本不存在，"法国游击队员"其实是一些为了逃避德国纳粹征用劳力而藏在山里的普通法国年轻人。以对南希的巴黎见闻和康斯坦斯阿维尼翁的乡间生活经历的描写为基础，达雷尔抨击了德国占领下的法国上到知识分子下到平民百姓只顾填饱肚子，而后温饱思淫欲的荒唐生活。

以"纳粹"为《康斯坦斯》第二章的题目，从德国将军冯·艾斯林的视角出发，达雷尔刻画了以冯·艾斯林为代表的德国军官的战争心态。艾斯林的双胞胎妹妹康斯坦察（Constanza）英年早逝，艾斯林的父亲因过度悲伤不久也撒手人寰，只剩艾斯林与母亲相依为命。艾斯林与母亲之间有一种难以名状的恋母情结，如达雷尔所写："从某种意义上讲，他们之间的关系异常亲密，但彼此之间又存在着一种极度的羞涩感，他们的行动受这种感觉所控制。"① 艾斯林的恋母情结不仅体现在他对其波兰女佣的身体占有上，还表现在他对希特勒纳粹思想的盲目崇拜上。从某种意义上讲，艾斯林在无意识中已经建立起波兰女佣之于母亲、希特勒之于父亲的对等关系。

与希特勒一样，艾斯林酷爱德国著名歌剧家、作曲家瓦格纳（Richard Wagner，1813—1883）的作品，甚至认为瓦格纳的作品为当下德国的姿态和行动奠定了智力与情感基础。"希特勒瓦格纳主义（Hitler's Wagnerianism）的核心在于希特勒对瓦格纳权威的认同"。② 艾斯林用瓦格纳的音乐来形容自己指挥的第七装甲部队（the 7th Panzer Division）开往前线时隆隆作响的壮观场面："履带碾压在交通要道的柏油路上，齿轮咬合发出咯咯的响声，发动机发出的咆哮声——这一切仿佛瓦格

---

① Lawrence Durrell, *The Avignon Quintet*, London: Faber and Faber, 2004, p. 600.

② Hans Rudolf Vaget, "Wagnerian Self-Fashioning: The Case of Adolf Hitler", *New German Critique*, No. 101, Sum., 2007, pp. 95 – 114.

纳体的四音节韵脚，其中蕴含着的充满恶意的力量很快就会被释放出来。"① 艾斯林不仅将欣赏瓦格纳音乐与对希特勒的权威认同联系在一起，还将此种权威认同落实于自己指挥的部队及其所执行的军事行动之中。

通过康斯坦斯与受希特勒委派承担搜寻圣殿骑士宝藏（treasure of the Templars）工作的德国双重间谍斯摩格尔之间的对话，达雷尔指出"瓦格纳黑魔法"（Wagnerian black magic）是纳粹德国邪恶力量之源。斯摩格尔十分精练地总结了希特勒纳粹德国意图建立的世界新秩序（the New Order）的邪恶内涵，即"犹太教与基督教均已对黄金的认同为基础；如使用炼丹术的术语来形容犹太人的话，他们实际上是黄金的奴仆。你可不能小瞧我们（纳粹）所释放出来的以恶制恶的力量；从形而上学的角度讲，我们德国人是优秀的种族——是元首召唤的超越善恶之辩的新人类"。② 希特勒之所以寻找圣殿骑士宝藏并非要从中获利，而是想以圣殿骑士遗物为其"骑士"统治的象征，服务于"黑暗秩序"（black order）的建立。

通过对小说人物萨姆、艾斯林、卢多维克和斯摩格尔等人物的描写，达雷尔意在指出诺斯替教中所说的"黑王子"（the Prince of Darkness）已经以不同方式出现在欧洲百姓的现实生活之中，并统治着人们的日常生活；"恰如达雷尔所写，从诺斯替教的理解出发，现存的机械世界是个巨大的陷阱，表面上看起来引人入胜但实际上充满邪恶与腐败，必将自我吞噬"。③ 达雷尔借对小说人物精神世界的阐释，为读者呈现出一幅20世纪40年代欧洲社会文化与政治状况的全景图，其中人类欲望深处的"死亡本能"与邪恶本质已将欧洲推向自我毁灭的边缘。尽管人们普遍认为希特勒是引发第二次世界大战的罪魁祸首，但达雷尔小说中探讨的"希特勒"并非历史现实中的希特勒本人，而是当时欧

---

① Lawrence Durrell, *The Avignon Quintet*, London: Faber and Faber, 2004, p. 604.

② Ibid., p. 806.

③ 转自：Lawrence W. Markert, "The Pure and Sacred Readjustment of Death: Connections between Lawrence Durrell's Avignon Quintet and the Writings of D. H. Lawrence", *Twentieth Century Literature*, Vol. 33, No. 4, Lawrence Durrell Issue, Part Ⅱ, Winter 1987, pp. 550 – 564。

洲人—系列"心理疾病"的缩影，是"黑王子"的化身。

第二节　阿维尼翁的道德审判

《阿维尼翁五重奏》中的第三部小说《康斯坦斯》以第二次世界大战期间德国统治下的法国南方城市阿维尼翁为叙事背景。在希特勒授意下德国纳粹在阿维尼翁寻找"圣殿宝藏"，妄图建立"黑骑士秩序"（order of black chivalry）①。以此为叙事中心，达雷尔牵扯出一系列战争物化于人的伦理事件。小说中亚瑟王圣杯隐藏于阿维尼翁"圣殿宝藏"中的传说是希特勒觊觎阿维尼翁的原因所在。斯摩格尔以黑、白两色描述希特勒与亚瑟王构建的邪恶与正义的迥然不同的世界伦理道德秩序。达雷尔将女主人公康斯坦斯设定为小说事件的道德评判者；从康斯坦斯的视角出发，达雷尔阐释了战争物化于人的不良伦理后果和女主人公奎米纳尔（Nancy Quiminal）"为善而恶"的伦理选择与抗争。

《康斯坦斯》中"所以康斯坦斯把我们都变成了懦夫"（So Constance doth make cowards of us all）② 的多次重复是对莎士比亚《哈姆·雷特》中"所以良知把我们都变成了懦夫"（So conscience doth make cowards of us all）一句的互文指涉，达雷尔对女主人公英文名 Constance（康斯坦斯）与英语单词 conscience（良知）语音上的相似性设置凸显了小说中女主人公康斯坦斯作为道德评判者的重要角色。如将康斯坦斯比作对他人思想、行为进行伦理判断的法官，阿维尼翁则是康斯坦斯进行道德审判的法庭，倾听故事的读者们则受达雷尔邀请加入道德审判陪审团的行列。

---

① Lawrence W. Markert, "The Pure and Sacred Readjustment of Death: Connections between Lawrence Durrell's Avignon Quintet and the Writings of D. H. Lawrence", *Twentieth Century Literature*, Vol. 33, No. 4, Lawrence Durrell Issue, Part Ⅱ, Winter 1987, pp. 805 – 806.

② Ibid., pp. 656, 663, 664.

康斯坦斯的精神学分析导师施瓦兹教授在自杀前通过录音电话机给康斯坦斯留了一份"语音遗书"，这实际上是教授物化妻子的伦理"忏悔书"。施瓦兹与妻子莉莉在维也纳医学院相遇并结婚。纳粹到来之际，施瓦兹抛弃了莉莉，独自逃生。莉莉被德国纳粹关进了布痕瓦尔德（Buchenwald）集中营。第二次世界大战结束后，施瓦兹发现莉莉尚在人间。看到莉莉寄给他的照片时，施瓦兹这样评论道："（她）像是只光头、掉齿的老蜘蛛。饥饿已将她折磨得皮包骨头般地瘦弱——这就是莉莉，那个可爱的莉莉！"[1] 出于背叛妻子的负罪心理，施瓦兹把莉莉看作"对应为她遭受的牢狱之苦而负责的人的活生生的指责"。[2]

施瓦兹眼中从集中营里出来的莉莉不具有人的形象，而是一只"蜘蛛"或"狒狒"。施瓦兹描述莉莉时使用的非人化语言（dehumanizing language）反映出他类似纳粹分子的物化于人的邪恶思想，因为在德国纳粹反人类意识中，人即是用来被宰割的"动物"，集中营则是屠杀"动物"的场所。将人视为动物是免除屠杀者良心谴责的最经济可行的办法，因为人杀人违反了人类最基本的"伦理禁忌"[3]，而杀死令人憎恶的动物却不在"伦理禁忌"的考虑范围之内。

莉莉从未出现在施瓦兹和读者面前，关于她的一切仅来源于施瓦兹对莉莉寄来的照片和录音资料的转述，然而这种貌似模糊的存在背后却隐蔽着一个不可回避的且从未间断过的施瓦兹与莉莉之间的婚姻现实。莉莉被投进集中营生死未卜，其间施瓦兹有选择地、有意识地忘却抛弃妻子的伦理"罪行"；然而莉莉的再次出现使两人间的婚姻现实再次具有了伦理的约束力，其中不容忽视的一点就是丈夫对妻子肩负法律和情感上的双重保护的责任。施瓦兹对莉莉的战前抛弃和战后厌弃严重违背了婚姻伦理规约。在将妻子从人贬抑为动物的同时，施瓦兹抛弃了他作为丈夫保护妻子的伦理责任。如布斯（Wayne C. Booth）所说："就我所知，

---

① Lawrence W. Markert, "The Pure and Sacred Readjustment of Death: Connections between Lawrence Durrell's Avignon Quintet and the Writings of D. H. Lawrence", *Twentieth Century Literature*, Vol. 33, No. 4, Lawrence Durrell Issue, Part Ⅱ, Winter 1987, p. 1155.

② Ibid., p. 1156.

③ 聂珍钊：《文学伦理学批评：伦理选择与斯芬克斯因子》，《外国文学研究》2011 年第 6 期。

所有已发表了的故事中均隐含着作者本人关于如何生活的道德判断。"①
因此除了良心谴责的原因之外，施瓦兹的自杀还可被视为身为伦理仲裁
者的作家达雷尔对施瓦兹两度违反婚姻伦理而做出的"死刑"判决。

《阿维尼翁五重奏》中另外一位被比喻成"蜘蛛"的女主人公是德
国将军冯·艾斯林的波兰女仆，也是艾斯林的性奴隶。达雷尔将艾斯林
对女仆的占有和德国对波兰的入侵相类比，"她躺在床上面朝墙…他
（艾斯林）感到……蜘蛛般纤细的大腿力量……他（艾斯林）占有了她
仿佛他的军队不久将占领她的国家、统治波兰人民，蹂躏这个国家，跋
涉于它的血泊中"。② 第二次世界大战爆发后艾斯林奉命率兵进攻波兰
之际，女仆在艾斯林的房间里把他的战刀刺进自己的胸膛。女仆的自杀
时间紧随艾斯林及其军队攻占波兰的时间之后，这一叙述时间上的设置
乃是达雷尔有意为之。女仆已将自己的命运与国家命运紧密联系在一
起。与被称为"蜘蛛"的莉莉一样，作为艾斯林泄欲工具的波兰女仆
也是被物化的受害者，在丧失人格和亡国的悲惨境遇中，女仆选择了以
自杀的方式向德国纳粹统治发出无声的反抗。

与施瓦兹一样，女仆的自杀和德军的暴行令艾斯林的良心备受谴
责，其职业生涯与宗教道德之间的矛盾日益激化。以"忏悔"为《康
斯坦斯》第八章的标题，达雷尔描写了艾斯林德国纳粹将军兼天主教
徒的伦理困惑与身份危机。德军占领法国之后，希特勒下令让艾斯林率
领其部队驻守法国为维希傀儡政府提供军事支持，而并未将其派往苏德
前线。失望之余，艾斯林发现很可能是自己的天主教信仰影响了职业上
的发展，因为"党卫队军官曾不止一次地暗示说上帝与希特勒之间只
能选择其一"。③ 也就是说，艾斯林的纳粹军人身份与天主教徒身份二
者不能并存，天主教信仰已经阻碍了他的事业发展。然而随着战争的继
续，奉命驻扎在阿维尼翁的艾斯林已经无法忍受作为天主教徒的良心谴

① Wayne C. Booth, "Why Ethical Criticism Can Never Be Simple", *Mapping the Ethical Turn*, Ed. Todd F. Davis and Kenneth Womack, London: University Press of Virginia, 2001, p. 19.

② Lawrence Durrell, *The Avignon Quintet*, London: Faber and Faber, 2004, pp. 607 – 608.

③ Ibid., p. 682.

责，决定冒险前往教堂作忏悔。

达雷尔指出艾斯林的伦理身份危机并非个案，而是在德国军队中普遍存在。艾斯林将自己视为众多德军天主教将领的代表，认为自己的忏悔表达了其他天主教将领们的心声。艾斯林放弃了纳粹反犹太主义的政治主张，对犹太牧师诉说了自己的罪过。该犹太牧师是阿维尼翁唯一懂德语的牧师。为了实现忏悔的愿望，艾斯林在"上帝"与"希特勒"之间暂时选择了"上帝"。然而这却是迫不得已的选择，全知的第三人称叙事者透露了艾斯林内心在实现"上帝"与"希特勒"之间妥协时所充满的焦虑："仿佛众神①给他开了个玩笑！难道是他们（众神）故意派一个犹太人来听他忏悔？……他不由自主地拿起了手枪，想扣动扳机，手指却出人意料地不听使唤。"②

通过对艾斯林忏悔前后，"觉醒—妥协—放弃"三部曲的描述，达雷尔表达了他对信仰天主教的德国军人的伦理批判。艾斯林的忏悔从一定程度上暂时起到了排解负罪感的作用，但未从根本上改变艾斯林纳粹军人的伦理身份。从教堂回到指挥部后，艾斯林立刻投入德军战略部署的工作之中。虽深知犹太牧师很有可能被盖世太保列入逮捕名单，但艾斯林却对此无动于衷。

与上述"被物化"的女主人公莉莉和波兰女仆不同，阿维尼翁图书馆馆员奎米纳尔以自愿接受被"物化"，即以甘作驻阿维尼翁盖世太保头目费希尔情人的方式牺牲了自我解救了他人，实践了列维纳斯（Emmanuel Levinas）提出的"他者伦理"。维庞德（Dianne Vipond）认为："奎米纳尔是第二次世界大战中法国政府和人民对德妥协态度的化身。法国反纳粹游击队员冒着生命危险帮助抗击德国军队的同时，其他法国人却对法国火车将无辜市民送往纳粹死亡集中营的行动置之不理。"③ 然而

---

① 达雷尔在此使用了"Gods"一词，指天主教的神与犹太教的神；牧师的犹太人身份让艾斯林感到仿佛是在向两种宗教的神作忏悔。

② Lawrence Durrell, *The Avignon Quintet*, London: Faber and Faber, 2004, p. 772.

③ Dianne Vipond, "Reading the Ethics of Lawrence Durrell's *Avignon Quintet*", *Durrell and the City Collected Essays on Place*, Ed. Donald P. Kaczvinsky, Plymouth: Fairleigh Dickinson University Press, 2012, p. 125.

我们却并不能简单地将奎米纳尔视为亲敌者，因为奎米纳尔对费希尔的投怀送抱不过是一种掩人耳目的角色扮演。奎米纳尔的姓名"Quiminal"与"罪犯"（criminal）一词发音上的相似，影射了她在人们心目中亲敌者兼费希尔情妇的所谓"罪人"身份；然而需要澄清的却是她"舍生取义"的真实英雄身份，这一身份与她遭无知同胞枪杀的悲惨命运形成反差，这一反差为作品平添了强烈的讽刺效果。

奎米纳尔解救犹太人性命的做法与澳大利亚作家肯尼利（Thomas Keneally）1982 年出版的《辛德勒方舟》（后再版时命名为《辛德勒的名单》）中以同德军做生意为名，解救犹太人性命为实的富商辛德勒多有相似之处。但是就奎米纳尔图书馆馆员的职业身份而言，她的所作所为却比辛德勒更加伟大。与辛德勒用金钱换取犹太人性命的做法不同，一贫如洗的奎米纳尔只能通过向令人憎恶的盖世太保头目费希尔出卖肉体的方法保障瘫痪在床的丈夫和未成年女儿们的基本生活所需并解救众多无辜犹太人的生命。奎米纳尔对康斯坦斯倾诉说："费希尔手里有犹太人的名单，掌握着犹太人的生杀大权。有时他'把犹太人的命卖给我'。我尽可能买得越多越好！"[1] 奎米纳尔一次能买到的犹太人生命的数量取决于费希尔对她提供的"特殊服务"的满意程度。奎米纳尔的身体已成为丈夫、女儿和无数从未谋面的犹太人的生命线。

《阿维尼翁五重奏》写作期间，达雷尔曾在用于小说写作的《黑色笔记簿》（The Black Notebook）中写道："两个至关重要的纯哲学问题是：冥冥之中是否有可供人们遵循的伦理道德？如果善能由恶而生的话，人是否可以作恶？"[2] 对上述问题的肯定回答是正确理解奎米纳尔"善、恶"伦理选择的关键之所在。同胞们眼中的她选择了认敌为友和乱伦的恶行；然而如以奎米纳尔伦理选择的结果论为依据，以通敌者和费希尔情妇身份示人的奎米纳尔的行为则是"舍生取义"的善举。小

① Lawrence Durrell, *The Avignon Quintet*, London：Faber and Faber, 2004, p. 767.

② 转自：Dianne Vipond, "Reading the Ethics of Lawrence Durrell's *Avignon Quintet*", *Durrell and the City Collected Essays on Place*, Ed. Donald P. Kaczvinsky, Plymouth：Fairleigh Dickinson University Press, 2012, p. 129。

说读者跟小说中奎米纳尔故事倾听者康斯坦斯一样被达雷尔抬高到道德法庭陪审团乃至法官的地位，肩负着对奎米纳尔的"罪行"进行合乎情理的伦理判断的责任。

《康斯坦斯》临近结尾，阿维尼翁精神病院里的医生乔丹问斯摩格尔：是否听过"愚人船"的故事？[①] 乔丹意在影射德国军队撤离后阿维尼翁城的混乱不堪，市民的疯狂程度与逃离精神病院的病人们毫无二致。阿维尼翁好似一艘"愚人船"，随着战争的结束，市民们的愚蠢举动悉数呈现在读者面前。

达雷尔笔下阿维尼翁城内狂热的道德主义者大致可分为两类：忌妒她人美色缺乏情爱生活或没有孩子的老妇和无知的年轻人。在他们所谓清教徒式的伦理道德说辞下，城里的百姓成为失去理智的暴民。战争结束后，他们不加区分地将"叛国投敌"的罪名安插于同胞身上并对借机对其实施残酷"惩罚"，这与他们对德国人的无条件臣服和集体卖国求荣而不知悔过形成鲜明反差。正义与邪恶之间的对比关系在此形成了逆转；在奎米纳尔"罪行"的反衬下，满口仁义道德的阿维尼翁暴民的罪恶本质不言自明。

"罪恶"的阿维尼翁暴民指控奎米纳尔为"叛国贼"并将其杀害。正如基督的死旨在牺牲自己洗刷人类的罪恶一样，被枪杀的奎米纳尔已成为阿维尼翁民众用以洗刷自己集体"亲敌（德）"罪行的"替罪羊"。奎米纳尔遇害情景仿佛圣经中基督受难场景的再现，"他们（阿维尼翁暴民）扯掉她（奎米纳尔）的衣服，最后她的身上只剩下内衣；在他们的百般羞辱下，她却显得越发美丽"。[②] 最后，一名喝醉酒了的年轻人在酒精的作用下、在暴民的怂恿下，对准奎米纳尔两眼中间的位置扣动了扳机。"一小群修女静静地却坚定地挤进人群将奎米纳尔的尸体抬走。仿佛要洗净这些可耻的行径，天上雷声隆隆，下起雨来，如此这般下雨的场景似乎是教皇之城独有的景观"。[③]

---

① Lawrence Durrell, *The Avignon Quintet*, London：Faber and Faber, 2004, p. 947.

② Ibid., p. 956.

③ Ibid., p. 957.

马克特（Lawrence W. Markert）指出达雷尔就第二次世界大战提出的西方文明之"死亡漂流"（death drift）的观点与劳伦斯（D. H. Lawrence，1885—1930）针对第一次世界大战提出的"死亡流动"（flux of death）的说法具有异曲同工之效。劳伦斯强调第一次世界大战爆发的深层次原因在于个人意识。在认同劳伦斯观点的基础上，达雷尔提出战争是整个西方思想长期以来受物质决定论束缚的结果。[①] 诚如马克特所言，达雷尔在小说中明确指出有史以来在物质决定论主导下，西方人不断重复着自己的荒唐事：罗马时期的阿维尼翁百姓目睹了汉尼拔（Hannibal）的军队战胜罗马军团的场景；今天的阿维尼翁见证了德国纳粹被同盟军击败后丢盔卸甲的惨状。[②]

从布兰福德和康斯坦斯的视角出发，达雷尔抒发了对消除自我意识的东方精神决定论思想的肯定。布兰福德认为赫胥黎（Aldous Huxley，1894—1963）有关禅宗的散文使其茅塞顿开，"遥远民族的人们在像拉萨那样和平、安静的环境中接受教育，阅读用金色墨水撰写的金色佛经"[③] 的场景在其脑海中浮现。康斯坦斯从埃及人阿法德身上体会到埃及文明对物质现实的漠视和不被自我欲望所支配的完美情爱的经验；与此同时，康斯坦斯从清真寺与基督教堂建筑上的差异出发，指出与基督教的人神"交易"不同，伊斯兰教帮助其信徒真正实现了人与神之间的沟通。在此，达雷尔将以禅宗、埃及文明和伊斯兰教等为代表的东方精神思想视为抵制西方自我中心论和物质决定论思想的有效手段，而超越自我与物质限制的伦理道德救赎是达雷尔留给现代欧洲人的有益启示。

① Lawrence W. Markert, "The Pure and Sacred Readjustment of Death: Connections between Lawrence Durrell's Avignon Quintet and the Writings of D. H. Lawrence", *Twentieth Century Literature*, Vol. 33, No. 4, Lawrence Durrell Issue, Part Ⅱ, Winter 1987, pp. 550–564.

② Lawrence Durrell, *The Avignon Quintet*, London: Faber and Faber, 2004, p. 933.

③ Ibid., p. 582.

第八章

《朱迪思》:英国"保护伞"下的
犹太人"家园神话"

    2012 年，为纪念劳伦斯·达雷尔诞生一百周年，著名学者理查德·派因（Richard Pine）编辑出版了达雷尔生前遗作《朱迪思》（Judith）。500本的出版发行量虽然不多，却为研究达雷尔的文学创作提供了宝贵的文本资料。《朱迪思》刚一出版便招来批评谴责，曾七次荣获年度最佳国际记者奖的英国《独立报》（The Independent）记者罗伯特·菲斯克（Robert Fisk）撰文指出：虽然莎士比亚和艾略特分别塑造了麦克白（Macbeth）、泰托斯·安东尼（Titus Andronicus）和枯叟（Gerontion）等怪异离奇的异族人和衰弱的英国人形象，然而两位作家却充满爱国情怀；与之相反，小说《朱迪思》中有关异域主题的描写表现出达雷尔对犹太人的偏袒、对英国的指责和对以色列国成立造成的种族驱逐、种族清洗——75 万巴勒斯坦阿拉伯难民流离失所这一悲剧事件的刻意回避。[①]

    就达雷尔"偏袒"犹太人的政治倾向而言，菲斯克的评论不无道理，但还应对《朱迪思》文本中内含的历史政治语境细致解读，避免

---

    ①   Robert Fisk, "The Long View: Beyond the Alexandria Quartet: a 'lost' Lawrence Durrell novel reveals the author's Israel bias", *The Independent*, 24 Sep., 2012. 参见: http://www. independent. co. uk/voices/commentators/fisk/the-long-view-beyond-the-alexandria-quartet-a-lost-lawrence-durrell-novel-reveals-the-authors-israel-bias-8166739. html。

对达雷尔创作主旨的简单化、片面化解读。《朱迪思》的主要叙事背景是 20 世纪 40 年代以色列建国前夕的巴勒斯坦，阿拉伯难民的流散发生于以色列建国之后。据此可见，菲斯克对达雷尔"阿拉伯难民流散悲剧回避论"的指责因缺乏对小说叙事时间节点的考察而稍显唐突。此外，以色列建国和阿拉伯难民流散悲剧的成因复杂，将罪责不加区分地加之于以色列犹太人身上有将复杂问题简单化的嫌疑。透过小说，达雷尔指出英国在巴勒斯坦的托管政治与阿以双方的土地之争是阿以冲突和巴勒斯坦危机爆发的根源所在。

位于巴勒斯坦最北边介于黎巴嫩和叙利亚之间的拉斯·萨米尔（Ras Shamir）犹太人农场是达雷尔小说《朱迪思》中主要故事发生地，这一山谷中狭长的犹太人定居地是达雷尔笔下 1947 年前后"犹太人战争"的暴风眼。尽管部分评论家认为"犹太人战争"的合理性有待商榷，达雷尔却对这场战争持积极肯定态度。以拉斯·萨米尔农场保卫战为缩影，达雷尔指出："犹太人战争"是英国人在巴勒斯坦托管统治下"双重交易"和自我牟利的必然结果：以色列建国后的家园保卫战是英国托管政治"保护伞"失效后巴勒斯坦犹太人自救的"万能药"①，这场战争最终将巴勒斯坦犹太人的"家园神话"从梦想变为现实。

第一节　英国托管："保护伞"还是"导火索"

1922 年 7 月 22 日经国际联盟（the League of Nations）授权，英国获得了统治巴勒斯坦的托管权（Mandate）。实际上，自 1920 年 7 月起英国已经开始了对巴勒斯坦军事占领与政治统治。托管规定第二条写明了英国政府维护地区和平与安全的责任，即支持建立犹太民族的家园（Jewish national home）和保护巴勒斯坦原住民的权益不受损害；在此基

---

① 小说《朱迪思》创作于《亚历山大四重奏》之后，与小说《彼时》（*Tunc*，1968）和《永不》（*Nunquam*，1970）几乎同时创作，达雷尔曾以《万能药》（*Placebo*）为该小说命名。参见：Richard Pine, "Introduction", *Judith*, Lawrence Durrell, New York: Integrated Media, 2012, p. xi.

础上,托管规定第三条提出鼓励地方政府自治和成立代表犹太人权益与巴勒斯坦管理机构合作的犹太人民族权力机构的观点。① 1921—1934 年曾任英国巴勒斯坦托管政府移民局主任的著名历史学家海姆森(Albert Montefiore Hyamson)认为英国人所肩负的上述三个使命彼此不相容。② 将《朱迪思》的叙事设置于这一复杂的历史、政治语境之中,达雷尔提出并解答了英国托管政治的"保护伞"缘何失效,以及如何成为犹太人与阿拉伯人之间战争导火索的问题。

《朱迪思》中,达雷尔在批评英国托管政府言行不一、自相矛盾的同时还指出:英国政府层面上对阿拉伯人的支持力度远胜于英国人个人层面上对犹太人的同情与帮助。

小说中,六十多岁的英国退伍海军军官艾萨克·乔丹便是第二次世界大战期间犹太人悲惨命运的同情者;受托管法限制,乔丹只能通过"非法"途径偷渡犹太难民和为犹太机构走私武器。为了打发退休后的闲余时光,补贴寥寥无几的退休金,曾参加过第一次世界大战的英国海军退伍军官乔丹招兵买马做起了走私生意,其走私物品名目繁多:"现金、金条、硬币、伪造邮票、大麻和古董等,应有尽有。"③ 乔丹把走私船命名为"乐园"(Zion)④。起初,乔丹仅将"乐园"的存在价值限定于满足他个人欲求的层面;然而随着第二次世界大战的爆发,出于对德国犹太同胞的同情,乔丹自愿申请为巴勒斯坦的犹太人机构工作。"乐园"便超出了满足私欲的工具的价值范畴,而肩负起偷渡非法犹太移民和运送武器的责任,成为巴勒斯坦犹太人生命线的重要组成部分;乔丹也从以赚钱为目的的海上走私者转变为犹太人建国事业的积极参与者,或曰英国犹太复国主义者(Zionist)。

---

① 详见:"British Mandate for Palestine", *The American Journal of International Law*, Vol. 17, No. 3, Supplement: *Official Documents*, Jul., 1923, pp. 167 – 171。

② Albert Montefiore Hyamson, *Palestine under the Mandate*, 1920—1948, Evesham: Greenwood Press, 1976, p. 139.

③ Lawrence Durrell, *Judith*, New York: Integrated Media, 2012, p. 4.

④ Zion 的原意是:耶路撒冷的一个迦南要塞;后指锡安山、耶路撒冷、以色列的土地;犹太人;天国。

《朱迪思》30 章的内容中涉及乔丹这一人物形象的仅有 3 章，虽然达雷尔对乔丹描写的笔墨不多，却成功地把他刻画成一个有血有肉的英雄人物。第 18 章《萨克·乔丹的退场》中，曾在乔丹驾驶下冒险频繁穿越英军封锁线的铁皮船"乐园"号因漏水无法继续航行而被拖进码头维修；乔丹并未因此停止帮助犹太人的行动，在他的策划组织下，以亚伦为领导的拉斯·萨米尔农场犹太自卫队成功偷袭了为阿拉伯部落提供军事援助的英国战舰"弥涅尔瓦"号。为了掩护犹太自卫队成员安全撤退，乔丹留在后面阻击前来追捕的英军士兵，并因此而中弹。中弹后的乔丹并未逃离码头，却跟跄地走到"乐园"号停泊的地方；乔丹最后一次登上"乐园"号，"摘下那顶老旧的海军帽，细致耐心地脱下上身作战服。他坐了下来，将头依靠在'乐园'号的方向舵上，吸了一口烟，听着自己心跳的声音，仿佛离自己越来越远；那的确是个漫长的道路"①。

谢尔曼（A. J. Sherman）认为："1922 年在英国托管条款之下，巴勒斯坦的犹太人建立了犹太机构，并据此在英国统治框架下创建了犹太人自己的实际政府。"② 英国驻军虽对乔丹的"非法"生意心知肚明，也知道乔丹直接参与了犹太人的阴谋破坏行动，但为了维护英国海军的声誉将此次破坏行动称为意外事件，并为乔丹举行了海军葬礼。这种处理方式与英国军舰"帽贝"号跟乔丹驾驶的"乐园"号渡船之间展开的"猫捉老鼠"的游戏如出一辙，侧面反映了英国托管政府对因犹太人自治而产生的"国中国"（state within a state）的巴勒斯坦政局所持的模棱两可的矛盾心态。

受上述矛盾心态影响，《朱迪思》中为英国托管政府工作的劳顿少校和屡立战功的麦克唐纳上校故意违反"限制犹太非法移民和控制犹太人走私军火"的托管规定，以不同方式为犹太人提供"秘密"援助。抓捕犹太非法移民是劳顿少校的职责所在，然而在执行公务过程中劳顿少校却陷入职业道德与良心的伦理两难之中。面对刚到拉斯·萨米尔农

---

① Lawrence Durrell, *Judith*, New York: Integrated Media, 2012, p. 156.

② A. J. Sherman, *Mandate Days*, New York: Thames and Hudson, 1998, p. 29.

场的犹太难民克里特"履行职责无可厚非,可良心何在"①的质问,劳顿少校的回答是:"如果我们(英国人)没有良心的话,像你这样的人这里能有多少!"② 虽然表面上秉公办事,劳顿却出于"良心"对犹太人非法移民持默许态度。如劳顿副手卡斯泰尔斯所说,不逮捕克里特的决定虽对得起良心,却降低了英国警察的职业道德。在良心与职业道德之间,劳顿和卡斯泰尔斯因选择了前者而与巴勒斯坦犹太人站到了一起。

《朱迪思》中,"非法"援助犹太人的还有英国托管政府首席执行官麦克唐纳上校。1948 年英国结束巴勒斯坦托管,大规模撤军前夕,麦克唐纳上校约见了犹太自卫武装的指挥官亚伦·斯坦。上校向亚伦透露了英国政府帮助阿拉伯人训练部队提供军事装备的情报,并以武器遭抢劫的借口向犹太人赠送了大量用以自卫的武器弹药。深知英国撤军后阿拉伯必将入侵犹太定居地,而装备落后的犹太人将面临被屠杀的危险,上校只能通过此种"非法"途径向犹太人武装提供有限的军事援助,以换取自己良心上的安慰。

达雷尔在小说中写道:"没人知道这一遭受迫害和歧视的继子能否存活"③,其中"继子"的所指便是即将成立的以色列国。从英国托管政府对阿拉伯人和犹太人"厚此薄彼"的态度看,犹太人定居地和此后成立的以色列的确可被视为英国托管政治下的"继子"。针对英国军方对不可避免的、即将爆发的阿以冲突(Arab-Israeli conflict)所持的漠然态度,以色列著名历史学家汤姆·塞盖夫(Tom Segev)写道:"(英国)军队免不了要进行选择支持一方;毫无疑问,在巴勒斯坦,英国人总会同情阿拉伯人。"④

小说中,英国军队对阿拉伯人的同情直接表现为以官方名义向阿拉伯王子贾拉勒提供大量军事援助,之后隐藏着的是英国政府对巴勒斯坦

① Lawrence Durrell, *Judith*, New York: Integrated Media, 2012, p. 82.

② Ibid.

③ Ibid., p. 219.

④ Tom Segev, *One Palestine*, *Complete*: *Jews and Arabs Under the British Mandate*, Bathgate: Abacus, 2001, p. 193.

地缘政治和石油利益的考虑。《曼彻斯特卫报》（*Manchester Guardian*）随军记者撰文写道："以海洋帝国著称的大英帝国的未来……取决于将巴勒斯坦作为缓冲国（buffer state）的利用。"① 究其内涵，巴勒斯坦的"缓冲国"地位表现为奥斯曼帝国（Ottoman Empire）消亡之后，巴勒斯坦连接阿拉伯半岛与印度之间的"大陆桥"（land bridge）的重要战略地位。与"缓冲国"地位同等重要的是巴勒斯坦潜在的石油产地的经济价值。早在 1921 年，某位英国大臣就曾预见说："就目前局势而言，巴勒斯坦不具实际战略价值，但该地区还是值得保留的。谁能知道，或许有一天在那里会发现石油。"②

透过《朱迪思》，达雷尔指出：就托管条款内容而言，英国在巴勒斯坦的托管统治仿佛为当地阿拉伯人和犹太人的和睦共存撑起了一把"保护伞"；然而就"保护伞"实际保护对象而言，与其说是巴勒斯坦阿拉伯人和犹太人的安定生活，不如说是英国在巴勒斯坦地区的既得利益。"保护伞"象征意义背后隐含着的是英国在巴勒斯坦政治与经济的牟利动机。小说中，亚伦·斯坦与守卫拉斯·萨米尔犹太人农场所在峡谷的英军中士间的对话，透露出英国托管政治名不副实的虚伪本质；亚伦谴责英军对峡谷中居住着的犹太人的保护力度不够和对犹太人的武器禁运，说道："你们（英国驻军）想让阿拉伯人把我们活活吃掉。"军士回答道："个人而言，我并不在乎究竟谁吃谁。"③ 以军士的"个人言论"为缩影，达雷尔抨击了英国托管政府只顾自身牟利，视"保护伞"下阿拉伯人与犹太人的生命如草芥的漠然态度。

达雷尔还着力刻画了利用巴勒斯坦危机发财致富的英国警察多纳的形象，以此映射英国托管政府与犹太人和阿拉伯人进行的"双重交

① 转自：David Fromkin, *A Peace to End All Peace*：*The Fall of the Ottoman Empire and the Creation of the Modern Middle East*, London：Penguin, 1991, pp. 270 – 271。

② 转自：Tom Segev, *One Palestine, Complete*：*Jews and Arabs Under the British Mandate*, Bathgate：Abacus, 2001, p. 199。2013 年 11 月 14 日，驻以色列拿撒勒（Nazareth）的著名英国记者乔纳森·库克（Jonathan Cook）撰文报道了以色列在巴勒斯坦西岸（Palestinian West Bank）发现大量石油的消息。参见：http://www.theecologist.org/News/news_round_up/2158734/israelpalestine_oil_battle_looms.html。

③ Lawrence Durrell, *Judith*, New York：Integrated Media, 2012, p. 33。

易"。好逸恶劳的多纳警官一心只想升官发财，利用职务之便通过给犹太非法移民发放假身份证的方式获取暴利。多纳警官并不关心事态的发展，对自己的定位是"赚钱讨生活的雇佣兵"①。为了获得更多好处，多纳辞去巴勒斯坦警官职务，投靠阿拉伯王子贾拉勒，成为帮助阿拉伯人训练军队并最终指挥阿拉伯军队进攻拉斯·萨米尔犹太人农场的英国军官。多纳由警察到军官的身份变化伴随着他对犹太人先引进（发放假身份证）后屠杀的行为转变；达雷尔以多纳为缩影揭示了英国托管政治作为犹太人"保护伞"的虚假本质。以亚伦为代表的犹太人社区领导人对此心知肚明，并通过各种途径积极实现犹太人的自卫武装，应对即将发生的阿以战争；英国托管政治的"保护伞"因此转变成激化民族矛盾、导致战争爆发的"导火索"。

第二节 巴勒斯坦犹太人的"家园神话"

伦敦经济学院著名学者哈钦森教授曾在《冲突、民族主义与神圣》（*Warfare, Nationalism and the Sacred*）一文中从三方面入手探讨了冲突（或曰战争）建国论的思想：①冲突是神话驱动器促使特定人群形成历史意识，为解释和评价各种事件提供框架；②在现代社会冲突塑造了一种对阵亡士兵的狂热崇拜，这一切都围绕纪念性的仪式展开，其终极目的是建构一个道德社区；③从长远来看，冲突后果可激励、规约国民的社会和政治目标，而通常以牺牲国民个人福利为代价。②

《朱迪思》中，犹太人的建国之战强化并实践了巴勒斯坦犹太人的"家园神话"，为犹太人驱逐英国人、反击阿拉伯入侵者提供了"合法"依据。以拉斯·萨米尔农场管理者皮特森、亚伦和大卫为代

① Lawrence Durrell, *Judith*, New York: Integrated Media, 2012, p.163.

② John Douglas Hutchinson, "Warfare, Nationalism and the Sacred",《北京论坛（2007）文明的和谐与共同繁荣——人类文明的多元发展模式："族群交往与宗教共处"社会学分论坛论文或摘要集》，第19—29页。

表的小说人物旨在将农场建成一个接纳来自世界各地犹太难民的大家庭；语言各异、肤色不同的难民在犹太民族意识与宗教信仰的团结下构筑了一个和睦共荣的"巴别塔"，而建国之战则是保证这一道德社区存在的必要途径。

达雷尔笔下的"犹太人的战争"既有"主动战争"——犹太人蓄意破坏英国驻巴勒斯坦的军事设施，试图以此将英国人赶出巴勒斯坦，又有"被动战争"——抗击阿拉伯部落武装占领的拉斯·萨米尔农场保卫战。以拉斯·萨米尔农场保卫战为阿以战争的缩影，将以色列比喻为新生的婴儿，达雷尔将犹太人建国之战描述为"垂死挣扎，或是降生时的阵痛"。对巴勒斯坦犹太人而言，这场战争是决定巴勒斯坦犹太人社区能否存续的"万能药"。战争过后，新生国家以色列从联合国一纸文书上的虚拟存在转变为地理版图上的实际存在。经过战火洗礼，以朱迪思和克里特为代表的来自世界各地的犹太流散者与本土犹太人一起最终获得了对以色列的家园认同感，如达雷尔所写："以色列在残酷的战火中实践着她的民族精神。"①

针对巴勒斯坦犹太人定居点土地所有权的探讨，达雷尔提出并解释了以下两方面问题：土地买卖交易是否合法？土地对其拥有者来说具有何种意义？上述问题的答案将展示出犹太人定居点以及在此基础上新成立的以色列国的"家园"特质。

如哈钦森（John Hutchinson）所说：神话是国家建立规划之中必不可少的基础的阐释，② 建国神话如同一种凝聚力将人们团结在一起，而在此之前人与人之间的同心协力并不存在。这种神话通过集体经验统一人们的思想，使人们忽略现代国家建构事实中那些并不愉快的事实，直到有一天国家稳定、国体健全时才会在其国家领土范围内重新审视发生过的事件。贝尔法斯特女王大学政治学教授爱德华兹（Beverley Milton-Edwards）指出："'无人居住的土地为没有土地的人们准备'（A land

---

① Lawrence Durrell, *Judith*, New York: Integrated Media, 2012, p. 245.

② John Hutchinson, "Myth against myth: Nation as ethnic overlay", *Nations and Nationalism*, Vol. 10: 1 - 2, pp. 109 - 123.

without people for a people without a land），这便是犹太建国主义者们的建国神话。"① 达雷尔对拉斯·萨米尔农场在犹太人勤劳耕种下由荒芜沼泽变成肥沃农田的描写，恰是上述思想的体现。作为犹太人家园的农场不仅是神话传说中犹太人"圣地"的现实写照，更有以地契为基础的合法存在的证据。

达雷尔巧妙地安排了拉斯·萨米尔犹太人农场武装领导人亚伦与将要进攻拉斯·萨米尔农场的阿拉伯武装领导人多德之间的会见，两人本是从小一起长大的伙伴，拉斯·萨米尔农场土地所有权之争却令他们反目成仇。土地买卖交易的合法性是两人争执的焦点，针对多德提出的阿拉伯部落收回土地的强硬说法，亚伦回答道："这永远都不可能，山谷是我们的，现在和将来都属于我们，是我们在这片土地上辛勤耕耘；我们通过合法途径买下了这块土地，记得吗?"② 亚伦提出的犹太人土地所有权证据是买卖契约，而多德索要土地的根据却是阿拉伯国王的"口谕"；土地所有权的争辩之中，孰是孰非不言自喻。

达雷尔以对亚伦和多德两人久别重逢重温儿时"放风筝"游戏的描写，映射了种族、土地、友谊、战争之间复杂的因果关系和犹太人建国之战的必然性。亚伦与多德儿时经常在一起放风筝，犹太人与阿拉伯人祖辈间的和睦共处跟亚伦与多德之间孩童时代天真无邪的玩耍交相呼应；然而不幸的是，亚伦与多德祖父间的土地交易延续至今却发展成两个种族子孙之间战争的根源。亚伦提醒多德应该尊重历史、信守契约："想想看，多德。我祖父用钱从你祖父手中买下这个山谷。那时它还是一片荒凉的沼泽，到处是危险的发热病。有了这笔钱，你们的家族衣食无忧，有的是帐篷、骆驼和老婆。在此之前，你们可是一穷二白。"③ 然而，多德却以一切都已成为过去，现在就要收回土地为由发动侵占农场的战争。原本合法、严肃的土地契约在以多德为代表的阿拉伯部族首

---

① Milton Beverley Edwards, *The Israeli-Palestinian Conflict A People's War*, London & New York: Routledge, 2009, p. 17.

② Ibid., p. 168.

③ Lawrence Durrell, *Judith*, New York: Integrated Media, 2012, p. 168.

领眼中成为一纸空文,土地争夺战在多德眼中不过是一场儿童游戏。达雷尔对亚伦和多德各自的风筝在空中纠缠在一起和多德的风筝断线飞走的描写,映射了以多德为代表的阿拉伯人土地诉求的不合理、不道德的本质以及未来战争中阿拉伯人理亏必败的结局。

以定居拉斯·萨米尔农场的犹太人的土地情节为表征的"家园神话"内涵丰富的道德情感。聂珍钊教授指出:"从文学伦理学批评的观点看,伦理选择中的情感在特定环境或语境中受到理性的约束,使之符合道德准则与规范。这种以理性意志形式表现出来的情感是一种道德情感。"① 自然情感与道德情感之间的根本差异在于是否有理性参与,是否有道德意识的形成,以及是否涉及特定伦理身份的选择。

就道德情感的形成而言,拉斯·萨米尔农场的犹太人"家园神话"可大致分为"继承型"与"养成型"这两种类型。心怀"继承型""家园神话"的犹太人是以亚伦和大卫为代表的巴勒斯坦本土生人,他们的土地情节与"家园神话"源自父辈、家族在其土地上辛勤耕耘的历史;他们以坚守家族传统与遗产为己任,"家园保卫者"是他们义不容辞的伦理身份。与此不同,以朱迪思和克里特为代表的犹太人的"家园神话"并非与生俱来,而是后天习得。经历战火洗礼,她们最终由难民转变成对拉斯·萨米尔农场有强烈归属感的以色列公民。伦理身份的转变与道德情感的生成相辅相成。农场对逃离纳粹种族迫害的难民来说开始不过是暂时栖身之所。第二次世界大战宣告结束之后,朱迪思虽有重返德国之意,却又有无家可归的感觉,如她所说:"即使德国恢复到战前状态,欢迎人们回去,也很难再回去了。一系列恐慌早已抹杀了最弥足珍贵的东西——信心与信任。"② 至此,朱迪思的情感由乡愁转变成"家园焦虑",而克服"家园焦虑"行之有效的办法则是与其他犹太移民一起在拉斯·萨米尔农场建立属于自己的犹太人家园。如果说"乡愁"与"家园焦虑"尚属于自然情感的范畴,那么朱迪思和克里特为实现"家园神话",而以主人翁身份投身拉斯·萨米尔农场保卫战的

---

① 聂珍钊:《文学伦理学批评导论》,北京大学出版社 2014 年版,第 250 页。
② Lawrence Durrell, *Judith*, New York: Integrated Media, 2012, p.132.

行动则表现出鲜明的道德情感；朱迪思和克里特心目中的拉斯·萨米尔农场从暂时栖身之所转变为真实可靠的家园。

　　朱迪思从纳粹集中营中逃难至拉斯·萨米尔犹太人农场，但第二次世界大战的战争阴影仍笼罩在她的心头；因此，当亚伦谈到为以色列建国而战时，朱迪思指出战争是人类"恶"的表现："（使用武力）战胜邪恶的同时可能会激发出更多邪恶。"① 然而当阿拉伯人点燃入侵犹太人定居点的战火时，面临家园有无、个人生死抉择之际，朱迪思的战争观发生了180度的改变。与此相似，克里特开始并未将以色列建国之战视为自己的战争。她之所以答应帮助犹太人部队收集英国情报，帮助追捕纳粹战犯是为了利用犹太武装的力量寻找失踪的儿子。犹太人要追捕的德国纳粹将军席勒正是克里特的丈夫，而只有他才知道克里特儿子的下落。作恶多端的纳粹席勒把犹太妻子克里特送入德国军队的妓院，把亲生儿子送给他人领养。得知儿子早已死于伤寒之后，万念俱灰的克里特最终决定加入犹太武装为农场的存亡而战。

　　农场领导人皮特森既非土生土长的犹太人又非犹太移民，而是已故德国著名犹太科学家（朱迪思父亲）的情人。交谈中，皮特森说道："犹太人身份是我选择的结果，这或许让我比犹太人更像犹太人。"② 然而不论犹太人身份是选择的结果还是与生俱来，与之相关联的必定是世代流散的犹太民族的"家园神话"和建立犹太国家的渴望，这也是不同国籍的犹太移民同仇敌忾保卫巴勒斯坦犹太人定居点和新成立的以色列国家的原动力之所在。

　　早在《亚历山大四重奏》中，达雷尔已表露出自己的"犹太情节"③。《亚历山大四重奏》中，埃及科普特人秘密为巴勒斯坦犹太人运送武器的描述与《朱迪思》中犹太人走私武器的情节之间前后相连。就此而言，《朱迪思》仿佛是《亚历山大四重奏》的姊妹篇。如暂将个

---

　　①　Lawrence Durrell, *Judith*, New York: Integrated Media, 2012, p. 132.

　　②　Ibid. , p. 250.

　　③　达雷尔的第二任和第三任妻子都是亚历山大犹太人。参见：Richard Pine, "Introduction", *Judith*, Lawrence Durrell, New York: Integrated Media, 2012, p. xxii.

人情节搁置一边，可以发现达雷尔"犹太情节"的真正起因源于他对英国在埃及和巴勒斯坦"殖民统治"的批判。尽管在《朱迪思》中达雷尔曾三次以不同方式对巴勒斯坦阿拉伯人进行了近乎"妖魔化"的描写①，为塑造犹太人光辉英雄形象起到陪衬作用，但这并非达雷尔的写作动机。对巴勒斯坦托管统治下英国政治、经济牟利的批判和对巴勒斯坦犹太人为实现"家园神话"所做出的努力的褒扬才是小说《朱迪思》的主旨。与此同时，从辩证的视角出发，可以发现该小说起到了以史为鉴、警示现实的作用，即昔日犹太人为土地、为生存权不得不战的血与泪的历史教训不应在今天巴勒斯坦的阿拉伯人身上重演。

---

① 如多愁善感、身体柔弱的阿拉伯武装领导多德和被因彻底西化而丧失民族个性的阿拉伯王子、多德的哥哥贾拉勒，以及妻妾成群、生活荒淫的阿拉伯毒品走私贩阿卜杜勒·萨米（Abdul Sami）。

第九章

劳伦斯·达雷尔的政治旅居写作

达雷尔旅居写作的政治内涵与其旅居身份密切相关。从达雷尔旅居者身份出发，可将其旅居写作大致分为两类：英国外交官身份下的旅居写作和英国外交官兼当地居民双重身份下的旅居写作。前者以希腊罗德岛和前南斯拉夫为背景的写作为代表，主要作品包括：游记《海上维纳斯的思考》（*Reflections on a Marine Venus*，1953）、小说《塞尔维亚上空的白鹰》（*White Eagles over Serbia*，1957）和散文《全家福》（*Family Portrait*，1952）；后者以1953—1956年达雷尔在英属塞浦路斯的旅居经历为蓝本创作的游记《苦柠檬》（*Bitter Lemons*，1957）为代表。本章将重点考察英国外交官达雷尔旅居写作中隐含着的政治动机和与之相关的人文思想。

英国外交官的身份不仅赋予达雷尔对英国的"家园"归属感，更重要的是在以此独特身份旅居并参与到英国国际事务的过程中，达雷尔享受并实施了大英帝国对其他国家和地区的优势权力与政治影响。在行使权力和施加影响的过程中，达雷尔已然成为大英帝国特定时间段与特定区域内（如第二次世界大战后的希腊罗德岛和前南斯拉夫）政治态度与策略的代言人。尽管第二次世界大战后大英帝国的版图日渐萎缩，但大英帝国在外交事务中所一贯表现出的傲慢与偏见的态度并未改变；在达雷尔上述作品中"傲慢与偏见"的帝国政治态度具体表现为"十字军"殖民意识的复写和以现实外交为原则的"钓鱼"政治。此外，达雷尔在此独特的旅居写作时期始终处于诗情、友情与政治的矛盾冲突之中；书以言志，通过对达雷尔游记、信件、小说和散文的解读可深入了解上述矛盾冲突，更好地理解达雷尔特定时期内的创作动机。

第一节　罗德岛上"十字军"殖民意识的复写

达雷尔曾在访谈中坦言"在我（达雷尔）父母看来只有殖民地官员或军队里的工作才令人尊敬；他们只希望我日后能成为印度公务员（Indian civil servant）。庆幸的是，我逃脱了父母的安排"。① 然而事实并非如此，在 1939—1956 年的 17 年之中，达雷尔曾任英国驻希腊、埃及、南斯拉夫、塞浦路斯等地的外交官。1945 年英国政府任命达雷尔为多德卡尼斯群岛（Dodecanese Islands）上的新闻发布官（Public Information Officer），其办公总部设在罗德岛（Rhodes Island）。

以物喻人，达雷尔指出罗德岛上的世代居民如女神海上维纳斯（Marine Venus）塑像一样见证了该岛被不同民族占领的历史，包括：克莱俄布卢和暴君们（Cleobulus and the tyrants）的时代、台比留（Tiberius）② 以及十字军（Crusaders）的统治。③ 置身历史与现实之中，达雷尔以英国外交官的政治身份为出发点，潜意识里将中世纪十字军占领罗德岛的历史复写于当下英国临时占领罗德岛的现实之上，复写本身则透露出达雷尔旨在"复活""十字军"殖民意识的写作动机。

游记《海上维纳斯的思考》中，达雷尔描述了第二次世界大战后罗德岛上岛民的生活状况；在此基础上，达雷尔提出并解答了"罗德岛的战后秩序将由谁来重建和维持"的问题。游记开始，达雷尔便刻

① Gene Andrewski & Julian Mitchell, "Lawrence Durrell, The Art of Fiction No. 23", *Paris Review*, Autumn-Winter 1959—1960, pp. 1 - 30.
② 全名为 Tiberius Claudius Nero Caesar，公元 1 世纪 14—37 年间为罗马皇帝。
③ Lawrence Durrell, *Reflections on a Marine Venus*, London：Faber and Faber, 1953, p. 16.

画了一群受英国政府委派而进驻罗德岛的"爱岛癖"者（islomania），其中包括：新闻事务负责人作家达雷尔本人、农业事务负责人吉迪恩（Gideon）和医疗卫生事务负责人米尔斯（Raymond Mills）。这群留恋希腊海岛美景却又肩负政治使命的"爱岛癖"者便是罗德岛战后秩序建立者与维护者的代表。

　　在达雷尔眼中，1945 年的"罗德岛像一块被吃的乱七八糟的婚礼蛋糕，早已面目全非。白人捡拾垃圾堆里被人丢弃了的罐头瓶。大多数人已经逃亡，剩下的人大多营养不良；公共服务系统陷入瘫痪。除了（英国）军队和成群结队的被捕的德国士兵，街道上几乎是空空如也"。① 感叹罗德岛上希腊古迹遭此劫难之际，达雷尔充满了重建战后小岛秩序的渴望。以"街灯"和"邮局"为秩序的标志，达雷尔言语中充满对罗德岛英国驻军的称赞：

　　　　镇上的照明系统已被修好，港口里敌人留下的设备以前所未有的速度被清理干净。邮局开始正常营业，里面堆满了世界各地的多德卡尼斯群岛岛民寄来的汇款单。夜幕降临的时候，十个街灯中有一个被点亮。这都不是小事情——它们都是数量未知的文明的组成部分——因为街灯带来秩序，邮局让人充满信心。②

　　英军占领下的罗德岛新秩序不仅体现在基础设施建设上，还体现在达雷尔管理下的罗德岛新闻出版业中。达雷尔对自己新闻官身份的定义是"调解人（peacemaker）、立法者（lawgiver）和名不见经传的圣贤（minor oracle）"③，他肩负着让手下的意大利人、希腊人和土耳其人听从指挥、和睦相处的责任。

　　在"仲裁者"的优势身份下，达雷尔将自己负责的新闻办公室视为"研究民族性格的理想的实验室"，并分别对土耳其人、意大利人、

---

① Lawrence Durrell, *Reflections on a Marine Venus*, London: Faber and Faber, 1953, p. 26.

② Ibid., p. 77.

③ Ibid., p. 40.

希腊人和爱尔兰人的性格加以总结描述。然而字里行间大量贬义词的使用，不得不令人对达雷尔带有"东方主义"色彩的殖民意图有所怀疑，因为丑化、贬低甚至妖魔化"他者"是对"他者"实施控制的重要手段之一。普拉特（Mary Louise Pratt）将这一手段称为"盲目权威"（blind authority），在这种权威之下，观察者置身他者之中致力于对场所及居民特征的叙事，普拉特称其为"他者化"（othering）① 过程。

尽管达雷尔"他者化"的对象不是传统殖民文学中或具有殖民色彩的旅行文学中的东方人，而更多的是罗德岛上的欧洲人，但不可否认的是《海上维纳斯的思考》充斥着萨义德（Edward Said）所说的"霸权话语"（hegemonic discourse）以及体现其中的"我尊你卑"的思想。

常见于传统殖民叙事之中的"欧洲中心论"思想在达雷尔的旅居叙事中被"英国中心论"的思想所取代。达雷尔将在其手下工作的土耳其人比作鼹鼠，认为慢条斯理、害羞和疑心重是土耳其人的性格；达雷尔眼中的意大利男人颇具艳丽的女性气质，擅长博人欢心；达雷尔毫无保留地阐释了本人对希腊人的厌恶，不无讽刺地指出唯有希腊人能将险毒（Mercuric）、喧闹、多话和骄傲等诸多恶习集于一身；就桀骜不驯和吵吵嚷嚷且毫无意义的慷慨大方而言，只有爱尔兰人能与希腊人匹敌。②

达雷尔对罗德岛上土耳其社区的描述和对伊斯兰教徒的刻画带有美国著名政治科学家亨廷顿（Samuel Huntington，1927—2008）所主张的"文明冲突论"（clash of civilizations）的色彩。亨廷顿认为第二次世界大战后"新世界中，国与国之间的冲突不再是意识形态或经济利益的冲突，……不同文明之间的冲突将主导全球政治""西方基督教文明与东方伊斯兰教文明之间冲突已有 1300 多年的历史"③，业已成为影响全球政治的重要因素。从英国人的视角出发，达雷尔对罗德岛上的土耳其

① Mary Louise Pratt, "Scratches on the Face of the Country; or, What Mr. Barrow Saw in the Land of the Bushmen", "*Race*", *Writing, and Difference*, Ed. Henry Louis Gates Jr., Chicago: University of Chicago Press, 1986, pp. 139 – 40.

② Lawrence Durrell, *Reflections on a Marine Venus*, London: Faber and Faber, 1953, p. 41.

③ Samuel P. Huntington, "The Clash of Civilizations?", *Foreign Affairs*, Vol. 72, No. 3, Sum., 1993, pp. 22 – 49.

人社区明显抱有偏见。他将土耳其人社区比作筑有高墙的城市。达雷尔由土耳其儿童对他用希腊语问候的激烈反应联想到埃及伊斯兰教徒令人窒息的兽行、顽固、残忍和无知。

达雷尔一厢情愿地使用希腊语与岛上的土耳其人交流，并因对方拒绝使用希腊语而用土耳其语对其作答，而认为对方无礼与固执的想法本身已经表现出身为英国驻罗德岛新闻官的达雷尔自身的偏执和基于"文明冲突论"之上的种族歧视思想。究其本质，达雷尔的"文明冲突论"以对罗德岛的统治为前提，即信仰伊斯兰教且彼此团结的土耳其人社区远不如内部充满无聊猜忌与分裂的希腊人社区容易统治。

美国麻省大学（University of Massachusetts）波特（Dennis Porter）教授指出："最值得一读的旅行写作常以令人新奇的意象和对已被遗忘观点的详尽阐述给人带来阅读快感。"[①]《海上维纳斯的思考》中，达雷尔将罗德岛与英国相类比，并讲述了十字军殖民罗德岛的历史，这恰是该旅居写作的"阅读快感"之所在。然而，达雷尔该旅居写作的隐含读者并非书中所提的土耳其人、希腊人和意大利人，而是和达雷尔一样为英国海外殖民统治服务而暂时旅居罗德岛的英国人，如吉迪恩和米尔斯。

达雷尔坦言，该游记是在好友米尔斯提议下写成的，"我（达雷尔）意识到他（米尔斯），实际上是在请求我写一部能够记录我们在罗德岛上充满魔力与优雅气质的美好生活之纪念碑性质的作品"。[②]就其隐含读者而言，达雷尔对罗德岛与英国之间的类比和十字军在罗德岛上殖民史的记述分别体现了波特教授提出的"最值得一读的旅行写作"中的"新奇意象"和"被遗忘观点"的两项指标。

达雷尔认为将历史视为以年代顺序所记载的重大事件的观点有误读历史之嫌。一个地方的历史会随着时间的推移变得模糊不清、失去原貌；历史却可以通过寓言故事、人们的生活习惯、举手投足、语音语调

---

① Dennis Porter, *Haunted Journeys Desire and Transgression in European Travel Writing*, Princeton：Princeton University Press, 1991, p. 15.

② Lawrence Durrell, *Reflections on a Marine Venus*, London：Faber and Faber, 1953, p. 36.

和原始习俗得以延续。达雷尔指出罗德岛的历史存在于十字军东征期间留下的民谣歌曲之中，也正因这些民谣罗德岛的历史才能延续至今。与民谣相伴而行的是可以追溯到柏拉图时期以前就已存在的海上维纳斯女神的雕像。达雷尔借此指出，罗德岛的历史是古希腊文明与中世纪以十字军为代表的基督教文明融合共生的结果。

值得注意的是，达雷尔貌似自由联想的旅居叙事却是作家本人殖民欲望的间接阐发。达雷尔认为罗德岛的历史与英国相似，可以用海上力量、黄金和中立几个词来总结。两者从地理位置和人民性格上看（by geography and temperament）都恰好远离纷乱风暴的中心，在每次古代史的转折点上罗德岛都能充分利用这一得天独厚的优势。① 此外，达雷尔还赞扬了罗德岛人的古代殖民史，指出公元 900 年左右的 23 年里，

> 罗德岛人不仅是伟大的殖民者还是了不起的商人，他们的船只往来于罗德岛与西班牙之间。西班牙东北角罗得岛（Rhodos）小镇的名字即是当年罗德岛殖民者之所为。根据传奇故事记载，罗纳河（river Rhone）的名字源自当时在其河口建立的罗德岛人殖民地。西西里岛上的伟大城市杰拉（Gela）和黑海城市亚波罗尼亚（Apollonia）均由罗德岛人建造。②

由此及彼，达雷尔由古时罗德岛人的殖民史联想到公元 1099 年十字军以罗德岛为补给站最终攻占耶路撒冷的殖民掠夺史。

弗莱彻（Robert Fletcher）写道："坦白地讲，十字军东征的历史颇为无聊，但如以十字军东征道德史对其评说则会令人充满兴趣。"③ 而所谓十字军东征的道德史无疑是十字军对异教徒施以基督教教化的历

---

① Lawrence Durrell, *Reflections on a Marine Venus*, London: Faber and Faber, 1953, p. 81.

② Ibid., p. 98.

③ Robert Fletcher, *The Barbarian Conversion: From Paganism to Christianity*, New York: Holt, 1998, p. 317.

史和"西欧普通教徒因参加前往圣城的'武装朝圣'（armed pilgrim-age）之旅而有幸被教皇免除个人罪恶"的历史。[①] 然而十字军东征并非仅出于宗教动机，与这场大规模宗教运动相伴而行的是西欧殖民力量的壮大。[②]

达雷尔对罗德岛中世纪历史的记述和反思以英国人塞西尔·托尔（Cecil Torr, 1857—1928）的专著《古代罗德岛》（*Rhodes in Ancient Times*, 1885）为蓝本。以"骑士时代"给《海上维纳斯的思考》的第七章命名，达雷尔将阐释罗德岛中世纪历史的重点放在对十字军在罗德岛殖民统治的描述上。用褒义词"骑士"替换了"十字军战士"这一带有贬义含义的表述，达雷尔对 1109—1523 年攻占耶路撒冷，以及耶路撒冷失守后固守塞浦路斯和罗德岛的十字军殖民者们的赞扬之情溢于言表。

达雷尔沿袭了西方史学界宗教式和道德化解读十字军东征的历史，即在妖魔化伊斯兰教和穆斯林人的同时，美化了基督教，淡化了对十字军东征过程中血腥屠杀的谴责。"1099 年闷热难耐的 7 月，十字军攻占了耶路撒冷。……城内约有 7 万人被屠杀，屠杀他们的十字军战士跪在血流成河的救主堂（redeemer shrine）的鹅卵石地板上喜极而泣，感谢上帝让他们取得这一胜利"。[③] 耶路撒冷失守后，他们退守塞浦路斯，但清醒地认识到不可能无限期地抵抗野蛮势力的入侵（the rising tide of barbarism）。落泊的十字军战士身处被困于宗教飞地的险境之中。然而，"十字军将士信念坚定像铁人一样，给原本只知道吃喝享乐、没有秩序的地方带来了目的和方向，他们用纪律和道德理想严格约束自己，这令他们的敌人都感到些许钦佩"。[④] 虽然达雷尔曾坦言自己对基督教的厌

---

① Pegatha Taylor, "Moral Agency in Crusade and Colonization: Anselm of Havelberg and the Wendish Crusade of 1147", *The International History Review*, Vol. 22, No. 4, Dec., 2000, pp. 757 – 784.

② Robert Bartlett, *The Making of Europe: Conquest, Colonization, and Cultural Change*, 950 – 1350, Princeton: Princeton University Press, 1993, pp. 48 – 69.

③ Lawrence Durrell, *Reflections on a Marine Venus*, London: Faber and Faber, 1953, p. 133.

④ Ibid., p. 135.

恶之情，但在其欧洲情节（将自己视为欧洲人而非英国人的意愿）的作用下，达雷尔表明了对十字军的支持态度。

回顾历史，达雷尔对十字军凶残地攻城略地赞赏有加，对此后十字军在世俗利益驱使下的腐败感到惋惜。对十字军的暴行，达雷尔用如下文字予以搪塞："在这种情况下，骑士们对自己的所作所为失去了判断。他们没放过任何一次屠杀被俘异教徒的机会。历史上有一些关于他们血腥屠杀的记载，有些是真的，有些则是凭空捏造。真、假取决于一个人的判断视角。然而，这种早期历史充满了难以辨清的细节，纷繁复杂，我们不如浮光掠影地一笔带过。"①

让达雷尔感到惊奇的是，十字军自上而下的道德下滑却没有削弱他们的战斗力。原因之一在于十字军战士的参军年龄之小，生命周期之短。十四岁的少年便可参军，十八岁时可享受军中一切待遇。但因为十字军战士的生活充满危险和艰辛，二十个人中只有一人能活到50岁。达雷尔认为十字军强大的战斗力还得益于半修士（semi-monastic）式的军队纪律，这一纪律给信奉东正教的岛民留下了深刻印象。"驻守罗德岛的十字军守卫森严，管理井然有序。目睹十字军的日常行动，岛上的农民总会在胸前划一个十字，叹息一声；看着这些铁人，他们内心泛起一种矛盾心情：对十字军的人性和纪律肃然起敬的同时，对他们刻板、形式化的生活感到不屑一顾"②。

达雷尔写道：1522年12月，罗德岛上的骑士（十字军）终因寡不敌众，罗德岛被土耳其异教徒攻占。1953年新年第一天，骑士们登上他们饱经风雨的战船又一次返回塞浦路斯。达雷尔为十字军在罗德岛上影响力的消逝倍感遗憾。他认为地中海生活中的迷信、冲动和神话故事已深入人心，在任何舶来品周围迅速增长，意图将其本土化。结果是罗德岛上的小路长满野草，水井被屋顶掉下来的石头盖住，堡垒披上了厚厚的苔藓。民谣和迷信传说中有关十字军的故事赞美十字军士兵英勇的骑士精神和他们对古代兵器和陶器制造业的贡献，而这一切

① Lawrence Durrell, *Reflections on a Marine Venus*, London：Faber and Faber, 1953, p. 138.
② Ibid. , p. 140.

却渐渐湮灭于漫漫历史长河之中。

达雷尔与他的英国朋友们对罗德岛上的景观赞赏有加，对岛上的生活恋恋不舍，正如米尔斯在其回忆录中所写："罗德岛上生活的两年的确是幸福的人生时光。罗德岛正从被占领的创伤中慢慢恢复；岛上既没有战争，也没有旅游业。拉里（达雷尔的昵称）的一句评论至今还回响在我耳边：'年轻的时候能够了解希腊，实属幸事！'"① 1947年9月随着英国对多德卡尼斯群岛军事管制的结束，达雷尔和他的朋友们不得不离开罗德岛各奔东西。"拉里和伊夫（Eve 达雷尔的第二任妻子）去了英国，乔治娜和我（米尔斯）前往东非的厄立特里亚（Eritrea）"。②

游记中通过对英国治理下罗德岛秩序的赞扬和对十字军统治罗德岛历史的反思，达雷尔间接阐释了本人对罗德岛的殖民情节。需要指出的是，达雷尔的殖民情节并非是达雷尔一厢情愿的个人梦想，而是一定历史背景下的产物。1947年英国政府以英国女皇名义向希腊政府呈递的多德卡尼斯群岛转让协议中，隐含着英国意欲将多德卡尼斯群岛纳入其殖民统治的动机；为重新获得多德卡尼斯群岛的统治权，希腊政府必须按照协议规定向英国政府支付英国统治多德卡尼斯群岛期间产生的各项治理经费。③

第二节　英国对前南斯拉夫的"钓鱼"政治

1948年前南斯拉夫共和国领导人铁托（Josip Broz Tito）与前苏联领导人斯大林（Joseph Stalin）断绝关系之际，时任英国驻阿根廷科尔

---

① Raymond Mills, "With Lawrence Durrell on Rhodes, 1945—1947", *Twentieth Century Literature*, Vol. 33, No. 3, Lawrence Durrell Issue, Part I, Autumn 1987, pp. 312 – 316.

② Ibid., p. 316.

③ 参见: *Exchange of Notes between the Government of United Kingdom and the Royal Hellenic Government concerning the Transfer of the Responsibility for the Administration of the Dodecanese Islands.* Treaty Series No. 39 (1947) House of Commons Parliamentary Papers Online.

多瓦委员会主任（director of the British Council）的达雷尔被调任贝尔格莱德担任英国驻前南斯拉夫大使馆新闻专员（Press Attaché）。[1] 时任英国外交部长的安东尼·艾登（Anthony Eden）伯爵访问贝尔格莱德期间，其外事活动由达雷尔全程报道。[2] 间谍小说《塞尔维亚上空的白鹰》（*White Eagles over Serbia*，1957）、讽刺小说《团体精神》（*Esprit de Corps*，1957）和《坚定不移》（*Stiff Upper Lip*，1958）均是达雷尔以1948—1952年南斯拉夫外交工作为蓝本创作的小说。尽管上述三部作品中包含大量虚构成分，然而将本人外交官的真实经历融入创作之中，达雷尔在夸张与诙谐幽默的虚拟小说世界中却真实地揭露了英国政府对前南斯拉夫外交政治的内涵。与此同时，达雷尔在散文《全家福》中表达了本人对南斯拉夫风土人情与南斯拉夫马克思主义政治思想的赞许之情。

《塞尔维亚上空的白鹰》中小说主人公英国资深间谍梅休因得知另一位英国间谍安森在南斯拉夫以钓鱼为掩护执行任务被枪杀的消息后，决定前往南斯拉夫一查究竟。与此同时，梅休因希望能再到南斯拉夫重温20年前在南斯拉夫河边钓鱼的幸福时光。小说以对安森"钓鱼"事件的描述开始；达雷尔将"钓鱼"设置为贯穿该小说的叙事主线。实际上，"钓鱼"不仅是安森、梅休因和英国驻南斯拉夫大使约翰爵士的个人爱好，更是达雷尔形容英国在南斯拉夫投机政治的隐喻。

将前南斯拉夫作为特定"钓鱼"地点是梅休因与英国政府各自"科学"选择的结果。小说开始，英国间谍总部负责人董贝给梅休因在地图上指出将被派往的目标地点时，梅休因的第一反应是"我曾在那里连续钓了两年鱼"。[3] 约翰爵士原本对梅休因深入塞尔维亚山区刺探情报的计划持反对意见，但听梅休因讲完他的钓鱼爱好和在塞尔维亚河谷

---

[1] Interview with Marc Alyn, published in Paris in 1972, translated by Francine Barker in 1974; reprinted in Earl G. Ingersoll, *Lawrence Durrell: Conversations*, New York: Associated University Presses, 1998, p. 139.

[2] 参见: Lawrence Durrell, *Spirit of Place Letters and Essays on Travel*, Ed. Alan Thomas, Mount Jackson: Axios Press, 1969, p. 128.

[3] Lawrence Durrell, *White Eagles over Serbia*, Arcade Publishing, Inc., 1995, p. 15.

里钓鱼的打算后，不但不反对梅休因的计划还送给他一套钓鱼用的鱼饵。两人甚至兴致勃勃地在挂在墙上的南斯拉夫地图上细数着钓鱼的绝佳去处。由此可见，在梅休因和约翰爵士眼中的南斯拉夫是个钓鱼圣地。

南斯拉夫独特的地理位置使其成为英国政府政治上坐收渔翁之利的理想场所。第二次世界大战期间，英国政府误以为在南斯拉夫境内对抗德国法西斯势力的武装力量是 1941 年被轴心国集团（Axis powers）占领的南斯拉夫王国（Kingdom of Yugoslavia）的残留部队南斯拉夫祖国军（切特尼克 Cetniks），因此给该部队提供了大量武器、物资支援。《塞尔维亚上空的白鹰》中，达雷尔将这支意图颠覆铁托创立的南斯拉夫共和国重建南斯拉夫王国的部队称为保皇党人的游击队①，并以南斯拉夫王国国徽上的"白鹰"形象作为这支部队的象征。然而事实并非如此，1943 年 1 月驻南斯拉夫王国在英国流亡政府的美国公使高尔曼（W. J. Gallman）发现，在南斯拉夫真正抗击德国法西斯的有生力量是铁托领导下的游击队（Partisans）。② 1943 年英国首相丘吉尔（Winston Churchill）将英国的资助重点由米哈伊洛维奇（Mihailovic）领导的南斯拉夫祖国军转向铁托领导的游击队。英国此举隐含两种意图：其一，可以利用铁托的军队反击德国；其二，防止日后因铁托政权投靠斯大林领导的苏联阵营而对西方不利，援助铁托的做法有收买人心的动机。③

《塞尔维亚上空的白鹰》中，达雷尔对梅休因和无名僧侣钓鱼时被枪杀的描述反映了保皇党人游击队对英国政府的不信任，因为保皇党人认为英国间谍是在帮助铁托政府刺探情报，如梅休因在南斯拉夫的旧交维达所说："我们的人（保皇党人）称赞、热爱英国。他们不能相信英国正在帮助共产党人。"④ 事实却是英国情报机构得知保皇党人在塞尔维亚山区频繁秘密活动后，希望获得其行动信息并试图予以帮助。由此可见，英国虽已承认铁托领导的南斯拉夫共和国，但在丘吉尔铁幕演说

① Lawrence Durrell, *White Eagles over Serbia*, Arcade Publishing, Inc., 1995, p. 16.
② Hugh de Santis, "In Search of Yugoslavia: Anglo-American Policy and Policy-Making 1943—1945", *Journal of Contemporary History*, Vol. 16, 1981 (3), pp. 541 –563.
③ Ibid., p. 544.
④ Lawrence Durrell, *White Eagles over Serbia*, Arcade Publishing, Inc., 1995, p. 62.

和东西方冷战思想的影响下，对南斯拉夫保皇党人妄图颠覆铁托政权的野心抱有希望。也就是说，虽然英国政府知道铁托政权与苏联关系并不友好这一事实，但因不想看到共产主义政权在欧洲大陆上的存在而想尽一切办法试图将其扼杀，因为第二次世界大战时期"丘吉尔对所有反法西斯的南斯拉夫抵抗组织的资助政策不过是其因地制宜的临时性外交策略罢了"。① 丘吉尔曾于1942年年底宣称"从心理层面上讲，英国外交政策以现实政治而不是逻辑为原则，建立在实验和错误而不是系统计划的基础上"。②

梅休因是小说中英国对铁托政权外交政治的代言人；从某种意义上讲，他的思想与言行反映了英国政府"宁愿维护南斯拉夫皇权，不愿支持南斯拉夫共产党"的对南斯拉夫外交政策。尽管如此，英国政府依旧延续了第二次世界大战期间对南斯拉夫的"钓鱼"政治，是否能从中获利是英国政府支持南斯拉夫保皇党人的前提条件。梅休因看到保皇党人藏在塞尔维亚深山中的"国王宝藏"③ 时心想："如保皇党人获得如此巨大财富的话，英国对南斯拉夫的外交政策必须做出相应改变来应付这一突发事件。"④ 然而事与愿违，保皇党人为运输宝藏而购买的潜艇遭到拦截，运输宝藏的保皇党游击队被南斯拉夫军队伏击；为了不让宝藏落入政府手中，保皇党人将其投入黑湖。保皇党游击队领导人黑皮特在伏击中被击毙。小说中获知此消息的约翰爵士并不为此感到惋惜，因为"我（约翰爵士）不能确定。但从诸多使团传来一系列有关铁托与斯大林意见不合的信息"。⑤

约翰爵士"等等看"的心态恰是当时英国对新成立的南斯拉夫政府外交政治的反映。如约翰爵士所说，"你看，梅休因，俄罗斯人肯定

① Hugh de Santis, "In Search of Yugoslavia: Anglo-American Policy and Policy-Making 1943—1945", *Journal of Contemporary History*, Vol. 16, 1981 (3), pp. 541 – 563.

② Ibid.

③ 所谓"国王宝藏"实际上是南斯拉夫国家银行（National Bank of Yugoslavia）中的黄金储备。在与德国开战前该黄金储备被秘密隐藏于塞尔维亚山区。参见：Lawrence Durrell, *White Eagles over Serbia*, Arcade Publishing, Inc. , 1995, p. 134。

④ Lawrence Durrell, *White Eagles over Serbia*, Arcade Publishing, Inc. , 1995, p. 153.

⑤ Ibid. , p. 194.

对当下南斯拉夫有一定的影响力，但南斯拉夫并不受俄罗斯人的控制。毫无疑问，南斯拉夫愿意与苏联发展伙伴关系。如果铁托政权被推翻，俄罗斯人或许会出兵南斯拉夫。"① 为了保障英国在巴尔干半岛的利益，丘吉尔政府做出了支持铁托的决定，在将铁托描述为"一位更令人敬仰的勇士，在1941年后抗击轴心国的战争中组织了25万多人的武装力量""为自由而战的光荣且杰出的领导者"的同时，丘吉尔还明确指出"英国现在应当为铁托和他勇敢的队伍提供帮助"。② 这一政策背后隐藏的真正目的是以支持铁托政权的方式制约苏联对南斯拉夫的影响和控制，以便达到所谓巴尔干半岛东西方势力均衡状态，使南斯拉夫成为位于冷战时期东西方两大阵营之间的缓冲地带。

《塞尔维亚上空的白鹰》中，主人公梅休因并未像达雷尔游记《苦柠檬》（*Bitter Lemons*，1957）中作者本人一样深入当地现实生活的原因有二：①出于意识形态上的差异，梅休因对南斯拉夫共产党的领导持怀疑甚至不屑一顾的态度；②其外交官兼间谍的双重身份使其无法融入普通百姓生活。

梅休因对南斯拉夫共产党的看法与南斯拉夫保皇党人一样，认为他们（南斯拉夫共产党人）不过是一群"无知的农民"③。在这种先入为主的认识影响下，梅休因将二十年前记忆中的南斯拉夫与如今的南斯拉夫进行了对比，指出现在的"南斯拉夫人民贫穷、疲惫且充满焦虑，只有官员们看上去安全且富有"④，与此前南斯拉夫王国有秩序的社会相比，现今的南斯拉夫混乱不堪。梅休因的偏见反映出他对南斯拉夫共产党组建的人民政权而非封建王朝和资本主义政权这一政体本质内容的无知；与此同时，梅休因还忽视了如下事实，即第二次世界大战后在战争废墟上建立起来的南斯拉夫共和国百废待兴，百姓困苦的生活状况可想而知。与此同时，在梅休因身上还反映出在铁幕政治思想的影响下，

① Lawrence Durrell, *White Eagles over Serbia*, Arcade Publishing, Inc., 1995, p.194.

② Hugh de Santis, "In Search of Yugoslavia: Anglo-American Policy and Policy-Making 1943—1945", *Journal of Contemporary History*, Vol.16, 1981 (3), pp.541–563.

③ Lawrence Durrell, *White Eagles over Serbia*, Arcade Publishing, Inc., 1995, p.142.

④ Ibid., p.36.

西方刻意妖魔化南斯拉夫共产党员形象的倾向。

在同时期创作的另一部小说《坚定不移》中达雷尔补充说明了《塞尔维亚上空的白鹰》中驻南斯拉夫共和国的外交生活。达雷尔笔下只顾娱乐自我，对南斯拉夫社会真实生活不闻不问的英国外交官是冷战时期西方漠视与敌视、丑化与妖魔化社会主义国家的政治态度的缩影。《坚定不移》中达雷尔以幽默诙谐的笔触讽刺了英国驻南斯拉夫大使馆外交官们自娱自乐、百无聊赖的生活。此外，达雷尔讲述了英国外交官德福巴斯克特因自己喜欢的英国女外交官爱上俄罗斯军事参赞瑟奇而争风吃醋，将酒窖中的通风系统关闭，险些导致在酒窖里品酒的各国外交官窒息而死的故事。为了阻止瑟奇打开通风系统，德福巴斯克特与其大打出手，其他各国外交官见此情景自动按照当时世界政治格局东西两大阵营的方式结成同盟打作一团。波兰和罗马尼亚的外交官支持瑟奇；加拿大和澳大利亚的外交官响应母国的号召（the call of the Mother Country）站在德福巴斯克特一边。[①]

无独有偶，达雷尔成名作《亚历山大四重奏》的第三部小说《芒特奥列夫》中，英国驻苏联大使路易斯爵士对新任英国驻埃及大使芒特奥列夫不无讽刺地说："新官上任的你穿着那身可笑的制服，帽子上插着一支鹮的羽毛，活像一只罕见的求偶期的印度小鸟，而我则在去克林姆林宫的路上跑前跑后，眼里满是蠢笨的野兽（dull beasts）。"[②] 从《塞尔维亚上空的白鹰》到《坚定不移》再到《芒特奥列夫》，达雷尔小说中的主人公自始至终都以高傲的英国外交官形象示人，对社会主义国家的政治颇有微词。在《塞尔维亚上空的白鹰》中的主人公梅休因和《坚定不移》中达雷尔却通过对小说人物德福巴斯克特的刻画凸显了英国外交政治的狭隘与盲目自大。

正如《塞尔维亚上空的白鹰》开始达雷尔对英国情报负责人董贝与英国间谍梅休因的描述那样，英国的外交政治更像股票交易。"两个人挎

① Lawrence Durrell, *Stiff Upper Lip*, London: Faber and Faber, 1958, p. 18.
② Lawrence Durrell, *Mountolive*, New York: E. P. Dutton, 1961, pp. 77 - 78.

着彼此的胳膊，像担保人一样慢慢走进伦敦灰蒙蒙的黄昏之中……"① 小说结尾，约翰爵士直言不讳地对梅休因说："这一切都是投机，不值得一提。"② 董贝的名字很容易让读者联想到狄更斯（Charles Dickens）的小说《董贝父子公司》（*Dombey and Son*）中的同名主人公——重利轻义的富商董贝，达雷尔此举旨在映射并讽刺英国对南斯拉夫外交政治的投机性与商业性，用"无利不至、无鱼不钓"这几个字来概括再贴切不过了。

在讽刺英国对南斯拉夫"钓鱼政治"的同时，透过散文《全家福》达雷尔阐释了本人对南斯拉夫的热爱。散文一开始，达雷尔便指出人们应该尊重和欣赏南斯拉夫种族、信仰与风景的多样性，"那些喜欢对民族性格一概而论的人不该造访南斯拉夫，据我所知没有哪个国家能像南斯拉夫一样拥有令人眼花缭乱的种族、信仰与风景的融合"。③ 达雷尔将第二次世界大战后新成立的南斯拉夫社会主义联邦共和国比喻为刚刚画好、笔迹未干的油画，对其进行装裱尚有一定困难。言外之意，内含六个共和国、四种语言和三种宗教④的南斯拉夫社会主义联邦共和国的建立与发展实属不易。达雷尔不吝笔墨以点带面，在描写卢布尔雅那（Ljubljana）、萨格勒布（Zagreb）、贝尔格莱德（Belgrade）、萨拉热窝（Sarajevo）和斯科普里（Skoplje）等地美丽自然景色的同时，热情讴歌了包括斯洛文尼亚人、克罗地亚人、塞尔维亚人、波斯尼亚人和马其顿人在内的不同种族的南斯拉夫人民绚丽多彩的民族性格之花。

达雷尔较为客观地指出，纷繁复杂的南斯拉夫政局并非只能靠岁月的磨合使其达到统一，马克思主义为南斯拉夫人民的统一奠定了坚实的

---

① Lawrence Durrell, *White Eagles over Serbia*, Arcade Publishing, Inc., 1995, p. 13.

② Ibid., p. 194.

③ Lawrence Durrell, "Family Portrait", *Lawrence Durrell From the Elephant's Back Collected Essays & Travel Writings*, Ed. James Gifford, Edmonton: The University of Alberta Press, 2015, p. 317.

④ 六个共和国分别是：塞尔维亚、克罗地亚、斯洛文尼亚、波斯尼亚—黑塞哥维那（波黑）、马其顿、黑山；四种语言分别是：斯洛文尼亚语、克罗地亚语、塞尔维亚语和马其顿语；三种宗教分别是：天主教、东正教和穆斯林教。参见：https://en.wikipedia.org/wiki/Yugoslavia。

基础，达雷尔因此将其称为南斯拉夫的"第四种宗教"。"在南斯拉夫居住过的人看来，这一政治（马克思主义）已初见成效"。① 达雷尔认为新南斯拉夫的希望在于马克思主义政治思想下南斯拉夫各种族人民间的合作。种族合作下的南斯拉夫恰如一床多彩的拼布花被（patchwork quilt），尽管南斯拉夫人民面对纷繁的色彩和图案感到眼花缭乱，但南斯拉夫人集体的民族性格正由此产生。雕塑、诗歌和音乐必将成为阐释此种民族性格特质的有效载体。散文结尾，达雷尔满怀信心地写道："地平线上已经出现了最初的征兆。目睹（南斯拉夫共和国）团结结出的幼果，人们必定对未来充满希望。"②

综上所述，达雷尔的政治旅居写作既是其东方主义思想的阐释——将西方已有的关于东方的政治、历史和文化（包括宗教）知识再次投射于东方"他者"身上的过程，又是达雷尔辩证批判英国外交政治和赞扬南斯拉夫"场所精神"的过程。萨义德曾指出在对被统治的未知他者命名、限制和认识的过程也是行使权力的过程。③《海上维纳斯的思考》以1945—1947年英国对多德卡尼斯群岛的政治、军事统治为背景，时任英国驻多德卡尼斯群岛临时政府新闻发布官的达雷尔是英国殖民权力的实施者之一。罗德岛上达雷尔自诩的仲裁者身份、对罗德岛居民性格的判断、对英国统治的称赞均传达出多德卡尼斯群岛非英国莫属的殖民主义思想。在缺乏英国对罗德岛近现代知识的情况下，为满足其东方主义"知识投射"的欲望，达雷尔甚至将十字军东征时期占领罗德岛的历史知识复写于当下。

虽同属达雷尔政治旅居写作的范畴，《塞尔维亚上空的白鹰》中并不存在英国对南斯拉夫殖民权力关系，身为帝国晚期外交官的达雷尔从

---

① Lawrence Durrell, "Family Portrait", *Lawrence Durrell From the Elephant's Back Collected Essays & Travel Writings*, Ed. James Gifford, Edmonton: The University of Alberta Press, 2015, p. 321.

② Ibid. , p. 322.

③ 《东方学》中，萨义德写道："英国了解埃及；埃及是英国所了解的埃及；英国了解埃及不可能实行自治；英国通过占领埃及来确认这一点；对埃及人来说，埃及已经被英国占领而且现在为英国所统治；因此异族统治成了当代埃及文明的'真正根基'；埃及要求，实际上坚持，英国的统治。"参见：爱德华·W. 萨义德《东方学》，王宇根译，生活·读书·新知三联书店2007年版，第42页。

亲身经历出发，以嘲讽的写作手法批判了第二次世界大战后英国对新成立南斯拉夫共和国的"钓鱼政治"。小说中，冷战时期西方"大国"丑化、妖魔化东方国家并伺机从中谋取政治、经济利益的虚伪外交政策昭然若揭。散文《全家福》中，达雷尔开宗明义热情讴歌了南斯拉夫这一新生国家的风土人情；更加出人意料的是，英国外交官的政治身份并未禁锢达雷尔的个人政治判断，他认为作为"第四种宗教"的马克思主义能超越南斯拉夫现有三种宗教间的差异，使南斯拉夫不同种族与宗教信仰的人民摒弃前嫌、团结在一起，而统一南斯拉夫民族的新生与未来的希望正在于此。

第三节 达雷尔的"希腊世界"：诗情、友情与政治

美国佛罗里达中央大学英语系教授安娜·莉莉奥斯（Anna Lillios）认为，达雷尔对希腊世界（the Greek World）的热爱可以用"充满激情"来形容。[①] 莉莉奥斯教授的形容并不夸张，在《希腊岛屿》（*The Greek Islands*）一书中达雷尔写道："（在希腊）可以感受到开启一段伟大爱情的征兆。"[②] 达雷尔共有三次旅居"希腊海岛"[③] 的经历：1935—1941 年旅居科孚岛；1945—1947 年旅居罗德岛；1953—1956 年旅居英属塞浦路斯岛。此外，达雷尔还以英国政府新闻官的身份于 1942—1945 年在埃及亚历山大旅居三年，这可被视为达雷尔流散与希腊世界之外的经历。第二次世界大战引发的时局动荡使达雷尔定居希腊海岛的计划未能得偿所愿。

达雷尔从上述旅居生活中获益匪浅，游记《普洛斯彼罗的房间：科孚岛风土人情导读》（*Prospero's Cell：A guide to the landscape and man-*

---

① Anna Lillios, "Introduction", *Lawrence Durrell and the Greek World*, Ed. Anna Lillios, London: Associated University Presses, 2004, p. 13.

② Lawrence Durrell, *The Greek Islands*, New York: Viking, 1978, p. 21.

③ 此处"希腊海岛"仅是达雷尔本人的笼统称呼。

ners of the island of Corcyra，1945）中达雷尔写道："其他国家或许能让你了解风土人情；希腊却赋予你更艰难的使命——发现你自己。"① 实际上，希腊的生活对达雷尔而言不仅意味着诗情画意的文学创作和自己作家身份的确立，还包含着作家本人对相关历史事件的政治态度和与希腊作家之间的友情；在诗情与政治不可兼得的情况下，昔日文人相重的友情变得苍白无力。

《海上维纳斯的思考》中达雷尔曾涉及对罗德岛战后"地域般战争残骸"般的描述；出版商里德勒（Anne Ridler）认为有关战争创伤的叙述有损于希腊田园美景的呈现，并因此对《海上维纳斯的思考》的原稿进行了大量删减。② 在里德勒影响下，达雷尔尽量对第二次世界大战战后罗德岛的惨象避而不谈；为了取悦欧美读者，达雷尔该游记创作中展示出刻意追求诗情画意的嫌疑，对当时如火如荼的希腊内战③这一"现实政治"事件只字未提。达雷尔或许可以因内战战火未波及罗德岛为由对"现实政治"不予理会，然而罗德岛岛民的物质与精神生活必然会受希腊内战影响，达雷尔与岛民间的交流必定会涉及该话题的探讨；此外，达雷尔前往罗德岛外其他多德卡尼斯群岛的旅居过程中自然也会感受到希腊内战的存在。由此看来，《海上维纳斯的思考》与新近爆发的希腊内战的人为"绝缘化"处理，从很大程度上导致达雷尔对所谓爱琴海"场所精神"描述的失真，而使该游记沦为诗情掩盖下的"谎言"。

从达雷尔的旅居写作和往来信函中可以发现，达雷尔对希腊政治的了解既不全面也不深入，明显带有文人的主观感情色彩。尽管达雷尔对1941年希腊人抵抗意大利人入侵的勇气和力量表示赞赏，但就

① Lawrence Durrell，*Prospero's Cell：A guide to the landscape and manners of the island of Corcyra*，New York：Dutton，1962，p. 11.

② Edmund Keeley，*Inventing Paradise The Greek Journey 1937—1947*，Evanston：Northwestern University Press，1999，p. 229.

③ 1946—1949年，希腊爆发内战，交战双方是英国和美国支持下的希腊政府军与南斯拉夫、阿尔巴尼亚和保加利亚支持下的希腊共产党下属的希腊民主军，最后以民主军的失败而宣告内战结束。参见：http：//en. wikipedia. org/wiki/Greek_ Civil_ War。

此后希腊国内的政治危机的漠视态度而言，达雷尔与其他对希腊政治怀"犬儒主义"态度的西方观察者们并无二致。离开亚历山大前往罗德岛之际，达雷尔在给好友亨利·米勒（Henry Miller）的信中写道，他并未看到希腊的前途，"我（达雷尔）不知道希腊政治走向如何。住在那儿（罗德岛）的唯一好处是能让我从这场世界神经官能症（this wave of world neurosis，喻指第二次世界大战）中有所恢复"。① 1945 年 3 月，希腊内战爆发不到三个月，帕莱弗齐亚协议（Varkiza agreement）② 签署两周后，达雷尔给米勒的信中阐释了自己对雅典政局模棱两可的认识。他将希腊其他地方视为希腊左翼民族解放阵线（National Liberation Front，希腊语又名：EAM），该组织的独裁程度虽与迈塔克萨斯（Metaxas，希腊将军和政治人物，1936—1941 年期间的独裁者）不相上下，但该组织却有"像卡西姆巴里斯（Katsimbalis）和西奥多·斯特凡尼德斯（Theodore Stephanides）③ 这样最好的支持者"。毋庸置疑，达雷尔与希腊作家卡西姆巴里斯、西奥多和乔治·塞弗里阿迪斯（George Seferiades）间的友谊或多或少地影响了达雷尔对希腊政局的看法。

1946 年 2 月，达雷尔写给亨利·米勒的信中表达了自己对饱受战争磨难的希腊作家朋友们的同情：

---

① Lawrence Durrell & Henry Miller, *Lawrence Durrell and Henry Miller A Private Correspondence*, Ed. George Wickes, London：Faber & Faber, 1962, p. 197.

② 1945 年 2 月 12 日，由英国支持的希腊外交部长与希腊共产党秘书签订了帕莱弗齐亚和平协议，该协议第九条规定为了解决与希腊宪法相关的问题将于年内举行公民投票。希腊选举将由公投决定，并将成立国民代表大会起草组织法。此外，签字双方同意第二次世界大战盟国派人前来监督选举的合法性。参见：Xydis, Stephen G. "Greece and the Yalta Declaration." *American Slavic and East European Review.* Vol. 20, No. 1, (February 1961), pp. 6–24。

③ 西奥多·斯特凡尼德斯（Theodore Stephanides, 1896—1983），希腊诗人、作家、医生和博物学家。是达雷尔的弟弟英国著名博物学家杰洛德·达雷尔（Gerald Durrell, 1925—1995）的朋友和导师。在杰洛德·达雷尔的作品《我的家庭和其他动物》（*My Family and Other Animals*）、《鸟》（*Birds*）、《野兽与其亲属》（*Beasts and Relatives*）、《万神的花园》（*The Garden of the Gods*）和《无骨鲽鱼》（*Fillets of Plaice*），劳伦斯·达雷尔的作品《普洛斯彼罗的房间》和亨利·米勒的作品《马洛斯的巨像》（*The Colossus of Maroussi*）均有对西奥多·斯特凡尼德斯的相关描述。参见：http://en.wikipedia.org/wiki/Theodore_ Stephanides。

尽管他们身边的世界变化巨大，但卡西姆巴里斯和塞弗里阿迪斯看上去仿佛没怎么变。雅典人的悲伤、城市街道的拥挤和住房的紧张状况令人无法想象，货币贬值、物价飞涨；实际上，他们的境遇让他们变得彼此更加温和、友善和相互同情。在乔治（乔治·塞弗里阿迪斯）身上，你能感觉到在期待的欢愉过后那种莫名的安静和忍受——仿佛一个人想象着面对死亡已经许久，以至于这种想象将他与日常生活隔离开来。①

　　达雷尔让米勒时不时地给卡西姆巴里斯寄上几英镑，用以帮助那些正在忍饥挨饿的希腊诗人。达雷尔认为雅典至少需要一至两年的时间才能在政治上稳定下来，而在此期间知识分子们饥饿的状况着实可怖。二月底，达雷尔写信给米勒写道：如果他（米勒）没有收到雅典朋友的信，不必感到惊讶，因为他们的情绪依旧忧郁、沮丧。

　　1947 年离开希腊可被视为达雷尔此后游记创作和对希腊政治态度的一个转折点，尽管在下一部游记《苦柠檬》中对塞浦路斯岛诗情画意的描写犹在，但达雷尔此前的"政治绝缘"态度已经被积极的政治参与态度所取代；达雷尔政治立场上的变化一定程度上破坏了他长期以来与希腊作家彼此间的友谊。在担任英国驻前南斯拉夫大使馆新闻专员与此后在塞浦路斯岛居住并担任英国驻塞浦路斯总督府新闻官期间，达雷尔始终与他战前结识的希腊作家朋友卡西姆巴里斯和塞弗里阿迪斯以及战时与战后结识的年轻英国作家，如：帕特里克·利·弗莫尔（Patrick Leigh Fermor）、萨恩·菲尔丁（Xan Fielding）和雷克斯·沃纳（Rex Warner）等保持书信往来，甚至有时还能偶尔与他们见面。② 总体而言，因居住场所的变迁和政治工作的介入，达雷尔与希腊朋友之间的关系日渐生疏。普林斯顿大学英语系基利（Edmund Keeley）教授指出：

---

　　① Lawrence Durrell & Henry Miller, *Lawrence Durrell and Henry Miller A Private Correspondence*, Ed. George Wickes, London: Faber & Faber, 1962, p. 219.

　　② Edmund Keeley, *Inventing Paradise The Greek Journey* 1937—1947, Evanston: Northwestern University Press, 1999, p. 235.

"从 1949 年达雷尔写给西奥多·斯特凡尼德斯的信中可以看出，达雷尔的南斯拉夫见闻使其转变成极端保守的托利党人；在其旅居塞浦路斯期间，达雷尔表现出对英国在塞浦路斯殖民政治的认同。"① 尽管基利教授在达雷尔塞浦路斯政治态度上的判断因未将达雷尔个人身份的复杂性考虑在内而略显偏颇，但达雷尔的确在其游记中表现出因其个人需求和工作性质而引发的亲英情感，然而达雷尔对塞浦路斯岛民和对英国塞岛殖民政府的微妙情感只能在对《苦柠檬》的文本细读中获得深刻理解。

目睹达雷尔政治立场的"重大改变"，乔治·塞弗里阿迪斯异常沮丧，因为塞弗里阿迪斯希望在塞浦路斯的年轻朋友达雷尔能像他早期在希腊、第二次世界大战时在埃及时那样始终不渝地支持希腊国家民族的利益，对自己英国同胞的所作所为持嘲讽态度。在 1954 年 10 月 1 日的日记中，塞弗里阿迪斯记录了他和达雷尔共同的朋友莫里斯·加地夫（Maurice Cardiff）对达雷尔的评价，加地夫认为结束南斯拉夫工作之后的达雷尔变成了一个民族主义者，丧失了独立思考的能力。塞弗里阿迪斯还回想起往日和平主义者达雷尔对开罗英国将军们不屑一顾的手势和对英格兰的咒骂。② 虽然 20 世纪 60 年代达雷尔与塞弗里阿迪斯和卡西姆巴里斯见过两次，卡西姆巴里斯曾经去法国看望达雷尔，但因达雷尔此后政治立场的变化使其 1947 年 3 月离开雅典，与希腊朋友们分别时的场景染上了"最后的晚餐"般的效果。同年 7 月 9 日，暂住英国伯恩茅斯的达雷尔在给米勒的信中，描述了在欢送晚会上跟希腊朋友们一起听米勒寄给他的录音唱片时的场景。在因政治思想分歧而引发的友情危机之下，米勒似乎成为达雷尔和希腊朋友们之间联系的唯一纽带。

　　在摆满书的、安静的房间里听着唱片里传来你用嘶哑的嗓音阅读《北回归线》里如幽灵般连绵的句子，不免让人感到有些怪异；这让我回想起在巴黎和科孚岛的日子。塞弗里阿迪斯和卡西姆巴里斯眼里满

---

① Edmund Keeley, *Inventing Paradise The Greek Journey* 1937—1947, Evanston: Northwestern University Press, 1999, p. 235.

② Ibid. , p. 236.

含泪花。最后该说再见的时候我把唱片送给了他们，他们对我表示感谢，仿佛我把你的一部分留给了他们，一只手、一只肩膀或是一个声音。可以想见塞弗里阿迪斯此时正独自一人听唱片，面带苦笑，一边摇头一边重复着说："啊，米勒，米勒，这个家伙。"①

达雷尔送给希腊朋友的礼物不仅如此，旅居罗德岛期间达雷尔与伯纳德·斯宾塞（Bernard Spencer）和纳诺斯·瓦拉奥利提斯（Nanos Valaoritis）合作选取塞弗里阿迪斯部分诗歌翻译成英语；离开罗德岛时，达雷尔完成了该诗集的翻译，此后他将诗集命名为《阿西涅的国王与其他诗歌》（*The King of Asine and Other Poems*），并于 1948 年由约翰·雷曼（John Lehman）出版社出版。达雷尔在推介、宣传塞弗里阿迪斯作品的工作中贡献巨大，帮助塞弗里阿迪斯取得了国外声誉。即便如此，他们之间的友情始终未能逃脱政治分歧的负面影响。

尽管希腊朋友们因达雷尔政治立场的些许转变与达雷尔渐行渐远，但达雷尔并未忘却彼此的友情；1975 年，在以《论乔治·塞弗里阿迪斯》（*On George Seferis*）为题的散文中，达雷尔将塞弗里阿迪斯与埃及亚历山大著名诗人卡瓦菲（Constantine P. Cavafy，1863—1933）和英国著名诗人艾略特（T. S. Eliot，1888—1965）相比，高度赞扬了塞弗里阿迪斯放眼世界的艺术创作视野和将希腊文学传统融入现代文学作品的创作理念。1963 年，塞弗里阿迪斯获得诺贝尔文学奖之后，达雷尔前往雅典探望患病的塞弗里阿迪斯，希望借此再续业已疏远了的文人之间的友情。散文以"向这位伟大的诗人和他所形塑的新希腊传统（old-new Greek tradition）致敬"② 结尾；曾因"各为其主"而"反目成仇"的两位文坛好友，历经世事沧桑之后，终于抛却政治分歧在塞弗里阿迪斯花甲之年重续金兰。

---

① Lawrence Durrell & Henry Miller, *Lawrence Durrell and Henry Miller A Private Correspondence*, Ed. George Wickes, London: Faber & Faber, 1962, p. 244.

② Lawrence Durrell, "On George Seferis", *Lawrence Durrell From the Elephant's Back Collected Essays & Travel Writings*, Ed. James Gifford, Edmonton: The University of Alberta Press, 2015, p. 17.

1944 年在写给米勒的信中，达雷尔提出了以亚历山大为叙事场景创作小说的想法，并将该小说暂定名为《死亡之书》（*The Book of the Dead*），也就是达雷尔此后的成名作《亚历山大四重奏》。达雷尔此后还曾有将小说叙事场所改定为雅典的想法。1945 年达雷尔到达雅典，在与卡西姆巴里斯散步途中曾谈及此话题，然而卡西姆巴里斯对达雷尔将叙事场所从亚历山大改至雅典的做法并不赞同，原因是："如果他（达雷尔）真写这么一本书的话，他今后将无法在那里（雅典）生活，因为雅典是个小世界；认识达雷尔的人认为他们被描绘成讽刺夸张的对象，而大为恼火。"[①] 这一信息最终帮助达雷尔确定了创作亚历山大小说的初衷。

究其本质，达雷尔在《亚历山大四重奏》的创作中以"移花接木"的方式将大量希腊意象、印象和想象融入对亚历山大城市景观、人文景观的描写之中。以美丽田园风光而著称的罗德岛即是《亚历山大四重奏》中主人公达利隐居生活的爱琴海小岛的蓝本。达雷尔成功地将对雅典的知识和对雅典这一国际大都会的印象运用到《亚历山大四重奏》的构思与创作过程之中。如此看来，达雷尔始于科孚岛因 1947 年离开雅典而结束的希腊"自我发现"之旅将其引领到文学创作的"伊萨卡"（Ithaka）；原本未被达雷尔看好的希腊世界却成为其旅居创作生涯中不可忽视的"浓墨重彩"。诗情、友情与政治之间的矛盾冲突在达雷尔的游记、信件和小说中俯拾皆是，而达雷尔记述与虚构矛盾冲突的过程同样也是与历史（个人生活经历和特定场所的社会政治历史）"妥协、和解"的过程。

---

① Edmund Keeley, *Inventing Paradise The Greek Journey* 1937—1947, Evanston：Northwestern University Press, 1999, p. 238.

第十章

从《苦柠檬》看达雷尔的塞浦路斯旅居写作

劳伦斯·达雷尔的文学创作与其旅居经历密不可分，其众多优秀作品[①]都是在旅居希腊海岛、科孚岛和罗德岛（Rhodes）以及英属塞浦路斯岛（British Cyprus，1878—1960）期间完成的。从作品的数量和质量上看，将达雷尔的海岛创作时期视为他文学创作生涯中的黄金时期并不为过。在以罗德岛旅居经历为蓝本写作的游记《海上维纳斯的思考》（Reflections on a Marine Venus，1953）中，达雷尔开篇便引入"爱岛癖"（islomania）的概念，将"爱岛癖的剖析"（anatomy of islomania）[②] 设定为《海上维纳斯的思考》的写作动机，以甘甜的柠檬象征小岛生活的甜美[③]，

---

① 如游记《普洛斯彼罗的房间：科孚岛风土人情导读》（Prospero's Cell: A guide to the landscape and manners of the island of Corcyra，1945）、《海上维纳斯的思考》（Reflections on a Marine Venus，1953）；小说《恋人们的吹笛手》（Pied Piper of Lovers，1935）、《恐慌的跳跃：一部爱情小说》（Panic Spring A Romance，1937）、《黑书》（The Black Book，1959）和《亚历山大四重奏》（The Alexandria Quartet，1962）中的第一部小说《贾斯汀》（Justine，1957）。1956 年在英国多塞特（Dorset）乡村居住期间，达雷尔完成了以塞浦路斯旅居经历为蓝本的游记《苦柠檬》（Bitter Lemons，1957）。参见：Lawrence Durrell, Spirit of Place Letters and Essays on Travel. Ed. Alan Thomas. Mount Jackson: Axios Press，1969，p. 187。

② Lawrence Durrell, Reflections on a Marine Venus A companion to the landscape of Rhodes, London: Faber and Faber Limited，1960，pp. 15 – 16。

③ 《海上维纳斯的思考》中，借对妻子伊夫·科恩（Eve Cohen）吟唱的卡帕索斯（Carpathos）岛赞歌的引用，达雷尔进一步诠释了内心深处的"爱岛癖"，赞歌以岛上盛产的柠檬象征浪漫美好的卡帕索斯岛生活："噢甜蜜的柠檬树，枝头挂满柠檬/你何时才能依傍在我的身旁，喂食我那甘甜的柠檬?" Lawrence Durrell, Reflections on a Marine Venus A companion to the landscape of Rhodes. London: Faber and Faber Limited，1960，p. 42。

达雷尔本人对罗德岛生活的热爱可见一斑。游记《苦柠檬》（*Bitter Lemons*, 1957）中，达雷尔对长满柠檬树的塞浦路斯岛的"爱岛癖"有增无减，然而游记题目中的一个"苦"字却令人费解、发人深思，不免会发出"柠檬缘何苦涩"的疑问。

究其本质，达雷尔的"爱岛癖"是其既是又非的"英国人"身份和"欧洲情节"共同作用下的结果。《苦柠檬》中，达雷尔首先以塞浦路斯居民身份抒发了对塞岛生活的热爱。然而，英国塞岛殖民政治的缺陷与失误、"意诺希斯"运动的爆发以及由此而引发的种族冲突粉碎了达雷尔塞浦路斯的"亚特兰蒂斯"之梦。目睹塞浦路斯的"陷落"，作为塞岛热爱者和英国塞岛殖民政治参与者的达雷尔却无计可施，其间无可奈何花落去的惆怅又怎是一个"苦"字了得。

第一节 达雷尔"爱岛癖"的成因及内涵

顾名思义，"爱岛癖"指的是对小岛风景与生活超乎寻常的热爱与依恋。达雷尔在 1945 年前往罗得岛的旅行途中结识的朋友吉迪恩（Gideon）将"爱岛癖者"（islomane）描述为"发现小岛具有无法抗拒之魅力的人。……他们是亚特兰蒂斯岛民的后代（descendants of the Atlanteans）；潜意识里，他们毕生的海岛生活充满着对逝去的亚特兰蒂斯岛（Atlantis 传说沉没于大西洋中的神岛）的渴望"。[①] 达雷尔并非亚特兰蒂斯岛民后代，他对海岛生活的渴望与热爱由心理、经济和政治三重因素决定，这使达雷尔的"爱岛癖"显现出较为深刻的现实意义。

达雷尔的"爱岛癖"首先源自他既是又非的"英国人"身份。从父亲是英国人，母亲是爱尔兰人的国籍角度上看，达雷尔作为出生于印度的英国人后裔可被看作英国人；然而在法律层面和日常生活中，达雷尔均未获得"英国人"的身份认可。借助自传体小说《恋人们的吹笛

---

① Lawrence Durrell, *Reflections on a Marine Venus*: *A Companion to the Landscape of Rhodes*, London: Faber and Faber, 1953, p. 15.

手》，达雷尔阐发了自己作为"帝国之子"有家难回的困惑。从某种程度上讲，远离英国的希腊海岛生活已成为达雷尔解除此种心理焦虑的灵丹妙药。

英国首相麦克米伦领导的保守党政府（Harold Macmillan's Conservative government）制定生效的《联邦移民法》（Commonwealth Immigration Act，1962）禁止帝国版图内的"非本土生人"（non-patrial）进入或在英国定居。根据这一政策，英国政府将达雷尔认定为"非本土生人"而拒绝赋予他英国公民身份。英国《卫报》（The Guardian）记者约翰·伊扎德（John Ezard）曾就达雷尔申请入籍英国失败一事做过专门报道："劳伦斯·达雷尔，二十世纪末最著名、作品最畅销的作家之一，在名气如日中天之际，其加入英国国籍的申请却遭到拒绝。1966 年，《亚历山大四重奏》的作者达雷尔因议会法案的限制无法入籍英国，该法案旨在减少来自印度、巴基斯坦和西印度国家的移民数量。……持英国护照的作家（达雷尔）每次回国时都不得不提交入境申请。"①

达雷尔在自传作品中凭借对小说主人公内心世界的刻画，间接表露了作家本人由出生地印度"返回"英国之后的复杂矛盾心态。《恋人们的吹笛手》中，达雷尔描写了 12 岁的主人公沃尔什·克利夫顿（Walsh Clifton）回到英国生活后，因其"混血儿"身份而产生的自卑情结。沃尔什站在驶向英国的轮船的甲板上，目睹人们激动的表情，听到人们看到多佛海滩的峭壁（Dover Cliffs）时发出的"白色终归是白色"②的感叹。敏感的沃尔什已经觉察出自己的与众不同，如沃尔什的姑妈所说，白色皮肤、金黄色头发的沃尔什从相貌上看几乎与土生土长的英国孩子没有区别，只是那双黑眼睛却能让人看出沃尔什"非本土生人"而是来自殖民地的"混血儿"。

如达雷尔本人一样，沃尔什是帝国底层殖民者③的后代，但血统的

---

① 参见：John Ezard，"Durrell Fell Foul of Migrant Law"，The Guardian，29 April 2002，http：//www. theguardian. com/uk/2002/apr/29/books. booksnews。

② Lawrence Durrell，Pied Piper of Lovers，Victoria：University of Victoria，2008，p. 110。

③ 达雷尔的父亲和其自传小说主人公沃尔什·克利夫顿的父亲一样，都是英国驻印度的铁路工程师。

不纯使沃尔什成为遭英国人冷落的"不能接触的人"（the untoucha-
bles）。回国后的沃尔什和姑妈布伦达遭到英国人近乎种族歧视般的待
遇。在火车站布伦达请搬运工给他们运送行李，虽然搬运工听命行事，
（正如英国人察觉出对方下等人身份时的通常反应那样）对姑妈却非常
粗鲁。国际劳伦斯·达雷尔研究会（International Lawrence Durrell Socie-
ty）会长吉福德教授（James Gifford）在小说注释中评论道：沃尔什和
姑妈之所以会受到此番冷遇，"很有可能是因为布伦达的英印口音，再
加上她对社会下层人的恭顺态度，让人一眼就看出她是说英语的外国
人。"① 达雷尔清楚无误地表明，融入英国社会生活对沃尔什和姑妈布
伦达来说是件异常痛苦的事情。

在接下来的两部自传体小说《恐慌的跳跃：一部爱情小说》和
《黑书》中，达雷尔不仅批判了英国 20 世纪 30 年代的社会文化②还袒
露了远离英国的愿望和对自我流放希腊小岛的作家生活的憧憬，背后
隐藏着的是达雷尔厌恶英国而向往欧洲大陆生活的"欧洲情节"。在
与《巴黎评论》（*The Paris Review*）记者的访谈中，达雷尔详细阐释
了自己的"欧洲情节"：

> 我必须承认从十八岁时起我就把自己视为欧洲人了，我认为
> 我们（英国人）不再是欧洲人这一事实构成民族性格中的重大缺
> 陷。……我与我同时代的英雄——两位劳伦斯③、诺曼·道格拉
> 斯（Norman Douglas，1868—1952）、奥尔丁顿（Richard Aldington，
> 1892—1962）、艾略特（T. S. Eliot，1888—1965）和格拉夫（Rob-
> ert Graves，1895—1985）——一样都怀有成为欧洲人的野心。④

---

① James Gifford，"Notes"，*Pied Piper of Lovers*，Ed. Lawrence Durrell，Victoria：University of
Victoria，2008，pp. 255 – 267.
② 参见：徐彬、李维屏《达雷尔〈黑书〉中自我与他者之生、死变奏》，《外语与外语教
学》2010 年第 4 期。
③ 达雷尔所说的两位劳伦斯分别是 D. H. 劳伦斯（D. H. Lawrence，1885—1930）和 T. E. 劳
伦斯（T. E. Lawrence，1888—1935）。
④ Gene Andrewski & Julian Mitchell，"Lawrence Durrell，The Art of Fiction No. 23"，*Paris Re-
view*，Autumn-Winter 1959—1960，pp. 1 – 30.

达雷尔还指出在个人收入有限的情况下为了满足自己的"欧洲梦",与其租住在英国破旧的房子里一个月去欧洲待上零星几天,不如住在欧洲偶尔回英国探亲访友。

经济条件的限制使达雷尔不能将欧洲大陆选定为自我流放地,于是他选择了同属欧洲但生活成本相对较低的希腊海岛。1935 年在达雷尔的劝说下,达雷尔一家(母亲、妻子和兄弟姐妹)离开英国前往希腊科孚岛生活。科孚岛不仅景色宜人,而且物价低廉①,达雷尔的弟弟英国著名博物学家杰洛德·达雷尔②在《我的家庭和其他动物》(*My Family and Other Animals*,1956)一书中真实记录了一家人在科孚岛上幸福美好的生活。达雷尔第一任妻子南希(Nancy Myers,1912—1983)的女儿英国作家、评论家乔安娜·霍奇金(Joanna Hodgkin)在以母亲南希的回忆录为蓝本撰写的传记中,描写了南希和达雷尔在科孚岛上两年多的甜蜜生活,科孚岛被誉为"他们(南希与达雷尔)私享的伊甸园"③。

---

① 艾伦·托马斯(Alan G. Thomas)曾在其编著的达雷尔作品集《场所精神:旅行书信与随笔》(*Spirit of Place Letters and Essays on Travel*,1969)中写道:"(科孚岛)不仅比伯恩茅斯(Bournemouth 伦敦西南部海滨城市,英国著名度假胜地)温暖和阳光充足,生活在科孚岛相比之下更经济。达雷尔当时的年收入大约 150 镑,南希(Nancy,达雷尔的第一任妻子)每年有 50 镑的补贴;两人一周只需花费 4 镑便能在他们自己的小别墅里过着舒适安逸的生活,而他们的支出中甚至还包括雇佣一名女仆和购买并维护一艘帆船(范·诺登号 Van Norden)的费用。"参见:Lawrence Durrell, *Spirit of Place Letters and Essays on Travel*. Ed. Alan Thomas. Mount Jackson:Axios Press,1969,p. 24.

② 英国著名博物学家、生态环境保护者杰洛德·达雷尔(Gerald Durrell,1925—1995)曾创立达雷尔野生动物保育信托基金和达雷尔野生动物园。参见:http://en. wikipedia. org/wiki/Gerald_Durrell. 杰洛德·达雷尔在《我的家庭和其他动物》中将从英国到科孚岛的举家迁移称为一个家庭移民的过程。在哥哥拉里(Larry,家人和朋友对劳伦斯·达雷尔的昵称)的坚持下,一家人[包括母亲、大哥达雷尔、二哥莱斯利(Leslie)、姐姐玛戈(Margo)、弟弟杰拉德和家里养的一条名叫罗杰(Roger)的狗]于 1935 年像一群迁徙的燕子一样逃离了英国令人阴郁不堪的夏天来到希腊科孚岛,开始了全家长达五年的小岛生活。参见:Gerald Durrell, *My Family and Other Animals*. London:Rupert Hart-Davis,1961,pp. 9 – 17.

③ 乔安娜·霍奇金在传记中写道:"他们(达雷尔和南希)在科孚岛上生活了两年多,他们在小岛的东北海岸上安了家。……他们幸福地忍受着蚊虫的叮咬,没有水管设施带来的不便,食物的短缺和离群索居的生活,因为对南希和拉里(达雷尔的昵称)来说,爱奥尼亚(Ionian)孤独一角即是他们私享的伊甸园。"参见:Joanna Hodgkin, *Amateurs in Eden The Story of a Bohemian Marriage:Nancy and Lawrence Durrell*, London:Virago Press,2013,p. 3. 注:科孚岛是爱奥尼亚群岛中的第二大岛。

《苦柠檬》中达雷尔开篇明义，在威尼斯与同船旅客的对话中表明了自己选择去塞浦路斯而非雅典旅居的原因，即从经济角度考虑，塞浦路斯比雅典更合适；对话中达雷尔吐露了在塞浦路斯购置房产长期定居的愿望。① 塞浦路斯的旅居生活不仅"经济地"满足了达雷尔的"欧洲情节"，还使达雷尔获得了在英国国内所未曾获得的"家园"归属感、"英国人"身份的认可和身为"英国人"的责任意识，这便是达雷尔对塞浦路斯怀有的"爱岛癖"（或曰塞浦路斯归属感）的根源所在。

　　达雷尔《苦柠檬》中的旅居叙事带有纽约大学知名教授玛丽·普拉特（Mary Louise Pratt）博士所说的欧洲人的"星球意识"（planetary consciousness），这一意识以对内勘探（interior exploration）和凭借博物学的描述手段而构建的全球语义（global-scale meaning）为特征②。普拉特教授所说的"全球语义"是建立在欧洲中心论基础上的对世界的认识与定义。达雷尔的旅居叙事不仅包含普通旅行者所关注的美丽自然景观，还涉及对所到之处历史、地理、经济、政治等人文信息的探究，并将此类信息纳入包括英国殖民者在内的欧洲人的知识范畴。

　　因此，达雷尔的"爱岛癖"最初表现为对特定历史政治语境下塞岛居民生活状况、岛上人际关系与政治现状等问题的关照，用达雷尔的话来讲就是："这也就是我希望透过岛民而不是风景去体会它（塞浦路斯岛）的原因之所在。我希望和当地卑微的村民分享共同的生活，并享受其中；然后将我的调查范围扩展到小岛历史背景——这是照亮民族特性之灯。"③ 在此达雷尔对自己类似"博物学家"的身份描述无可厚非，因为在达雷尔旅居塞浦路斯之前学术界有关塞浦路斯历史、地理、经济、政治等人文研究的学术专著几乎凤毛麟角。1960 年塞浦路斯脱离英国殖民统治宣布独立成为塞浦路斯共和国，1964 年共和国成立塞浦路斯研究中心（Cyprus Research Centre），此后针对塞浦路斯问题研

---

　　① Lawrence Durrell, *Bitter Lemons*, London：Faber and Faber Ltd., 1957, p. 16.

　　② Mary Louise Pratt, *Imperial Eyes*：*Travel Writing and Transculturation*, London：Routledge, 1992, p. 15.

　　③ Lawrence Durrell, *Bitter Lemons*, London：Faber and Faber Ltd., 1957, p. 53.

究的专著与论文才如雨后春笋般涌现。①

就场所对人的影响而言，海德格尔（Martin Heidegger）曾提出如下问题："生活于某地到底意味着什么？场所在人们身份建构、自我认知、生活模式的确立和对外围现实的洞察过程中的作用是什么？"② 随着对塞浦路斯生活的深入，达雷尔由将塞浦路斯居民及其生活作为研究对象的"博物学家"逐渐转变成心系塞浦路斯岛民安危与未来命运的特殊岛民，其"爱岛癖"也相应地从对塞岛风土人情的"博物学调查"转变成对塞岛人民的真挚感情。

《苦柠檬》已经脱离了英国伦敦大学高等研究院（School of Advanced Study）的访问学者史蒂夫·克拉克（Steve Clark）所描述的传统旅行叙事模式，即"旅行叙事（travel narrative）与家园本土文化（home culture）之间存在着必然联系；从本质上讲，无法核实旅行叙事中提及的人与事的真实性，因此（人们）常习惯于将旅行叙事者等同于说谎的人"。③ 身为旅居叙事文本《苦柠檬》的作者，达雷尔几乎完全切断了与所谓"家园本土文化"（英国文化）之间的联系。达雷尔选择在塞浦路斯定居的目的是为了找到一个安静、实惠、能够让其专心从事写作的地方。1952 年任英国驻前南斯拉夫大使馆新闻专员（Press Attaché）的达雷尔已经意识到创作危机的到来，想要突破创作瓶颈，达雷尔必须立刻采取行动。在给挚友美国著名作家亨利·米勒（Henry Miller）的信中达雷尔写道："我要在十二月份辞去使馆的工作，随后我

---

① 如英国皇家地理协会会员、皇家国际事务研究所研究员兼英国职业摄影师协会会员南希·克劳肖（Nancy Crawshaw）的专著《塞浦路斯起义：对要求与希腊合并之斗争的阐释》（*The Cyprus Revolt: An Account of the Struggle for Union with Greece*, 1978），塞浦路斯研究中心专职研究员乔治哈利德斯（G. S. Georghallides）的专著《塞浦路斯政治行政史，1918—1926，英国统治评述》（*A Political and Administrative History of Cyprus*, 1918—1926, *with a Survey of the Foundations of British Rule*, 1979），以及曾于 1957—1960 年任英国驻塞浦路斯政府执行秘书的约翰·雷德韦（John Reddaway）的专著《塞浦路斯重担：英国的联系》（*Burdened with Cyprus: the British Connection*, 1986）等。

② J. Gerald Kennedy, "Place, Self, and Writing", *Southern Review*, Vol. 26, No. 3, 1990, pp. 496－516.

③ Steve Clark, "Introduction", *Travel Writing and Empire*, Ed. Steve Clark, London: Zed Books, 1999, p. 1.

们出发前往塞浦路斯。……天知道我们靠什么活着，然而我却异常兴奋，急不可待地想过那种忍饥挨饿的作家生活。"① 此外，达雷尔将争取塞浦路斯岛脱离英国殖民统治的"意诺西斯"运动这一真实政治历史事件作为《苦柠檬》的叙事背景，以作家本人和附有照片的真实小岛居民为游记主人公，这使得《苦柠檬》从形式到内容都与传统旅行叙事有着本质上的不同，达雷尔笔下的文字也不再是无据可查的"谎言"。

　　达雷尔的塞浦路斯之行已不再是普通人的旅游行为，而具有在异国他乡建立"家园"的内涵。在旅居塞浦路斯期间创作的诗集《无所事事树及诗歌》（*The Tree of Idleness and other poems*，1955）中，达雷尔流露出对小岛生活的依恋：

> 我想我的生命将在此处画上句号，
> 就在我所居住的土耳其风格的房子里：
> 窗外遍布参差不齐的香蕉叶，
> 窗台上果酱罐里岩蔷薇已盛开。②

　　由此可见，达雷尔塞浦路斯的旅居写作③绝非"为旅行而旅行"的见闻札记，而是表现出充沛的个人道德情感与鲜明的政治观点。塞岛美好的自然、人文环境勾起了达雷尔对印度童年生活的回忆，"村子的环境和气氛相当迷人；……每家院子里都矗立着绿叶亭亭如扇的芭蕉树，宛若从我的印度童年时代来的信使，在风中摇曳，发出如羊皮纸般的沙沙声"。④ 达

---

　　①　Lawrence Durrell, *Spirit of Place Letters and Essays on Travel*, Ed. Alan Thomas, Mount Jackson: Axios Press, 1969, p. 128.

　　②　Lawrence Durrell, "The Tree of Ideleness", *The Tree of Idleness and other poems*, London: Faber and Faber, 1955, p. 31.

　　③　达雷尔认为，严格意义上讲自己不应被视为"旅行作家"（tavel-writer）而是"旅居作家"（residence-writer），因为他的书大多是以在某地居住经历为蓝本加以文学创作的产物；就风土人情的深入洞察而言，旅居文学与匆匆过客的旅行见闻有本质不同。参见：Lawrence Durrell, "Landscape and Character." *Spirit of Place Letters and Essays on Travel*. Ed. Alan Thomas. Mount Jackson: Axios Press, 1969, pp. 231 – 242。

　　④　Lawrence Durrell, *Bitter Lemons*, London: Faber and Faber Ltd., 1957, p. 56.

雷尔阐发的"由于我选择在塞浦路斯定居,因此塞浦路斯就成了我的乡土"① 的塞岛归属感经由上述情感和观点的表达而跃然纸上。

以此为前提,达雷尔揭示并批判了法国诗人兰波(Arthur Rimbaud,1854—1891)和英国陆军元帅基奇纳(Horatio Herbert Kitchener,1850—1916)在记录塞浦路斯生活的游记中字里行间透露出的对塞浦路斯的控制欲:"两人的笔迹明显流露出一股自觉的控制欲,程度已远远超过常人。"② 在此基础上,达雷尔还列举了曾侵占塞浦路斯的重要历史人物,如拉希德(Haroun Rashid,763—809)、亚历山大大帝、狮心王理查(英国国王理查一世,1157—1199)和凯瑟琳·柯纳罗(Catherine Corn-aro,1454—1510)女王等。达雷尔写道塞岛的美丽虽然恒古不变,但经历不同殖民者的统治之后,同一地点却被赋予多种语言名称:"这些地名念起来就像排钟敲出的声音,希腊语称 Babylas 和 Myrtou,土耳其语称 Kasaphani,十字军称之 Templos⋯⋯交织成令人昏头涨脑的声音。"③ 达雷尔不仅揭示了东西方帝国扩张过程中塞浦路斯作为兵家必争之地的重要战略地位,还对塞浦路斯人始终处于各种殖民势力交替统治下的被殖民生活状况深表同情,即历代殖民者以不同方式(如使用本族语言给岛上场所命名)在塞浦路斯留下各自殖民统治印记的同时,塞浦路斯人却丧失了自己的话语权和民族特性。

1925—1960 年,位于欧亚大陆交界处的塞浦路斯具有欧洲版图上的海岛和英国殖民地的地理、政治双重属性,这使达雷尔的塞浦路斯之行或多或少地染上了萨义德(Edward Said)所说的"欧洲人在东方旅行"的色彩;但达雷尔并不具有"旅行者与周遭环境故意保持距离或不平等关系的意识"④。以在塞浦路斯买房子的经历为例,可以看出达雷尔已然将对未来幸福生活的憧憬寄托于塞浦路斯岛民身上了。他毫不隐讳地向岛上有名的房地产经纪人萨布里·塔伊尔(Sabri Tahir)

---

① Lawrence Durrell, *Bitter Lemons*, London: Faber and Faber Ltd., 1957, p. 17.
② Ibid., p. 20.
③ Ibid., p. 53.
④ Edward Said, *Orientalism*, London: Routledge, 1978, p. 157.

自亮"穷人"身份，希望得到萨布里的关照。游记主人公"我"（达雷尔）不仅未在塞岛居民面前表现出居高临下的殖民者态度；相反，"我"还从实际情况出发，展示出谦卑的姿态，希望能被塞岛居民接受并获得生活上的帮助。

对达雷尔而言，塞岛的意义不仅在于舒适经济的生活，更在于塞岛居民对"英国人"达雷尔始终不渝的友谊，正如帮助达雷尔买房子的萨布里所说："我亲爱的达雷尔，……现在你已经是我的朋友了，就算你将来变了，不再把我当朋友，我也不会变的。"①

在享受与塞岛居民之间的友情的同时，达雷尔在对居住于塞岛上的英国人的生活现状的观察基础上发出大英帝国行将就木的感叹：

> 看着这些形形色色、举止怪异且一息尚存的人们借助拐杖、疝带、推车和裤状救生圈等纷纷从他们的卧房出来，到基里尼亚水畔去晒暗淡的春日阳光，再没有其他情景比这更令人确信英国已经走到日薄西山的末路了……垂头丧气的禽鸟与乌鸦，羽色黯然、消褪，拖着脚步穿过了无生气的日色向廊柱露台走去，那里摆了多张小桌子，行礼如仪地标示出"下午茶"……②

通过上述描写，达雷尔意在指出，塞岛上的英国人已经丧失了殖民者凌驾于被殖民者之上的优势；实际上，英国人在塞浦路斯生活的好坏还要仰仗塞浦路斯居民对他们的关照程度。也就是说，传统意义上的殖民者优于被殖民者的不平等关系在当下塞浦路斯生活中已经发生了逆转。

普拉特教授曾提出过旅行写作与欧洲读者群的关系问题："在欧洲扩张过程的特定节点上，旅行写作如何为欧洲读者创造了欧洲以外的世界其他地方。"③ 与普拉特所阐释的旅行文学的欧洲读者群的范畴

---

① Lawrence Durrell, *Bitter Lemons*, London：Faber and Faber Ltd.，1957，p. 73.

② Ibid.，p. 36.

③ Mary Louise Pratt, *Imperial Eyes：Travel Writing and Transculturation*, London：Routledge, 1992，p. 5.

不同，达雷尔将《苦柠檬》的读者群预设为塞浦路斯人和英国人，以第一人称叙述者"我"的形式隐身于文本中的达雷尔希望以此种读者群预设的方式肩负起增进塞浦路斯人与英国人之间相互了解的中间人和"调停者"的责任。在提及塞浦路斯人与英国人之间的误解时，达雷尔强调了语言与解释的重要性：

> 或许语言是关键所在，这很难说。我发现英文好的塞浦路斯人竟然如此之少，而只有极为少数的英国人会讲十几个希腊词语，然而却因此巩固了友谊，并且还减轻了生活重担。……我持的态度其实是颇具私心的，不过，不论在哪儿见到我们的民族（英国）荣誉因为漫不经心的一句话或举止而蒙受成见时，我会尽可能去安抚受扰者的情绪，或是把某种遭到误解的行为表现背后的真实意图诠释一番，努力恢复双方的平衡。在黎凡特地区，不屑于解释的后果是不堪设想的。①

达雷尔用塞浦路斯药房老板马诺里（Manoli）对英国上将恩维（General Envy）化敌为友的态度转变，以及自己与塞岛居民交流的成功经验证明了英国人说希腊语和主动与塞岛居民交流的益处所在。达雷尔上文中所说的"私心"指的是享受塞浦路斯悠闲安逸的作家生活的愿望，而英国殖民者与塞岛居民之间和谐共处的政治环境是达雷尔实现个人欲求的基础之所在。然而事与愿违，初到塞浦路斯岛的达雷尔已经察觉到英国人与塞岛居民之间因缺乏对彼此语言的学习和对相关事件的解释而产生的隔阂，而"不屑于解释的后果"就是危及英国对塞浦路斯殖民统治并激化塞浦路斯种族矛盾的"意诺西斯"② 运动。

---

① Lawrence Durrell, *Bitter Lemons*, London: Faber and Faber Ltd. , 1957, p. 37.

② 潘特利博士（Dr. Stavros Panteli）就"意诺西斯"的历史成因撰文如下：第二次世界大战爆发后，希腊裔塞浦路斯人相信只要加入盟军打击大英帝国的敌人，英国会最终同意他们的"意诺西斯"要求，即塞浦路斯加入希腊的政治诉求。参见：Stavros Panteli, *The Making of Modern Cyprus. From Obscurity to Statehood*, New Barnet, Herts: Interworld Publications, 1990, pp. 122 – 134。

第二节　"意诺西斯"运动与"亚特兰蒂斯"的陷落

达雷尔心目中的塞浦路斯仿佛古希腊哲学家柏拉图（Plato，427—347 BC）在《蒂迈欧篇》（*Timaeus*）中描写的美丽富饶的"亚特兰蒂斯"。柏拉图将"亚特兰蒂斯"的政权体制描述为："统治全岛的国王联盟拥有至高无上的权力，他们的势力范围还涉及其他岛屿甚至部分欧洲地区。"① 达雷尔见证了英国殖民统治下希腊裔和土耳其裔塞岛居民和睦相处的生活场景。就达雷尔而言，英国对塞浦路斯的绝对统治即是柏拉图笔下的"统治全岛的国王联盟"，英国殖民统治力量的存在是塞浦路斯岛民和平生活的保障；然而塞浦路斯恰如柏拉图笔下失宠于众神的"亚特兰蒂斯"，"意诺西斯"运动则如将"亚特兰蒂斯"沉入大西洋底的强烈地震②一般将达雷尔眼中昔日天堂般的塞浦路斯生活化为乌有。达雷尔在《苦柠檬》中明确指出英国殖民统治者对塞浦路斯民情的无知且不以为然的态度、行政管理上的落后和处理紧急事件过程中低下的效率，都起到了为"意诺西斯"运动推波助澜的作用。

《苦柠檬》的《前言》中，达雷尔开门见山地说明了该游记的写作宗旨：

> 我（达雷尔）以个人身份来到塞浦路斯，住在名叫贝拉佩斯（Bellapaix）的希腊小村庄里。我尽量让热情好客的村民朋友们讲述此后发生的一系列事件，希望本书成为向塞浦路斯村民和小岛美丽风景致敬的纪念碑。这本书给我海岛三部曲③的游记写作画上了句号。

① 转自：Rodney Castleden, *Atlantis Destroyed*, London and New York：Routledge 1998, p. 3。

② Ibid. , p. 175.

③ 海岛三部曲分别是：《普洛斯彼罗的房间：科孚岛风土人情导读》［*Prospero's Cell*：*A guide to the landscape and manners of the island of Corcyra（Corfu）*, 1945］、《海上维纳斯的思考》（*Reflections on a Marine Venus*, 1953）和《苦柠檬》（*Bitter Lemons*, 1957）。

得益于所处环境的优势，我能从几个独特的视角讲述塞浦路斯人的生活和事件，因为居住塞浦路斯期间我曾做过许多不同的工作，甚至在最后两年里在塞浦路斯政府①任职。这让我能从村中酒馆和政府大院两个角度审视在我面前不断上演的塞浦路斯悲剧。我试着以书中刻画人物的视角叙事，从个人道德价值判断而不是政治倾向的层面上揭示塞浦路斯的悲剧。我之所以这样做，是因为不想让此书招人轻蔑，希望眼前的误解消除之后（误解迟早会烟消云散）本书还有可读性。②

如上文所示，"热情好客"、"美丽"、"纪念碑"和"悲剧"等词语的使用已显示出作者本人对塞浦路斯岛民、小岛风景与生活的热爱；目睹小岛"悲剧"，"我"对塞岛居民的道德情感胜过作为英国殖民政府工作人员的"我"的政治倾向，而《苦柠檬》的"可读性"恰好存在于达雷尔的道德情感和政治倾向间的矛盾冲突之中。

"意诺西斯"运动涉及塞浦路斯岛上英国人、希腊裔塞浦路斯人和土耳其裔塞浦路斯人等三个不同种族的人们之间的关系问题。在该运动爆发之前，除极少数人偶尔因对英国殖民统治的不满而谈及"意诺西斯"之外，绝大多数塞浦路斯居民并不为其所动。达雷尔以自己买房子的亲身经历验证了上述判断。"我"的希腊裔好友酒馆老板克里图（Clito）让"我"去找有名的土耳其裔地产中间人萨布里去买房子；房子买到后，萨布里给我介绍了守信、可靠的希腊裔房屋装修人安德烈·卡勒基思（Andreas Kallergis）。"我"对希腊裔和土耳其裔居民相互介绍生意的和睦关系颇为不解，萨布里对此解释道："'塞浦路斯很小'，他说，'虽然我们彼此不同，但我们大家都是朋友。这就是塞浦路斯，我亲爱的。'"③

除了对希腊裔和土耳其裔塞浦路斯岛居民间和谐共处的关系的描述

---

① 达雷尔此处虽未阐明但从后文可见，塞浦路斯政府（the Cyprus Government）实际上指的是英国派驻塞浦路斯的殖民政府。

② Lawrence Durrell, *Bitter Lemons*, London：Faber and Faber Ltd., 1957, p.11.

③ Ibid., p.74.

之外，达雷尔自始至终都在强调塞浦路斯人对英国人的由来已久的友情。"友情"（或"友谊"）已经成为整部游记中出现次数最多的高频词，达雷尔尤为珍惜与所居住村子里的塞岛居民之间的"友情"。在送别朋友离开塞岛返回村子的路上，达雷尔一边欣赏着美丽的塞岛风光，一边发出如下感叹："往后还有很多个这样的早晨，这样的夜晚，在深厚友情和美酒中度过，那时塞浦路斯尚未被变幻莫测的福神与祸魔卷入风云诡异的时势，那种时势不仅毁掉了这些友谊带来的幸福，更可悲的是毁掉了历经考验的人与人之间的感情，而那个小村的生活就是建立在这种感情之上的。"①

凭借对希腊裔塞浦路斯农民弗朗哥斯（Frangos）酒馆闹剧②的描述，达雷尔阐明了如下事实，即塞岛居民对英国殖民统治的不满已经对这种友谊产生了威胁。"意诺西斯"运动全面爆发之际，达雷尔将希腊裔塞岛居民对英国的热爱比作"罕见的机遇之花，那种对英国的一厢情愿、不合理性的热爱，而且这种热爱是其他国家没有的，并以很奇妙的方式欣然绽放，与那个魂牵梦绕的（与希腊）合并的理想共生并存"。③ 达雷尔意在唤起人们对这一友谊的重视，希望看到此种难以名状的友谊给岌岌可危的英国塞岛殖民统治带来转机。

虽然达雷尔从道德情感出发珍视希腊裔塞岛居民与英国人的"手足之情"④，不愿看到双方"自相残杀"的悲剧，但他意识到英国在塞浦路斯殖民统治与在塞岛经济发展建设上的无所作为让塞浦路斯人看不到"独立、自由和民主"以及塞岛发展现代化的曙光；"意诺西斯"运

---

① Lawrence Durrell, *Bitter Lemons*, London：Faber and Faber Ltd. , 1957, p. 101.

② 弗朗哥斯假借醉酒无端指责英国人并把在场的"我"（达雷尔）牵扯其中时，"我"编造了第二次世界大战期间"我"弟弟与希腊人并肩作战抗击德国法西斯军队入侵希腊战死在温泉关（Thermoplae）的故事。闻此故事，弗朗哥斯立刻放弃了对"我"的敌对态度。参见：Lawrence Durrell, *Bitter Lemons*, London：Faber and Faber Ltd. , 1957, p. 41。

③ Lawrence Durrell, *Bitter Lemons*, London：Faber and Faber Ltd. , 1957, p. 127.

④ 《苦柠檬》中，达雷尔曾提及著名英国诗人拜伦（George Gordon Byron, 1788—1824）为希腊独立事业而献身的英雄事迹，指出：诗人拜伦已成为英国与希腊两国人民友谊的使者；此外，达雷尔还提及第二次世界大战中英国士兵与希腊士兵联合抵抗德国法西斯入侵希腊的历史事件。参见：Lawrence Durrell, *Bitter Lemons*, London：Faber and Faber Ltd. , 1957, p. 41。

动因此成为希腊裔塞浦路斯人心中唯一"正确"的出路。然而他们却对做此选择后将会带来的暴力流血事件和种族斗争等一系列悲剧性结果一无所知。

在《山雨欲来风满楼》(*A Telling of Omens*) 一章开始,达雷尔引用了英国著名历史学家和旅行家威廉姆·迪克逊 (William Hepworth Dixon,1821—1879) 在其名著《英治塞浦路斯》(*British Cyprus*,1887) 中的话"任何权力都不及一个人生而具有的土地所有权更可贵。我们(英国人) 城市行政区史充斥着这方面令人警醒的案例。爱尔兰就不止有过一位国王因为用不正当手段干预城市行政区的权力而走向没落。不管多么弱小的民族,都不会心甘情愿让外国人坐上统治者位子的"。①在认同迪克逊提出的土地所有权问题是塞浦路斯人反抗英国殖民统治的根本原因的观点同时,达雷尔还指出英国殖民统治下塞浦路斯社会发展与经济建设的停滞不前和塞浦路斯人民对现代化发展的迫切要求同样是导致"意诺西斯"运动爆发的不可忽视的原因。

贝拉佩斯 (Bellapaix) 村民给刚到村里定居的达雷尔讲述了那棵"无所事事树"名字的由来,即凡在村里酒馆前那棵大树下坐过的人都会变得懒惰,故给那棵树起名为"无所事事树"。《苦柠檬》中达雷尔曾多次提及"无所事事树",然而其目的不是为了揭示塞浦路斯人的懒惰,而是为了影射英国殖民当局在塞浦路斯的"无所事事"。英国殖民政府对塞浦路斯发展漠不关心的态度加上英国在塞浦路斯落后的资源、设备配置和缓慢的政策体制建设,使塞浦路斯长期处于较低层次的农业经济发展阶段。

达雷尔将塞浦路斯首都尼科西亚 (Nicosia) 与邻国希腊首都雅典相比,指出:"雅典虽然错综曲折、杂乱无章,终究还是属于欧洲。但是在 20 世纪生活便利设施这方面,尼科西亚却只能跟某些安纳托利亚的破旧小镇相比,这类小镇位于中部大草原,茫然为世人所遗忘……有没有过叫醒它 (塞浦路斯) 的动作呢?到目前为止一直没有必要。"②

---

① Lawrence Durrell,*Bitter Lemons*,London:Faber and Faber Ltd.,1957,p. 116.

② Ibid.,p. 156.

长期以来，英国政府始终以对低等民族和欠发达地区，如非洲乌干达的方式对待塞浦路斯。在此，达雷尔深刻批判了英国以自我为中心而不顾殖民地自身发展的实用主义的殖民统治。

因达雷尔精通希腊语并与岛民有着良好的人际关系，英国塞浦路斯当局聘请达雷尔出任英国驻塞浦路斯总督府新闻官。担任新闻官的达雷尔实际上是英国政府安插在塞浦路斯百姓中的民情"间谍"。这样一来，达雷尔便获得了塞岛居民兼英国殖民政府工作人员的双重身份。

达雷尔强调了和平解决危机的重要性，认为英国对塞浦路斯殖民统治的政治危机绝非就事论事那样简单，因为"塞浦路斯问题的次影响力很可能会危害到巴尔干公约（Balkan Pact）以及北大西洋公约组织的稳固"。① 然而当"意诺西斯"运动如火如荼地进行着的时候，英国国内却对塞浦路斯问题迟迟不做决定，使英国丧失了解决塞浦路斯政治危机的主动权，英国塞岛殖民统治终以失败收场。达雷尔曾直言不讳地批评英国政府对塞浦路斯历史知识的匮乏："整件事唯一悲剧的地方只在于这场战争（'意诺西斯'运动）刚好是针对了长久以来爱戴的友国（英国），而这个友国缺乏历史了解的程度简直不可思议……"② 达雷尔对英国殖民政府就塞浦路斯危机不以为然的态度和低下的工作效率颇有微词：

　　　　从英国政府角度来看，塞浦路斯小得出奇——在磨损地图上悲喜交加的近东（the Near East）地貌上看，不过像指尖大小的粉红色小点。我失望万分，估计大概需要六个月的时间伦敦才会看清真相，毋庸置疑，巴尔干半岛各国日渐高涨的不满情绪必然会令外交部有所警觉。③

出于对自己在塞岛生活和对塞岛居民与英国人之间友谊的考虑，达

---

① Lawrence Durrell, *Bitter Lemons*, London：Faber and Faber Ltd.，1957，p. 176.
② Ibid.，p. 191.
③ Ibid.，p. 177.

雷尔希望通过和平方式解决"意诺西斯"运动所带来的塞浦路斯政治危机，维持英国对塞岛的殖民统治，但不争气的英国政府彻底粉碎了达雷尔塞浦路斯的"亚特兰蒂斯"之梦。

达雷尔不仅在宏观层面上将塞浦路斯危机纳入巴尔干地区政治的考察，更从塞浦路斯岛民生活的微观视角出发强烈谴责了希腊政府的介入，如为反抗英国殖民统治的暴力分子提供军事训练和武器，以及以收音机和传单为手段对"意诺西斯"运动的操纵等。达雷尔心痛地指出，因被希腊"意诺西斯"政治宣传而洗脑了的"那一网打尽坐在被告席上的亡命之徒又怎可能不引人莞尔，他们代表了那些岛屿上的无知又可爱的农民阶层"。①

在《无理性的盛宴》（*The Feast of Unreason*）一章中，达雷尔描述了恐怖事件发生时的场景，恰如本章标题"无理性的盛宴"所示，达雷尔指出，旨在使塞浦路斯摆脱英国殖民统治，加入希腊的"意诺西斯"运动已经从一场政治运动演变成一场无理性可言的暴力运动；恐怖分子的身份混杂，既有被埃奥卡（EOKA）青年组织洗脑了的年轻学生、在电台煽动下揭竿而起的本地民众，也有街头流氓以及职业或半职业军人。在暴力恐怖事件的阴霾笼罩下，"人情味逐渐在尼科西亚消逝"②。

塞浦路斯欧洲大学（European University Cyprus）人文学院副教授图尔奈（Petra Tournay）博士认为，达雷尔对塞浦路斯人的描写揭露了作家本人东方主义者或英国殖民者凌驾于东方"他者"之上的优越感。③ 以萨义德（Edward Said）的"东方主义论"为理论基础，图尔奈博士因对西方与东方、中心与边缘二元对立说的过分依赖而陷入对《苦柠檬》简单化和片面化阅读的误区。图尔奈博士举例指出，达雷尔倾向于将塞浦路斯人描写成不成熟的孩子和野蛮的动物。④ 仔细阅读并

---

① Lawrence Durrell, *Bitter Lemons*, London: Faber and Faber Ltd., 1957, p. 178.

② Ibid., p. 187. 尼科西亚（Nicosia）是当时英国在塞浦路斯的殖民政府所在地也是全岛主要商业中心。

③ Petra Tournay, "Colonial Encounters: Lawrence Durrell's *Bitter Lemons of Cyprus*", *Lawrence Durrell and the Greek World*, Ed. Anna Lillios, London: Associated University Presses, 2004, p. 158.

④ Ibid., pp. 160 - 161.

加以区分之后可以发现，达雷尔动物比喻所针对的对象多半是"意诺西斯"运动中危害社会秩序和威胁塞浦路斯普通百姓人身安全的无知暴民和恐怖主义分子。"洛奇得斯（Loizides）本人是个非常害羞的人，体态不雅，其貌不扬，戴着深度眼镜，言谈举止宛若一个被人控以把姑妈烤熟的学童。他像日本人那样低垂着黑发小脑袋，但其他人却欲因为受人瞩目而陶醉其中……宣布判刑的时候他们露出灿烂的笑容，外面群众喧闹声一片，他们却很欣赏地竖着耳朵倾听。他们自认为会变成英雄豪杰和烈士"。[①] 达雷尔之所以将参与暴乱与恐怖主义行动的塞浦路斯人比作动物，是因为他们危及无辜百姓生命、财产的无德暴行不过是对嗜血的野蛮兽欲的满足。在达雷尔看来，"意诺西斯"运动不过是一场由希腊人导演的闹剧，而塞浦路斯暴民则是这场闹剧的主人公。

达雷尔将"意诺西斯"运动爆发期间自己的生活状态比作："在墨西哥湾流里漂浮分开的三块浮冰"[②]；对达雷尔而言，总督府、办公室和村子分别代表三种生活状态：殖民统治者的奢华生活、殖民地公务员刻板的例行公事的生活和诗情画意般的田园生活，穿梭期间的达雷尔的内心分裂感油然而生。与此相呼应的是英国政府夹在希腊和土耳其政府之间的两难境地。土耳其裔塞浦路斯人一向对"意诺西斯"运动持反对态度，与希望将塞浦路斯并入希腊的希腊裔塞浦路斯人不同，占人口少数的土耳其裔希腊人并没有将塞浦路斯并入土耳其的愿望，他们更希望保持当下塞浦路斯的政治局面，而不希望塞岛局势发生任何变化。然而"意诺西斯"运动的暴力升级直接影响到了土耳其裔塞浦路斯人的日常生活，土耳其政府因此迅速介入塞浦路斯政局之中。

鉴于此种复杂局势，达雷尔向英国政府提出"允许岛民对'意诺西斯'进行'公投'"的建议。法国学者马斯（Jose Ruiz Mas）认为身为英国驻塞浦路斯殖民政府新闻官的达雷尔赞同英国政府用以对抗"意诺希斯"运动而倡导的"地方自治"（communalism）的政治主张，该主张强调希腊裔和土耳其裔塞浦路斯人的种族与宗教社区差异，倾向

---

① Lawrence Durrell, *Bitter Lemons*, London: Faber & Faber, 1957, p. 178.

② Ibid., p. 189.

于实现信仰基督教的希腊人和信奉穆斯林教的土耳其人将塞岛分而治之①；其实不然，达雷尔不希望看到塞岛脱离英国统治实现自治并由此导致分裂。他在游记中明确指出"公投"才是化解英国与希腊和土耳其两国紧张局面的唯一可行办法，同时也是达雷尔本人摆脱"英国殖民者"和"塞岛居民同情者"双重伦理身份危机的良策。

尽管这一提议有"一石二鸟"之功效，但达雷尔深知"公投"对英国全球范围内的殖民政治将会产生无可限量的影响：

> 在伦敦眼中，塞浦路斯不仅是个塞浦路斯，而是脆弱的电信中心与港口连结的一环，是一个帝国脊椎的骨骼，而这脊椎则正在力抗岁月带来的老化。要是这么随便让塞浦路斯表示希望脱离，接下来的香港、马耳他、直布罗陀、福克斯群岛、亚丁——这些安定但又蠢蠢欲动的岛屿又会遵循怎样的大榜样呢？②

英国对塞浦路斯的政治态度和即将产生的塞浦路斯新政局将有可能成为以上诸多地区效仿的模式。然而，谙习塞浦路斯民情的达雷尔对"公投"结果持积极态度，因为他发现塞浦路斯人需要的是以"公投"的方式决定自己命运的"权利"，就此做出终结英国塞岛殖民统治的结论还为时尚早，如达雷尔的朋友帕诺斯（Panos）所说："很可能是投票反对意诺希斯，谁知道呢？我们很多人都对改变持怀疑态度。但是权利，最起码的权利——你们（英国殖民者）把它授予我们，就可以赢得这个岛。"③ 与达雷尔的希望相反，或是出于对塞浦路斯人的不信任，或是出于对英国剩余殖民地前途的担忧，英国政府对"公投"议案迟迟不作答复，最终使其在塞浦路斯殖民统治陷入骑虎难下的尴尬局面。

英国殖民当局吊死意诺希斯领导者之一的卡劳利斯的惩戒行动，标

---

① Jose Ruiz Mas, "Lawrence Durrell in Cyprus: A Philhellene Against Enosis", *EPOS*, XIX (2003), pp. 229 – 243.

② Lawrence Durrell, *Bitter Lemons*, London: Faber & Faber, 1957, p. 194.

③ Ibid., p. 174.

志着希腊裔塞浦路斯人与英国人之间"友谊"的终结，恰如帕诺斯对达雷尔所说："可是会被吊死的并不是只有卡劳利斯；我们（希腊裔塞浦路斯人和英国人）之间原有的深厚联结最后也会断掉。"① 达雷尔深知帕诺斯此话的深意，认为该事件的发生将把每个希腊人心目中那个神话般的英国人"诗人、勋爵、知其不可为而为之的大无畏的正义守护者和爱自由"② 的形象打碎，而这一形象的建立却得来不易。

希腊学者卡罗泰考斯（Vangelis Calotychos）认为就游记开始达雷尔对塞浦路斯自然景色和人文环境的描写来看，达雷尔已将塞浦路斯视为逃避世俗纷争的伊甸园般的避难所。③ 炸弹在尼科西亚等塞浦路斯中心城市爆炸的时候，达雷尔仍冒着被恐怖主义分子暗杀的危险回到自己房子的所在地贝拉佩斯村，在达雷尔眼中逃往贝拉佩斯村就仿佛进入一个筑有城墙的花园。集"自我流放塞浦路斯的作家"、"英国殖民地官员"和"塞浦路斯岛民"等多种身份于一身，达雷尔在由"意诺西斯"运动而引发的政治危机和暴乱中，始终与自己的塞浦路斯朋友们保持着至死不渝的友谊。随着政治问题的激化，恐怖暴力事件已经威胁到了达雷尔及其朋友们的生命。塞岛警力不足和英国政治决策的缓慢使塞浦路斯岛上的生活陷入旷日持久的危机之中，为了自己也为了朋友们的生命安全④，在塞岛短暂居住三年（1953—1956 年）⑤ 之后，达雷尔于 1956 年无可奈何地离开了塞浦路斯。

当然，我们也不能否认《苦柠檬》中的确掺杂着达雷尔作为御用文人的写作动机。为赚取稿费，达雷尔为一个美国国际关系机构的期刊写了一系列有关塞浦路斯政治问题的文章，而"这一切带给我（达雷尔）的影响就更多了。这是份苦差事，因为我并不喜欢写政治文章，

---

① Lawrence Durrell, *Bitter Lemons*, London: Faber & Faber, 1957, p. 242.

② Ibid.

③ Vangelis Calotychos, "Lawrence Durrell, The Bitterest Lemon?", *Lawrence Durrell and the Greek World*, Ed. Anna Lillios, London: Associated University Presses, 2004, p. 180.

④ 曾有塞浦路斯村民因是"英国人"达雷尔的朋友而遭到暴力威胁。详见: Lawrence Durrell, *Bitter Lemons*, London: Faber & Faber, 1957, p. 217。

⑤ Jose Ruiz Mas, "Lawrence Durrell in Cyprus: A Philhellene Against Enosis", *EPOS*, XIX (2003), pp. 229 – 243.

然而稿费却可以为我的阳台房间买扇门或窗，何况我也不熟悉其他更好的赚钱的方法"。① 既然如此，"英国人出身"② 的达雷尔为了满足"读者"（美国国际关系机构）的阅读喜好，在《苦柠檬》中必然会大量出现从英国殖民者的视角看问题或替英国殖民者分析问题的阐释；也正因如此，达雷尔才在《苦柠檬》的写作中经常引用英国著名历史学家和旅行家赫普沃思·迪克森（Hepworth Dixon，1821—1879）的著作《英治塞浦路斯》（*British Cyprus*，1879）中的内容。

其实，达雷尔在塞浦路斯岛旅居期间的政治写作更多是为英国政府而为。1954 年 7 月达雷尔被任命为英国驻塞浦路斯政府情报处处长（director of the Information Services）负责政府新闻发布、出版，管理《塞浦路斯评论》（Cypress Review）、塞浦路斯旅游办公室和塞浦路斯广播。③ 美国哥伦比亚大学（Columbia University）已故教授约翰·安特里克（John Unterecker，1961—1987）在达雷尔自传研究中指出：达雷尔曾为英国政府写过很多机密报道（confidential reports）和内政部文件（Home Office files）。④ 达雷尔"御用文人"的身份虽然为他带来了一定的经济收益，但也招来了友人的质疑。曾任职于英国文化委员会的英国作家莫里斯·卡迪夫（Maurice Cardiff）曾警告达雷尔如接受英国驻塞浦路斯政府的工作，达雷尔将"失去所有希腊朋友"。实际上，达雷尔的政府工作确实导致他与著名希腊诗人外交家（Greek poet-diplomat）塞弗里斯（Seferis）⑤ 之间的关系紧张。⑥

在为英国政府工作之余，达雷尔虽然忙里偷闲完成了《苦柠檬》

① Lawrence Durrell, *Bitter Lemons*, London: Faber & Faber, 1957, p. 121.

② 达雷尔具有的印度出生的英国驻印度殖民地建设者后代身份，却从法律上讲不是英国公民的复杂"英国人"身份。

③ Ian S. MacNiven, *Lawrence Durrell: A Biography*, London: Faber and Faber, 1998, p. 410.

④ John Unterecker, *Lawrence Durrell*, New York & London: Columbia University Press, 1964, p. 4.

⑤ "性情温和、敏感的乔治·塞弗里阿迪斯（George Seferiades）是 20 世纪希腊著名诗人，同时也是一位能力非凡的外交官。他以塞弗里斯（Seferis）为笔名写作，达雷尔将他的部分诗歌翻译成英文"。参见：Lawrence Durrell, *Spirit of Place Letters and Essays on Travel*, Ed. Alan Thomas, Mount Jackson: Axios Press, 1969, p. 73。

⑥ Ian S. MacNiven, *Lawrence Durrell: A Biography*, London: Faber and Faber, 1998, p. 412.

和《亚历山大四重奏》中的第一部小说《贾斯汀》的写作，然而由"意诺西斯"运动而引发的时局动荡和英国殖民统治的最终破产，在宣告达雷尔政治写作终结的同时还严重干扰了他的文学创作。达雷尔在《巴黎评论》的访谈中说道："《贾斯汀》的创作经常因为炸弹爆炸而中断，这部小说花了我大概四个月——实际上是一年的时间，因为中间有很长一段时间为了应付塞浦路斯的工作我不得不停止写作。离开塞浦路斯之前我完成了《贾斯汀》的写作。"① 此外，达雷尔还强调了为生计而写作的问题，此时的塞浦路斯已不再是达雷尔两种写作（政治写作和文学写作）的理想场所。在政治诉求失败、生命安危不保和生活经济来源缺失的情况下，胸怀塞浦路斯美景与友谊的达雷尔唯有一走了之。外部世界中的暴力、恐惧和痛苦与达雷尔内心世界中的焦虑并存，游记题目"苦柠檬"中的一个"苦"字生动地再现了作家达雷尔那时那地忧国、忧民、忧自己的苦闷与惆怅。

在另一篇题为《行吟诗人》（Troubadour）的塞浦路斯游记文章中，达雷尔热情讴歌了塞浦路斯的诗歌文化传统和塞浦路斯人的诗人气质。以诗会友，达雷尔与当时塞浦路斯著名行吟诗人贾尼斯（Janis）建立了深厚友谊，然而塞浦路斯政治危机的到来，令两人形同陌路。尽管如此，与贾尼斯分别数年之后，1960 年达雷尔撰文描写了塞浦路斯人热爱诗歌的美好传统和贾尼斯行吟诗人的生活经历，并将其发表在《星期日泰晤士报》（The Sunday Times）上②。达雷尔希望以此纪念与贾尼斯之间的友谊，回忆塞浦路斯岛上充满诗情画意的美好生活。文章以达雷尔从友人发来的明信片中获知塞浦路斯自治后贾尼斯重操旧业的信息和对贾尼斯生活现状的想象与疑问结尾，真实再现了达雷尔对那段塞浦路斯生活经历挥之不去的怀旧情感。

在同名诗《苦柠檬》（Bitter Lemons）中，达雷尔抒发了塞浦路斯

① Gene Andrewski & Julian Mitchell, "Lawrence Durrell, The Art of Fiction No. 23", *Paris Review*, Autumn-Winter 1959—1960, pp. 1 – 30.

② Lawrence Durrell, "Troubadour", *Spirit of Place Letters and Essays on Travel*, Ed. Alan Thomas, Mount Jackson: Axios Press, 1969, pp. 415 – 421.

岛上政治与诗情之间的矛盾冲突而带来的内心焦虑；诗人希望借助大海神奇的力量忘却过去，抚平内心的创伤：

在长满苦柠檬的小岛上
清冷的月光下
果实的背阴面似乎也变得灼灼发光

脚下的枯草
让记忆饱受煎熬
唤醒半生前业已消失的习惯

剩下的最好不说
美丽、黑暗、激情
托付给大海的保育员

她们睡眠的纪念碑
希腊海洋长着卷发的头颅
平静依然仿佛未曾流泪

平静依然仿佛未曾流泪①

借景抒情，达雷尔将苦闷情绪投射于景物描写之中；月色笼罩中的柠檬果实、脚下的枯草和宁静的大海是达雷尔逃离政治喧嚣、回归诗情本色的自然媒介。在带有悲伤色彩的浪漫主义情怀作用下，希腊海洋已然成为诗人心中的"忘川"；这一描述还体现出达雷尔对个人情感的理性约束，似乎传递出如下潜台词：美好已成往事，离别时忘情却不要流泪。

综上所述，达雷尔对塞浦路斯"爱岛癖"的养成具有如下动因，

---

① Lawrence Durrell, "Bitter Lemons", *Collected Poems*, London：Faber and Faber, 1960, p. 57.

"欧洲情节"、对英国社会与文化的不满、英国人身份的困惑和经济困境等。达雷尔选择了自我流放塞浦路斯，远离英国社会与文化的"轻装旅行"（travel light）。如美国麻省大学（University of Massachusetts）波特（Dennis Porter）教授所说，旅行叙事"总会关注场所，进入某一场所和如何一劳永逸地为自己设定与他者关系中的位置等问题"，① 达雷尔在塞浦路斯的旅居叙事虽显现出对特定场所及与之相关的政治、经济、文化和历史等问题的关注，但他并未"一劳永逸地为自己设定与他者的关系"。达雷尔《苦柠檬》的旅居叙事围绕两个中心展开，分别是：英国在塞浦路斯的殖民政治和塞岛居民的生活。参与两者之中的达雷尔集"自我"与"他者"的双重身份于一身，他既以英国殖民者的"自我"体察作为"他者"的塞岛居民的民情，又从塞岛居民的"自我"身份出发批评英国"他者"对塞浦路斯的殖民政治。已对"意诺西斯"运动的成因及后果为切入点，达雷尔深刻批判了英国在塞浦路斯的殖民统治，这一批判从根本上否定了"大英帝国中心论"的思想。如从波特教授的观点"中心论的神话是我们所有神话的基础"② 出发，《苦柠檬》中"大英帝国中心论"的终结不仅意味着帝国神话的消失，还意味着达雷尔将塞浦路斯视为"亚特兰蒂斯"的个人神话梦想的破灭。

---

① Dennis Porter, *Haunted Journeys Desire and Transgression in European Travel Writing*, Princeton：Princeton University Press, 1991, p. 20.

② Ibid., p. 303.

第十一章

劳伦斯·达雷尔论现代英国诗歌

　　劳伦斯·达雷尔撰写的《现代英国诗歌导读》（*A Key to Modern British Poetry*）于 1952 年在英国首次出版发行，此后分别在 1964 年和 1970 年两次再版发行。达雷尔在《现代英国诗歌》的前言中向读者简要介绍了该书的写作动机，即 1948 年达雷尔曾担任英国驻阿根廷文化委员会（British Council）英国文学讲师一职，该书由达雷尔在众多阿根廷大学讲学期间授课内容收集整理而成。

　　以达雷尔十次讲座的内容为基础，该书共分十章；根据写作主旨的差异，达雷尔将其分为两个部分：一至四章为第一部分，讲述现代诗歌创作中的难点和创新之处；第五至第十章中，达雷尔对英国现代诗人的诗歌创作加以概述。如达雷尔所说，十次讲座的时间限制从一定程度上影响了该书就有关论题探讨的深度和广度；[①] 话虽如此，作为达雷尔仅有的一部阐发个人艺术观点的批评性论著，《现代英国诗歌》中有关艺术与科学、社会文化之间的关系，英国诗歌的时代特征、艺术特性及现实功能等方面的论述对当今读者而言依旧具有重要的启示作用。本章将分析总结《现代英国诗歌》中的部分章节，以便使读者对达雷尔诗歌

---

　　① Lawrence Durrell, *A Key to Modern British Poetry*, Norman: University of Oklahoma Press, 1970, p. ix.

批评中的基本观点作管窥式了解。

第一节 《尤利西斯》与《枯叟》:论艺术与
科学间的关系

在第一章《批评的限制》（*The Limits of Criticism*）中，达雷尔指出现代人将艺术与科学分离开的做法是不可取的，早在古希腊时期数学、音乐、诗歌和雕塑等领域紧密联系在一起，这种你中有我、我中有你的交流关系在当时的教育体系中也得到了很好的体现。"当今的艺术创作仍然受到数学观点（mathematical ideas）的影响：建筑和雕塑仍是数学理论的第二代堂兄妹（second-cousins），音乐和诗歌（meter）同样展示出自身与数学量度（mathematical quantity）之间的内在联系"。① 以科学观为依据，以丁尼生（Alfred Tennyson, 1809—1892）的诗歌《尤利西斯》（*Ulysses* 写于 1833 年，于 1842 年发表）和艾略特（T. S. Eliot, 1888—1965）的诗歌《枯叟》（*Gerontion*, 1920）为例，达雷尔就主客关系、时空观等方面概述了 1840—1920 年英国诗歌艺术的发展演化过程。

达雷尔强调对艺术作品的整体性分析，"望远镜"式批评（binocular vision）导致"只见树木，不见森林"的有限阐释；文学批评者应时刻谨记"不幸的是对艺术品的解读拉远了我们与艺术品本真意义之间的距离——只有人的感性（sensibility）才能从整体上而不是一系列彼此分离的部分中理解艺术品的实在意义"。② 达雷尔指出人类对外在事物的观察受到主观元素的影响。达雷尔形象地把人比作一个贴有"性格"标签的箱子（a box labeled personality）；人通过箱子的五个缝隙（人的五个感官）观察外界，所观察到的是由三维空间和一维的时间所

---

① Lawrence Durrell, *A Key to Modern British Poetry*, Norman: University of Oklahoma Press, 1970, p. 2.

② Ibid., p. 4.

组成的四维的现实世界。然而人只有通过其想象力才能将其所感知的世界整合为一体——整合后的现实无法以智力来衡量，即便再伟大的艺术也无法再现这一现实的宏伟壮丽。据此，达雷尔写道："艺术传达给我们的提示信息是：我们正在死去，却未曾好好生活。"①

以上述观点为依据，达雷尔将丁尼生的诗歌《尤利西斯》和艾略特的诗歌《枯叟》放置于各自创作时代的科学、人文背景之中，从宏观叙事的角度阐释了两首诗歌之间内容与形式上的本质区别。就叙事视角而言，达雷尔认为两首诗有相似之处，即二者皆以古稀老者回首往事的自传式叙事展开，明确体现出各自的生死观。然而，恰如达雷尔所说"艺术是时代的产物。最伟大的艺术创造属于它自己的时代"，② 丁尼生在其诗歌中抒发了其所处时代的声音，艾略特的诗歌则预示着一个新时代的到来。

达雷尔认为丁尼生宏大古典的姿态与写作中使用的简洁明了的句法展现出他所处时代（维多利亚时期）的特征，表现为清晰的思想与明确的关系。与丁尼生诗歌主人公不同，艾略特诗歌中的主人公思想中充满回忆与反思，以一系列神谕性质的陈述句为呈现媒介；这些陈述句大多不具形式，或仅表面上具有匀称的语法结构。达雷尔指出，尤利西斯与枯叟之间的差别在于：尤利西斯仍是时间的主人，而枯叟却是时间的受害者。"尤利西斯是自我命运的主宰者，他统治着自己的世界——那个在维多利亚人所信仰的理想主义与古典主义基础上建立起来的庄严肃穆的经典世界"。③ 勇敢、高贵、崇高是尤利西斯的内在品质。枯叟与尤利西斯恰恰相反，枯叟将自己形容为"干旱月份里的老头，一边等着小孩给读故事，一边等着天下雨"。④

为了凸显 19 世纪维多利亚时期与 20 世纪现代主义时期人们意识领域的巨大差异，达雷尔刻意简化了对上述两首诗歌的阐释。这一做法对

---

① Lawrence Durrell, *A Key to Modern British Poetry*, Norman: University of Oklahoma Press, 1970, p. 5.

② Ibid., p. 7.

③ Ibid., p. 10.

④ Ibid.

英国文学初学者来说或有帮助，却无法满足学术研究严谨性的要求。尤利西斯作为自己命运的主人并非达雷尔认为的那样不受任何思想困扰。如费德雷（L. M. Findlay）所写"《尤利西斯》中丁尼生塑造了已是暮年却依然精明且具有一定生存能力的人物角色。是外界极端环境诱发了与之匹敌的坚强意志？还是英雄主义的顽强精神在起作用？我们在阅读中发现丁尼生对此给出了模棱两可的回答"。① 与达雷尔理解中自信且完全控制其所处世界的尤利西斯不同，费德雷认为虽然尤利西斯的观察和回忆形象生动、引人共鸣，但是"并非所有细节都引人入胜，观察与回忆也并非全都在他（尤利西斯）的掌控之中"。②

　　达雷尔对丁尼生笔下尤利西斯英雄主义的"绝对论"阐释与达雷尔本人多年在大英帝国海外殖民机构中的任职经验有关；虽然达雷尔并未在其评论中点明，但"维多利亚人所信仰的理想主义与古典主义"中确实蕴含着殖民主义与对史诗中英雄主义的赞颂。在阿根廷各大学讲学过程中和在其专著写作过程中，达雷尔无意识中已将丁尼生所塑造的尤利西斯人物形象等同于开疆扩土的帝国英雄，而维多利亚时期的"帝国主义不仅造就了虚张声势的政治还创造出一个神奇的世界，其中史诗般的英雄主义和中世纪的骑士精神永不会灭亡。在海外征讨与征服过程中，上述精神将获得重生"。③

　　在对比两首诗歌主人公形象的基础上，达雷尔指出："人的自我意识在 1840—1920 年发生了深刻变化。历史可以为我们对这一变化提供解释线索。"④ 达雷尔认为，在尤利西斯安全的世界里，他不惧怕儿子继承王位，而是为日渐老去的同时还要忍受乏味无聊的生活而感到焦虑。尤利西斯渴望重新回到自己年轻、充满探险的生活。相比之

---

　　① 　L. M. Findlay, "Sensation and Memory in Tennyson's 'Ulysses'", *Victorian Poetry*, Vol. 19, No. 2, Sum. , 1981, pp. 139 – 149.

　　② 　Ibid. , pp. 139 – 140.

　　③ 　Patrick Brantlinger, *Rule of Darkness*: *British Literature and Imperialism*, 1830—1914, Ithaca: Cornell University Press, 1988, p. 36.

　　④ 　Lawrence Durrell, *A Key to Modern British Poetry*, Norman: University of Oklahoma Press, 1970, p. 11.

下，枯叟却住在一个租赁的破败的房子里，房子的犹太主人蹲坐在窗台上。① 作为象征的房子的意义不仅限于四面墙和一个屋顶。房子意味着财产、继承、家园和家庭秩序。其关联意义还包括孩子。因此，达雷尔指出对与上文引用相关段落的阅读使人自然联想到打乱了的社会秩序和因社会价值判断扭曲而导致的影响深远的不安全感。艾略特诗中写道：

> 征兆被当作奇迹。"我们将看到一个征兆！"
> 道中之道，说不出一个词，
> 裹在黑暗中。在一年的青春期，
> 基督老虎来了。②

达雷尔的判断是，枯叟等待的不是更多有关人世的知识而是有关人类命运的启示，此后诗歌中出现的短语，如"被吃掉，被分割，被喝掉"令人联想到基督教中的圣餐（Christian sacrament）。③ 在达雷尔的分析中，枯叟的同代人与尤利西斯的同代人存在一种时空相隔的对等关系，即《尤利西斯》中尤利西斯所提及的伟大的阿喀琉斯及其他传奇人物在枯叟的同代人看来只是神话故事中的虚构形象。在神话已死的时代，《尤利西斯》中的传奇人物在枯叟记忆中以非人化面具（deperson-alized masks）的形式存在。

达雷尔认为在枯叟眼中一切都充满疑问，他所处时代的信条、知识、道德标准都受到严重挑战；从社会层面上看，人们失去了家庭生活及自然继承关系中的安全感，如枯叟所言"我没有灵魂"（I have no ghosts）。④ 英

---

① 转自：Lawrence Durrell, *A Key to Modern British Poetry*, Norman：University of Oklahoma Press, 1970, p. 12.

② 诗歌翻译参考：张剑《干枯的大脑的思索：T. S. 艾略特〈枯叟〉的拯救主题》，载于《外国文学》1997 年第 4 期。

③ Lawrence Durrell, *A Key to Modern British Poetry*, Norman：University of Oklahoma Press, 1970, p. 12.

④ Ibid. , p. 13.

语单词"ghosts"是"鬼魂"的意思，而人只有死去才会有其鬼魂的出现，艾略特对该词的使用旨在形容枯叟行将就木，即便死去也不会有他的鬼魂出现，因为在一息尚存的枯叟身上早已没有了"精气神"。枯叟的独白除了显示出其内心深处的不安感之外，还呈现出他智力的枯竭和对"现代英雄"（modern hero）所生活社会中道德秩序的谴责。达雷尔将枯叟的生活状态描述为"知识分子的裹足不前，他（枯叟）无法前进，只能坐在那里凭借回忆空想"。①

达雷尔认为由诗歌创作反观诗人本身，可以发现丁尼生是位英雄崇拜主义者，而创作《枯叟》时的艾略特则是位愤世嫉俗者。不可否认，丁尼生后期创作的诗歌显露出明显的悲观主义情绪；即便如此，丁尼生与艾略特两位诗人在叙事手段和写作技巧上仍存在显著区别。做出上述判断的同时，达雷尔提出了如下两个问题：①是否能够追溯两位诗人诗歌创作差异的历史原因？②在追踪过去一百年里英国人思想与信念变化的过程中，是否能找到当代英雄主体疲惫不堪的原因？从过去一百年中，英国人科学观与艺术观的变化入手，达雷尔力图给这两个问题做出解答。

地质学与考古学上的重大发现动摇了包括维多利亚时期的英国人在内的欧洲人对《圣经》的笃信；由于《圣经》长期以来是欧洲人艺术思想与道德观的基础，科学在挑战《圣经》真实性和权威性的同时，自然而然地影响、改变着人们的艺术思想与道德观。以《圣经》为依据，维多利亚时期的英国人相信人类历史不足六千年。维多利亚时期的英国人认为上帝在公元前四千年创造了地球，除了因人类祖先亚当和夏娃违反上帝旨意偷吃禁果而被逐出伊甸园远离完美的生活之外，当时的地球和今天的地球并无根本差异。作为维多利亚时期的一门新兴科学，地质学公然向人们的普遍信仰和常识性的思想发难。人们围绕种种地质发现争吵不休，对《创世记》（Genesis）中的"事实"提出质疑被视为

---

① Lawrence Durrell, *A Key to Modern British Poetry*, Norman: University of Oklahoma Press, 1970, p. 13.

亵渎神灵。然而随着 1857 年尼安德特人（Neanderthal Man）遗骸的发现①和达尔文撰写的《物种起源》（*On the Origin of Species*, 1859）的出版，人们逐渐意识到人不是动物界最高尚的成员，而是生物进化过程中的重要一环。这一科学发现与探讨在教堂内外因其激烈的争论，其结果是人走下了神坛，失去了"至高无上"的地位，人不再是"最崇高的动物"（the noblest animal）。

达雷尔引述了英国著名科学史学家舍伍德·泰勒（Sherwood Taylor，1897—1956）的观点，"我个人毫不怀疑地质学与进化论将我们（维多利亚时期及此后的英国人）的英格兰（England）从一个基督教国家转变成了一个无宗教信仰的国家（a pagan nation）"。② 伴随着物质主义论（materialist bias）和新兴实用主义科学（utilitarian science）的发展，"科学证据"（scientific proof）成为维多利亚时期标志性口号之一。

科学的发展正如法国著名哲学家奥古斯特·孔德（Auguste Comte，1798—1857）所说遵循着清晰的历史发展曲线，科学信仰可被分为三个阶段。达雷尔对孔德的观点总结如下：第一个阶段称为"万物有灵论阶段"（animistic stage），在这个阶段里人们相信宇宙由各种形式的神灵统治，其中包括众神、女神和仙女等。在第二个阶段里，这些神话概念具象化并被诸如"力"、"重力"和其他机械观点等概念实体所替代。第三个阶段或称为"纯粹阶段"（positive stage），上述机械观点将在这一时期消失，取而代之的是否定现象论的观点，即自然力量必将消亡，科学已无法为我们解释事物发生的原理；科学被降格为记录事发情况日志的角色，只能在一个临时思想框架内对所发生的事情进行分析。

达雷尔指出"宗教和美学是对抗机械哲学（mechanistic philosophy）或科学物质主义（philosophy of scientific materialism）的两大代表性阵

---

① 1857 年在西德尼安德山谷（Neander Valley）中发现了古人类遗骸，人类学家将其命名为尼安德特人。参见：Frank Thone, "Low-Browed Cave-Men Called Grandparents", *The Science News-Letter*, Vol. 13, No. 353, Jan. 14, 1928, pp. 17 – 18, 25 – 26。

② 转自：Lawrence Durrell, *A Key to Modern British Poetry*, Norman: University of Oklahoma Press, 1970, p. 15。

营。在这两大阵营看来，科学家恰似昔日的神学家一样傲慢地开起了店铺"。① 迄今为止，机械论者所设定的机械世界仅给神灵留有一隅之地。《尤利西斯》时代的物质主义者们已经提出上帝是否可以被某种假定的第一原则所替换的问题，即是否有某种引发人类史的纯化学力量的存在。在科学、地质学、考古学等的四面夹击下，虽徒劳无益，但神学仍顽强抵抗着科学对人类世界的统治。我们所处的是物质主义的时代，理性是统治这一时代的神明。

达雷尔认为《尤利西斯》已经提前一二十年预示了物质主义时代的到来，然而从丁尼生的诗风判断，丁尼生所生活的世界尚未受到威胁，没有受到怀疑与沮丧情绪的影响。由此可见，达雷尔已将丁尼生视为维多利亚时期不断进取的科学思潮的代言人。就丁尼生诗歌中的科学隐喻而言，达雷尔与英国著名生物学家赫胥黎（Thomas Huxley, 1825—1895）持相同观点。1892 年丁尼生辞世后不久，赫胥黎在给迈克尔·福斯特爵士（Sir Michael Foster）的信中问道：

> 丁尼生是不是皇家学会会员（Fellow of the Royal Society）？如果是的话，学会主席和委员会是否该注意到他已去世并派代表参加他的葬礼？您或许早已想到这点。他（丁尼生）是绝无仅有的一位现代诗人，实际上他是自卢克莱修（Lucretius 公元前 99 年—公元前 55 年，罗马哲学家、诗人）之后唯一一位花费精力理解科学家的工作与思想的诗人。②

拉夫堡大学信息科学学院（Department of Information Science, Loughborough University）的梅多斯（A. J. Meadows）教授在研究中发现从 1865 年起丁尼生已经是皇家学会的会员，而赫胥黎本人不仅熟知这一事实还是丁尼生的支持者；皇家学会会员证书上写明了丁尼生的入选资

① 转自：Lawrence Durrell, *A Key to Modern British Poetry*, Norman：University of Oklahoma Press, 1970, p. 19。

② L. Huxley, *Life and Letters of Thomas Henry Huxley*, Vol. II, London：Macmillan, 1900, p. 337.

格：“著名诗人和文学家。热心于科学并希望促进科学之发展。”①

由此可见，达雷尔将丁尼生诗歌中表现出的坚定不移的英雄主义精神归功于丁尼生对维多利亚时期科学发展的确信；与之相比，现代科学发展到艾略特《枯叟》创作时期（20 世纪 20 年代），西方社会对科学确定无疑的信心不再像维多利亚时期那样强大，取而代之的是对现实世界的失控感。达雷尔继续援引伍德·泰勒的文章，阐释了如下观点，即“维多利亚时期从神学到科学的转向使人们离开了祖先栖居的以寺院、宫殿、村舍和教堂等建筑物构成的家园，走进一个精致的科学新城市——如此便利、清洁、布局合理——却丧失了人文主义的柔情与古典美。这一损失从未得到过修复，现代人仍是踯躅大地无家可归的人”。②

《枯叟》向现代人传递的信息在《荒原》（The Waste Land，1922）中被放大。与《枯叟》相似，《荒原》中历史回忆、诗歌与神话混杂交织在一起，枯叟的形象在其中随处可见，向读者传递出“幻灭”的信息。达雷尔并不认为《枯叟》的写作动机仅在于对维多利亚物质主义的反抗，因为物质主义是人类社会的宿敌，新科学发现进一步巩固了物质主义的地位。我们所继承的物质主义哲学遗产应归功于英国著名哲学家托马斯·霍布斯（Thomas Hobbes，1588—1679），应用科学中的发现成为物质主义哲学发展的推动力。霍布斯认为世界由物质和运动构成，唯一的现实是物质；人是一种动物，其身体由物质组成，人的思想和情感是组成他身体的原子机械运动的结果。③

在此基础上，达雷尔指出维多利亚时期的科学发展还揭示了主客体、观察者与被观察者之间的关系问题，这一时期的科学宣称事物判断中绝对客观性的存在。随着爱因斯坦相对论的诞生，上述主客体关系的论述失去其有效性。从诗歌揭示时代特征的视角出发，达雷尔将《尤利西斯》定义为客观诗歌（objective poem），而《枯叟》则是主观诗歌

---

① 转自：A. J. Meadows, "Astronomy and Geology, Terrible Muses! Tennyson and 19th-Century Science", *Notes and Records of the Royal Society of London*, Vol. 46, No. 1, Jan., 1992, pp. 111 –118。

② 转自：Lawrence Durrell, *A Key to Modern British Poetry*, Norman: University of Oklahoma Press, 1970, p. 20。

③ Ibid., p. 21。

（subjective poem）。《尤利西斯》中的相机朝向外部世界，客观记录了英雄的恐惧与思虑，而《枯叟》则恰恰与之相反，相机对准了老英雄内心世界中的隐秘希望和恐惧。

第二节 鲁德亚德·吉卜林的帝国诗歌创作

劳伦斯·达雷尔（1912—1990）与鲁德亚德·吉卜林（Rudyard Kipling，1865—1936）有着相似的生活经历，两人都是殖民者的后代，且都出生于英属印度（吉卜林出生于孟买），达雷尔的出生地是贾朗达尔（Jalandhar）；吉卜林5岁时与家人一起返回英国，达雷尔于11岁时在父亲强迫下回英国接受教育。达雷尔在1931年出版了第一本诗集《离奇片段》（Quaint Fragments），1935年出版了第一部小说《恋人们的吹笛手》（Pied Piper of Lovers）。20世纪30年代，达雷尔开始文学创作的时候吉卜林早已是家喻户晓的著名作家。凯文·克罗斯利·霍兰（Kevin Crossley-Holland）分别挑选了吉卜林的七首诗歌和五首达雷尔的诗歌编入《牛津旅行诗歌集》（The Oxford Book of Travel Verse，1989）中，从诗歌选材上凸显了两位诗人帝国旅行诗人的身份特征。鉴于二者生平与诗歌创作上的相似之处，不难看出前驱作家吉卜林对达雷尔文学创作的影响。在《现代英国诗歌》中达雷尔通过对吉卜林诗歌的评价，侧面抒发了自己对吉卜林创作思想的赞扬。

达雷尔指出尽管吉卜林是一位颇具争议的诗人，但如从吉卜林创作的时代背景与殖民政治需要角度对其文学创作进行评价的话，吉卜林无疑是现代英国文坛屈指可数的重要诗人之一。吉卜林将自己视为过时了的部落诗人（old-fashioned tribal bard），认为自己的诗歌表现了维多利亚中期"基督教的强大与精神进步"。[①] 达雷尔对吉卜林的评价是"作为殖民主义者，他（吉卜林）试图让自己比英国人更具英国气质；作

---

① Lawrence Durrell, *A Key to Modern British Poetry*, Norman: University of Oklahoma Press, 1970, p. 92.

为一个云游四方的人，他能直接掌握广袤帝国版图的信息，了解我们国家（英国）所面临的诸多问题，而这些问题多产生于慷慨大方的我们（殖民主义者）按上帝旨意给'野蛮人'带来秩序的过程中"。①

在揭示吉卜林为英国殖民政治正名的创作动机的同时，达雷尔将批评视角转向同时期的英国国内，就英国人民族性格的缺陷详加阐释。达雷尔认为维多利亚时期（英国人）的野蛮性（barbarism）令人回想起伊丽莎白时代，其中还有自欺欺人和伪善的元素。以著名戏剧作家萧伯纳（Bernard Shaw，1856—1950）和小说家 H. G. 威尔斯（H. G. Wells，1866—1946）为代表的费边主义批评者们（Fabian critics）经历第一次世界大战的精神创伤之后深刻批判了英国人的上述劣根性。对吉卜林而言，英国与帝国均被视为象征而充分享有诗意的合法性（poetic validity），然而所谓合法的诗歌象征在针对帝国各地立法之社会正义性的虔诚的自我质疑中彻底失效。

吉卜林诗歌成功的关键在于诗歌内容与语言的平民化和诗歌风格的新闻化。在取材于民的基础上，吉卜林将自己学习到的新闻知识②运用于诗歌写作之中，发展出诗歌报道（verse reportage）式的创作方式。据此创作的诗歌虽以粗糙文风为特征，却令人惊奇地承载着诗人的个人权威，这一权威具有催眠公众的效果（hypnotize a public）。③ 吉卜林诗歌中的"个人权威"与"催眠"效果从某种程度上讲，来自英国民众对吉卜林殖民地生活经历和与之相关的权威政府机构的偏信。1900 年 12 月 8 日出版的《英国医学杂志》（*The British Medical Journal*）上刊登了一篇题为《鲁德亚德·吉卜林先生谈鸦片问题》的文章，该文章竟违反

---

① Lawrence Durrell, *A Key to Modern British Poetry*, Norman: University of Oklahoma Press, 1970, p. 92.

② 格林（H. M. Green）撰文阐释了吉卜林的新闻业教育背景与其文学创作之间的密切联系，"他（吉卜林）的文学创作始于他的新闻界从业经历，他将新闻工作者的某些典型特征带入文学创作中。对作为文学家的吉卜林而言新闻业可被视为极佳的培训学校，这里倡导简洁、凝练和率直的写作风格"。H. M. Green, "Kipling as a Journalist." *The Australian Quarterly*, Vol. 4, No. 13 (Mar., 1932), pp. 111 – 120。

③ Lawrence Durrell, *A Key to Modern British Poetry*, Norman: University of Oklahoma Press, 1970, p. 93.

医学常识与医学道德全盘接受了吉卜林的鸦片无害论。"吉卜林将其视为不争的事实，即：经常吸食鸦片的印度本地人能够从事高强度体力劳动；他（吉卜林）还断言吸食鸦片的人不易染上'该国热病'（the fever of the country）疟疾。鸦片有治疗疟疾的功效。……吉卜林认为吸食鸦片上瘾只是个别现象"。《英国医学杂志》之所以认同吉卜林的观点主要是因为"没有人比吉卜林更了解印度；有意思的是他（吉卜林）的观点与鸦片委员会（the Opium Commission）的结论高度一致"。①

吉卜林的诗歌和散文均能在不同程度上引发读者的反应。达雷尔引用英国著名作家格雷夫斯（Robert Graves，1895—1985）对吉卜林的评论，生动地诠释了吉卜林在大英帝国士兵当中的影响力：

> 吉卜林不仅给英裔印度管理者送去了自己的《申命记》（Deuteronomy《旧约圣经》中的第五本书，其中包含摩西律法的第二项陈述；也为"预言"之意），还为驻扎印度的英国列兵送去了诗歌：《三个士兵》（Soldiers Three）和《营房谣》（Barrack Room Ballads）。……1887 年至 1914 年全职士兵越来越像吉卜林的士兵——在想象的层面上具有某种超乎寻常的感觉……此后，吉卜林以近乎相同的方式对商船队（Merchant Service）进行了文学熏陶，为他们赦免罪责。再后来，对宗教事务一向保守的皇家海军也受到了吉卜林咒语的影响。水手对吉卜林提出的仅有的两个前提条件是：写作中术语使用要精确，并时刻牢记他们（水手们）的宗教情感，吉卜林成功地察觉并恪守了这两个条件。②

实际上，格雷夫斯对吉卜林始终持批判态度，意在阐明吉卜林如何成功地使追随他的后人感到厌恶和愤怒；这代人的幻灭感在第一次世界

---

① "Mr. Rudyard Kipling On The Opium Question", *The British Medical Journal*, Vol. 2, No. 2084, Dec. 8, 1900, pp. 1656 – 1657.

② 转自：Lawrence Durrell, *A Key to Modern British Poetry*, Norman：University of Oklahoma Press, 1970, p. 93.

大战的战场上遍地开花。达雷尔认为格雷夫斯对吉卜林的评价有失公允，因为格雷夫斯并未提及吉卜林作为公众神话制造者的身份，也没揭示吉卜林诗歌中蕴含着的与众不同的神秘特征。

抛开吉卜林诗歌中令今人感到乏味、庸俗的政治信仰不谈，达雷尔认为吉卜林的诗歌创作天赋仍值得后人称赞。"吉卜林具有著名诗人们才有的才能——能让他的诗句深深地嵌入人们的神经系统，或曰人们的记忆之中"。① 以吉卜林的诗歌《如果》（If）② 为例，达雷尔指出虽然该诗中所表达的情感已经过时，但从艺术创作和社会文献的角度出发，该诗仍然具一定研究价值。从结构上看，《如果》虽是一首节拍十分规则的简单诗歌，却有其自身的准则和形式；而该诗的社会学视角则更加引人入胜。达雷尔认为《如果》一诗对英国人的重要性不亚于摩西《十诫》（Ten Commandments）在犹太人心目中的地位。这首诗总结了英国人对自身品质的要求与认可。吉卜林准确地捕捉并描绘了大英帝国的武士准则（the code of the Samurai of the British Empire）。该诗备受英国人喜爱并广为流传。达雷尔用自己的亲身经历证明了《如果》一诗在印度殖民地受欢迎的程度。达雷尔指出这首诗不仅表现了第一次世界大战之前英国人的自我评价，还是现今众多英国人自我认同的依据。

吉卜林诗中所说的"人"（man）实际上指的是"绅士"（gentleman），而"绅士"这一神秘且引人入胜的象征一直萦绕在每位普通英国人的心头；"绅士"的象征影响他们的思维习惯、衣着风格，还经常左右他们的讲话方式。要想了解英国人独特的脾气秉性，必须对这一象征在英国人潜意识里的内涵有所认识。达雷尔认为英国从本质上讲具有贵族、君主和堂·吉诃德式（空想、不切实际）的社会结构。尽管我

---

① Lawrence Durrell, *A Key to Modern British Poetry*, Norman: University of Oklahoma Press, 1970, p. 94.

② 《如果》创作于 1895 年，1910 年首次在诗集《奖赏与仙女们》（*Rewards and Fairies*）中发表。该诗旨在向英国殖民主义政治家林达·斯塔尔·詹姆森（Leander Starr Jameson, 1853—1917）致敬。诗歌以父亲给儿子忠告的形式出现，被誉为维多利亚时期倡导禁欲主义的文学代表。参见：Geoffrey Wansell, "The remarkable story behind Rudyard Kipling's 'If' -and the swashbuckling renegade who inspired it", *Mail Online*, 20 February 2009.

们现在或许会取笑吉卜林的《如果》，然而毫无疑问的是，英国人潜意识里仍受"贵族、君主和堂吉诃德式"的思想所控制。每个人都想成为吉卜林笔下的绅士；受出身和教养所限无法成为绅士的人潜意识里会极力模仿吉卜林所描述的绅士形象。

达雷尔认为吉卜林诗歌中理想"绅士"的品质，如无畏（courage）、尊贵（dignity）、无私（unselfishness）等是优秀的伦理目标（excellent ethical objectives）。此外，达雷尔继续强调了吉卜林诗歌中所赞扬的英国人的"武士精神"，因为无论如何"武士精神"已成为英国人生活中不可或缺的行为准则。"这一准则已渗入英国人的政治、日常生活和社会行为之中，政治领域内的每次慷慨冲动（generous impulse）几乎都与这一准则下塑造的英国人的品性有关"。① 达雷尔提出并解答了如下问题：既然吉卜林在《如果》中倡导的"绅士"品质如此重要，为何今人却对该诗嗤之以鼻？答案在于"绅士"一词中蕴含着的"高尚"（gentle）元素已经改头换面，被打上了资产阶级的印记并以资产阶级的形式（bourgeois form）呈现于世人面前。"绅士"气质或曰"高尚性"（gentleness）已被"教养和出身"（gentility）所取代。然而作为资产阶级行为标准的"教养和出身"并非源自精神素养，而与粗俗、平庸的偏见密切相关。

达雷尔指出就英国人"绅士"品质的探讨而言，吉卜林的不足之处在于将英国人潜在的"绅士"心理意识变成了过于直白的行为规范（a code of behaviour），而此种"绅士"行为规范又被虚假的绅士阶层拙劣地模仿，被中产阶级粗俗的优势情节（gross superiority complex）和帝国殖民元素所利用。殊不知，吉卜林不过是真实地描述了他的见闻。或许导致"绅士"内涵变质的罪魁祸首应该是兴办工业的中产阶级。因为吉卜林创作期间正是英国贵族社会伦理道德价值逐渐下滑的时期；从某种层面上看，这一时期恰似伊丽莎白时代晚期的翻版，唯利是图的新兴中产阶级和游手好闲的骑士比比皆是。

---

① Lawrence Durrell, *A Key to Modern British Poetry*, Norman: University of Oklahoma Press, 1970, p. 96.

与此同时，达雷尔还认为吉卜林赞颂的真正英国绅士品质的消失与英国社会主义思潮的消退之间存在着一定关系。英国第一个社会主义组织①成立于 1881 年，威廉·莫里斯（William Morris，1834—1896）是该组织的支持者之一。费边社成立于 1883 年吸引了大量年轻有为的具有社会主义思想的人才。然而令人遗憾的是正当帝国主义和爱国主义的情绪高涨之际，社会主义思潮却日渐衰落。达雷尔认为英国中产阶级在波尔战争（The Boer War，1880—1881）和第一次世界大战（the Great War，1914—1918）中起着决定性作用，两次战争的历史也奠定了吉卜林描述中产阶级的诗歌的基调。达雷尔指出对"中产阶级"一词的使用是经过深思熟虑的，因为达雷尔认为吉卜林经常会对所谓"绅士"（实际上是"中产阶级"）的麻木和缺乏想象力的懒惰感到沮丧甚至恼火；吉卜林不无讽刺地将"中产阶级"比作"穿着法兰绒裤子打板球的愚人"和"球场上浑身是泥的畸形儿"，其中显示出吉卜林对接受英国公立学校教育的男孩子们精神懒惰和拒绝成为优秀帝国建设者的心态的不满。

第三节　杰拉德·曼利·霍普金斯作为
宗教诗人的语言创新

1918 年英国著名诗人杰拉德·曼利·霍普金斯（Gerard Manley Hopkins，1844—1889）的遗嘱执行人罗伯特·布里季（Robert Bridges）出版了霍普金斯的第一本诗集。达雷尔指出以耶稣会牧师身份从事诗歌写作的霍普金斯深刻影响了 20 世纪 30 年代英国诗人的创作。霍普金斯独特的个人创作风格与其诗歌主题、内容之间的完美匹配无人能够模

---

① 达雷尔所说的"英国第一个社会主义组织"指的是"社会民主联合会"（the Social Democratic Federation），此后由该组织发展出"独立工党"（the Independent Labour party）、"工党"（the Labour party）和英国共产党（the Communist party of Great Britain）等组织。参见：Andrew Thorpe, "Review of The Rise of Socialism in Britain, c. 1881—1951 by Keith Laybourn", *The English Historical Review*, Vol. 113, No. 454, Nov., 1998, pp. 1370 – 1371。

仿，然而常见于其诗歌中的音乐对位手法又极易成为尚无自己风格的年轻诗人们竞相模仿的对象。达雷尔试图从"宗教热情"和"语言创新"两方面入手阐释霍普金斯的诗歌创作。

达雷尔之所以将霍普金斯的诗歌称为"宗教热情诗"（poetry of religious enthusiasm）是因为他的诗歌体现出"用词和逻辑上的大胆尝试与严格的形式和情感控制之间的有机结合"①。达雷尔认为尽管就诗歌主题而言霍普金斯与玄学派和宗教诗人有相似之处，然而就上述两方面的有机结合而言霍普金斯的诗歌无人能及。

达雷尔指出霍普金斯并非"普世诗人"（universal poet），因为他虽以美妙的诗歌语言充分展现了自己精神世界中的痛苦与忧虑，诗歌中却没有传递捕获、驾驭现实经历的名言警句式的表述，恰如T. S. 艾略特所写："我去过那里，却无法言说。"②尽管霍普金斯的所有诗歌均如同匕首一般直指"彼岸"，但霍普金斯抵达真理"彼岸"的努力始终未果。达雷尔将霍普金斯比作现代坦塔罗斯（Tantalus）③，诗歌中充满无法满足的对"彼岸"的渴望。

评论家们聚焦于霍普金斯牧师与诗人两种职业之间的区分，提出如下问题：霍普金斯的耶稣会牧师身份是否会对其文学创作带来不良影响还是能对其创作起到促进作用？文学评论家罗宾逊（John Robinson）写道："几乎50年前从I. A. 理查兹（I. A. Richards）、燕卜荪（William Empson）和里德（Herbert Read）的批评开始，人们针对该问题就一直争执不休，霍普金斯被冠以被麻木不仁的环境所扼杀了的幼稚天才的极具浪漫色彩的称呼。"④达雷尔认为霍普金斯的宗教使命与其诗歌才能之间确实存在不可调和的冲突，宗教职业在很大程度上限制了霍普金斯诗歌

---

① Lawrence Durrell, *A Key to Modern British Poetry*, Norman: University of Oklahoma Press, 1970, p. 165.

② Ibid., p. 166.

③ 希腊神话中的人物，传说坦塔罗斯在地狱底下暗无天日的深渊（Tartarus，塔耳塔罗斯）经受着永恒的惩罚：他站在水滩之中，头顶是压弯的果枝。他总也无法摘到上面的果子；他想俯身喝水，水却消失。参见：http://en. wikipedia. org/wiki/Tantalus。

④ 参见：Todd K. Bender, "Review of *In Extremity*: *A Study of Gerard Manley Hopkins* by John Robinson", *Victorian Studies*, Vol. 22, No. 2, Winter 1979, pp. 224 – 225。

才能的发挥；读者在其诗歌中能明显看到诗人刻意控制文风及由此而导致的句式转换的痕迹。达雷尔以"滔滔江水从水管喷射而出"和"被阵阵闪电时断时续照亮的大地"① 这两个比喻来形容霍普金斯诗歌韵律的强度。

达雷尔认为霍普金斯诗歌的不足在于诗中抒发的感情过于充沛，遣词造句的声调令人联想到怒火中烧或自觉羞愧的人发出的声音；霍普金斯同时代诗人布里奇（Bridges）和帕特莫尔（Patmore）对此也颇有微词，霍普金斯在其书信集（*Letters*）中对自己的风格解释道："……务必要记住我写的诗与其他鲜活的艺术一样是为了用于表演，不是用眼阅读而是从容不迫地富有诗意（不是修辞）的高声朗诵，其间可有较长的停歇、拉长韵律或突出特定音节等声音效果。"② 霍普金斯将其诗歌韵律称为"跳跃韵"（一种以讲话的正常节奏为基础的英诗格律），并指出这种韵律的使用受到盎格鲁—撒克逊语（Anglo-Saxon）的启发。达雷尔指出霍普金斯的选词明显带有简短、生硬的撒克逊语痕迹，这应与他的词源学研究密不可分。

达雷尔列举了霍普金斯诗歌中出现的高频词，如热情（pash）、碎片（mammock）、对手（rival）、犁沟（sillion）和举起（heft）等，这些词均源自霍普金斯的词源学研究。霍普金斯反对当时盛行的模糊不清、多愁善感的诗歌用词，认为"ere"（之前）、"o'er"（在…之上）、"wellnigh"（几乎）、"what time"（何时）和"say not"（不要说）等词的使用看似威严，但既非来自普遍使用的现代语言，又对语言的提升毫无功效。霍普金斯决心用最自然的方式表达自己的强烈感受。

然而以此种不熟悉的韵律写作给霍普金斯带来了音韵标记上的问题。霍普金斯就此做出如下阐释：写作中的标记旨在分清主语、动词和宾语并能经视觉得以认知，人们通过标点符号部分实现了上述目标，德国人从某种程度上依靠大写字母，西伯来人使用重读。……此

---

① Lawrence Durrell, *A Key to Modern British Poetry*, Norman: University of Oklahoma Press, 1970, p. 167.

② Ibid. , p. 170.

外，韵律标记（metrical marks）的使用是为了演出的需要，这种标记在各种艺术中均可使用。①

1882 年霍普金斯开始系统研究古英语，在此之前他早已对词源学产生了兴趣并认识到净化语言的重要性。当时人们将对盎格鲁—撒克逊语的研究视为时尚潮流，人们常以远古盎格鲁—撒克逊英雄的名字给自己的孩子起名。英国诗人、语言学者威廉姆·巴恩斯（William Barnes，1801—1886）是盎格鲁—撒克逊语的坚决支持者。他出版了《早期英格兰和撒克逊英语》（*Early England and the Saxon-English*，1869）和《英语演说技巧纲要》（*Outline of English Speech-Craft*，1878），倡导英语的纯化。

达雷尔指出巴恩斯本人在使用纯化了的英语进行文学创作方面树立了榜样，他的作品读起来令人感到古怪但却充满魅力。"巴恩斯的创作很可能给霍普金斯带来了灵感"。② 此外，霍普金斯还研究了威尔士语、爱尔兰语、马耳他语，甚至兰开夏方言。写作中霍普金斯常涉及埃及古语（Coptic）和各种埃及语；在此基础上，他还探讨了与之相关的哲学问题。总而言之，达雷尔认为霍普金斯的诗歌为英语平添了新鲜特质，以其新颖独特的个人风格丰富了英国文学的宝库。

---

① Lawrence Durrell, *A Key to Modern British Poetry*, Norman: University of Oklahoma Press, 1970, p. 171.

② Ibid. , p. 176.

第十二章

《萨福:诗剧》中的帝国政治与伦理悖论

《萨福：诗歌剧》（*Sappho：A Play in Verse*，1950）中，达雷尔分别巧妙借用了古希腊女诗人萨福的传说成功地进行了自己的戏剧创作。看到戏剧标题，读者自然会联想到公元前六世纪古希腊放荡不羁的女同性恋诗人萨福①。在对萨福人物角色、故事发生背景与情节进行改编的基础上，达雷尔从现代人的视角出发探讨了政治欲望与伦理诉求之间相克相生的复杂关系。

第一节　帝国政治背后的"阴谋"

继埃及、罗德岛、南斯拉夫之后，1953—1956 年在英属塞浦路斯短暂居住的三年可被视为达雷尔英国外交官生涯的终结。塞浦路斯旅居经历让达雷尔目睹了大英帝国的没落。加拿大西蒙弗雷泽大学世界文学教授肯恩·圣君（Ken Seigneurie）认为，达雷尔的小说《亚历山大四重奏》应被归类为英国殖民后期的文学作品，而此类文学作品具有辞

---

① Anne L. Klinck, "Sappho's Company of Friends", *Hermes*, 136. Jahrg., H. 1 (2008), pp. 15 – 29.

旧迎新的作用,是在业已开始坍塌的帝国和新兴后殖民主义之间搭建的一座桥梁。① 实际上,早在 1950 年出版的戏剧《萨福:诗歌剧》中,达雷尔就已经对"帝国"政治的"合法性"与"合理性"等问题提出了质疑。在《萨福:诗歌剧》中达雷尔以寓言的方式将戏剧场景设置于无确定现实历史时间指涉的古希腊莱斯博斯岛 (Lesbos),从人类远古时期的历史经验出发彻底否定殖民主义"合法性"的同时,达雷尔指出所谓的"帝国"不过是少数人为满足一己私利而使用的政治工具。

在《萨福:诗歌剧》中,达雷尔以古希腊女诗人萨福为主人公讲述了希腊莱斯博斯岛上庇达卡斯将军的帝国政治及在此政治背景下庇达卡斯、萨福、克里翁和狄俄墨得斯等人各自的道德"阴谋"。透过该剧,达雷尔提出并解答了如下问题:①帝国思想如何影响日常生活和人们的伦理道德判断? ②为何庇达卡斯所倡导的以"安定、自由、和平、统一"为旨归的帝国政治成为牟利、屠杀、暴政、乱伦等伦理罪恶的温床?

南加利福尼亚大学古典文学教授托马斯·哈宾耐克 (Thomas Habinek) 在俄克拉荷马州古典文学格林 (Ellen Greene) 副教授的专著《重读萨福:接受与传播》(*Re-Reading Sappho*:*Reception and Transmission*,1999) 前言中写道:"每一代人都根据自己所属时代的需求与喜好创造着的属于自己时代的萨福。"② 哈宾耐克所说的"创造萨福"仅限于对解读萨福诗歌的层面,而达雷尔戏剧对萨福的再造则是将萨福从女同性恋诗人的扁平人物形象中解放出来,赋予她情人、妻子、女预言家、母亲和政治家的原型人物形象。

《萨福:诗歌剧》第五幕结尾萨福对奄奄一息的狄俄墨得斯倾诉了自己内心的负罪感,因为庇达卡斯将军以莱斯博斯岛为中心的希腊帝国梦源自萨福一时兴起的私心。萨福是商人克里翁的妻子。虽为克

---

① Ken Seigneurie, "Decolonizing the British: Deflections of Desire in The Alexandria Quartet", *South Atlantic Review*, Vol. 69, No. 1, Winter 2004, pp. 85 – 108.

② Ellen Greene, *Re-Reading Sappho*:*Reception and Transmission*, Oakland: University of California Press, 1999, p. XII.

里翁生育一对子女，但年轻的萨福却因与克里翁年龄间的巨大差距不能坚守妇道而先后与庇达卡斯和庇达卡斯的弟弟费恩通奸。按照女预言家仪式要求，萨福戴上了神奇的金面具却没喝女预言家的神水；在没有神水作用的情况下，通过女预言家之口萨福传达了自己的意愿。因厌倦了与庇达卡斯间的婚外情关系，萨福利用自己莱斯博斯岛女预言家的角色扮演成功说服庇达卡斯离开莱斯博斯岛外出远行探险、征战异邦。在征服他国的过程中，庇达卡斯养成了嗜血性格和殖民暴君的占有欲。

第二节　帝国欲望与道德惩罚

　　萨福的私欲成为推动整部戏剧进程的原动力，在帝国思想作用下莱斯博斯岛民丧失了正确的伦理道德判断，心甘情愿地被捆绑于帝国战车上而成为帝国傀儡。以社会阶层为区分标准，"帝国傀儡"包括贵族与平民两类；贵族趁机牟利，无知平民被统治者利用甘愿成为帝国炮灰。

　　莱斯博斯岛的"帝国"概念尚未提出之前，以狄俄墨得斯和克里翁为代表的贵族阶层已经开始享受"帝国"政治为他们带来的福利。在与儿子的未婚妻克洛伊的对话中，宿醉不起的狄俄墨得斯袒露了"帝国"获利者的心声。

　　　　克洛伊：如果你儿子看到你现在……

　　　　躺在那儿——

　　　　狄俄墨得斯：头上戴着诗人的桂冠——

　　　　克洛伊：而他却与他的部下在战场上，

　　　　在雅典城墙下，

　　　　冒死为我们战斗。

　　　　狄俄墨得斯：神气十足！他为我打仗，

我为他喝酒。各司其职![1]

　　拥有土地、房产和奴隶的狄俄墨得斯并不关心儿子的生死,儿子的不在却在某种意义上为其寻欢作乐提供了便利条件。除此之外,狄俄墨得斯还对未来的儿媳克洛伊怀有不可告人的感情。狄俄墨得斯的儿子跟随庇达卡斯将军进攻雅典,因贪生怕死,临阵逃脱而被庇达卡斯当场杀死。庇达卡斯凯旋告知莱斯博斯岛百姓狄俄墨得斯的儿子战死沙场。

　　前美国乔治亚南方大学英语及哲学系尼科尔斯(James R. Nichols)教授认为:“狄俄墨得斯因为儿子的死而自杀;二者(狄俄墨得斯父子)之死令萨福自责。”[2] 通过文本细读可以发现,尼科尔斯教授的观点并不成立,戏剧第五幕中狄俄墨得斯服毒自尽并非因儿子之死伤心欲绝之举,而是狄俄墨得斯良心自我谴责的结果。

　　狄俄墨得斯服毒自尽是对自己“乱伦欲望”的道德判决。戏剧刚一开始,萨福在与迈诺斯的谈话中指出狄俄墨得斯好像恋爱了,临死之前狄俄墨得斯对萨福坦言自己的自杀与儿子的死无关,而是出于对未来儿媳的不伦之恋。

　　　　狄俄墨得斯:这才是我的死因。
　　　　萨福,我爱上了克洛伊。
　　　　五十五岁的滑稽演员恋爱了……
　　　　一个胖男人爱上了他儿子的年轻妻子。
　　　　这令我深感羞耻。
　　　　……
　　　　最后当我获知我儿子已死的消息的时候——

①　Lawrence Durrell, *Sappho: a play in verse*, London: Faber and Faber, 1967, p. 15.

②　James R. Nichols, “Ah, the Wonder of My Body; The Wandering of My Mind: Classicism and Lawrence Durrell's Literary Tradition”, *Twentieth Century Literature*, Vol. 33, No. 4, *Lawrence Durrell Issue*, Part Ⅱ, Winter 1987, pp. 449 – 464.

你能猜到吗，萨福？

知道我当时的感觉吗？快乐，无法言说的快乐。

巨大的喜悦，因为她（克洛伊）自由了。

然而这种喜悦是常人无法忍受的——你知道吗？①

由此可见，狄俄墨得斯内心深处有一个压抑已久的乱伦情节；从某种意义上讲，儿子的死恰是狄俄墨得斯愿望的达成。然而在愿望达成之际，狄俄墨得斯却良心发现，认为与其说是儿子战死沙场或被庇达卡斯所杀，不如说是自己欲望的牺牲品，因为儿子出征不归，恰是自己享受与克洛伊在一起的快乐时光的前提条件。据此来看，狄俄墨得斯认为自己才是杀害儿子的罪魁祸首，而服毒自杀则是狄俄墨得斯忏悔后的自我惩罚。

莱斯博斯岛富商克里翁是"帝国"政治的另一位受益者，然而他对财富的占有欲却被庇达卡斯充分利用。从牟利的角度出发，克里翁是庇达卡斯领导下"帝国"政治的忠实支持者。在与萨福的对话中克里翁直言不讳地阐述了自己借助"帝国"力量发财致富的动机。

萨福：获得这些财富后又会怎样？

克里翁：优先权！这样一来，我在政治中就有发言权了。

庇达卡斯将以征服者的形象凯旋。

雅典将沦陷。人们已经开始跟我们的庇达卡斯公开谈论帝国的事情，

而庇达卡斯将以僭王（tyrant）的身份管理帝国。

所谓的民主讨论将被废除。

知道吗？盐、小麦、炭、皮革和蜂蜜的特许经销权将随之而来。

特洛阿司的海绵可被用来换取造船用的木材、麝香和铅等原料。

莱斯博斯将称为世界商贸中心。

---

① James R. Nichols, "Ah, the Wonder of My Body; The Wandering of My Mind: Classicism and Lawrence Durrell's Literary Tradition", *Twentieth Century Literature* Vol. 33, No. 4, *Lawrence Durrell Issue*, Part Ⅱ, Winter 1987, pp. 145 – 146.

我们必须跟上时代的变化。我必须增强我的力量,我必须
购买。①

达雷尔在此巧妙地将"帝国"概念一分为二加以批判,它们分别
是庞达卡斯的军事、政治帝国概念和克里翁的经济、商业帝国概念,两
者相辅相成、互为依存。戏剧以克里翁雇佣潜水高手庞达卡斯的同胞兄
弟费恩下潜到已被海水淹没的埃雷索斯古城区去寻找土地所有权文书开
始。克里翁对莱斯博斯岛内土地所有权的争夺与庞达卡斯岛外开疆扩土
并存,成为贯穿该剧始终的两条平行叙事主线。

在财富占有欲的驱使下,克里翁不顾与狄俄墨得斯之间的友谊与狄
俄墨得斯的丧子之痛,执意以土地所有权文书为依据索要狄俄墨得斯的
土地。与庞达卡斯的对话中,克里翁坦言:"当今唯一留存的诗歌在于
财产和财产在国家事务中所具有的影响力。"② 为了占有更多财富,克
里翁表示愿听命于庞达卡斯。为了利用克里翁的财力壮大自己的军事力
量,庞达卡斯许诺将克里翁任命为阿提卡大区(Attika)③ 行政官。

然而克里翁不过是庞达卡斯实现自己帝国梦想的一枚棋子,为将克
里翁的财产据为己有,用于军队招兵买马,庞达卡斯故意隐瞒克里翁与
萨福之间并非父女关系的事实。

在费恩帮助下,克里翁重获地契的同时还发现了他前妻留下的未写
完的书信,信中提及名为萨福的女童。克里翁认为萨福是在他出门做生
意期间前妻所生的女儿,受重男轻女思想的影响,克里翁前妻不齿将女
儿出生的消息告知远在他乡的克里翁,并最终导致克里翁与"亲生女
儿"萨福结婚生子的乱伦事件。因此,克里翁无意间违反了乱伦的伦
理禁忌;根据莱斯博斯岛法律,克里翁的财产将被没收充公,而他本人

---

① James R. Nichols, "Ah, the Wonder of My Body; The Wandering of My Mind: Classicism and Lawrence Durrell's Literary Tradition", *Twentieth Century Literature* Vol. 33, No. 4, *Lawrence Durrell Issue*, Part Ⅱ, Winter 1987, p. 32.

② Ibid., p. 116.

③ 阿提卡大区(英语:Attika,希腊语:Αττική)是希腊首都雅典所在的大区,也是古希腊对这一地区的称呼。参见:https://en.wikipedia.org/wiki/Attica。

将被放逐科林斯湾。原本可使克里翁成为莱斯博斯岛首富的一纸契约，却让克里翁陷入乱伦危机与钱财尽失的悲惨境地。达雷尔对"帝国商人"克里翁辛辣的讽刺与批判可谓独具匠心。

实际上，克里翁的"乱伦罪"是庇达卡斯操纵事实的结果。十五年后，被萨福率领的科林斯联军打败的庇达卡斯逃命于弟弟费恩归隐的无名小岛。谈及被当作人质的萨福的女儿时，庇达卡斯向费恩讲述了事实真相，即费恩潜入古城找到地契等文书之后，其他潜水员也曾潜入古城并带回许多户籍登记的文件；这些文件显示，所谓克里翁的"乱伦事件"实际上是个天大的错误。① 萨福与克里翁之间并无父女血缘关系，而克里翁的财产被没收充公以及克里翁和萨福被放逐均系庇达卡斯一手策划。

在以莱斯博斯岛为中心的"帝国政治"中，庇达卡斯既是最大赢家又是最大输家。"帝国"的宏伟蓝图、"僭王"的称号和独裁统治的权力令庇达卡斯丧失了人性，将他人作为实现自己"帝国"野心的工具。庇达卡斯通过杀戮与阴谋成功建立了莱斯博斯帝国，维持了十年"僭王"的独裁统治。为使放逐科林斯湾的萨福为己所用，庇达卡斯扣押了萨福的孩子。如庇达卡斯所说，他将萨福的孩子当自己的孩子一样对待；然而，萨福长子和庇达卡斯一起在抗击海岛的冲突中意外中箭身亡，儿子的死使萨福性情大变，为复仇萨福联合科林斯湾统治者组建了强大的反击庇达卡斯的盟军，用钱财收买了庇达卡斯的将军，最终打败了庇达卡斯的军队，攻占了莱斯博斯岛。在"复仇"过程中，萨福建立了比此前莱斯博斯帝国更强大的帝国，并成为名副其实的帝国统治者。被困荒岛的庇达卡斯向在此生活的弟弟费恩发出无奈的感叹：

（帝国）所剩仅此而已。偌大帝国

浓缩于一个患病且年老的躯体，

躯体的所有者是位失算的僭王。可是，费恩，

---

① Lawrence Durrell, *Sappho: a play in verse*, London: Faber and Faber, 1967, p. 177.

事情原本可以朝着另一个方向发展:

十年来莱斯博斯一直主宰着爱琴海域和周边小岛。

这也是若干年来,我名声的基础所在,

没人怀疑我制定的法律。

我原本可以在自己的土地上颐养天年,

享受着平静,但这一切都被改变……①

在复仇心驱使下,萨福最终将被困荒岛的兄弟俩庇达卡斯和费恩杀死。尼科尔斯教授指出:《萨福:诗歌剧》应被视为一部经典道德悲剧。毫无疑问,该剧不带基督教和寓言的色彩,却清晰地阐释了人在宇宙中的正确地位问题,其中涉及人类贪慕虚荣的本质、不择手段追求自我人生价值的野心,然而世俗的成就却因否定了人与人之间亲密无间的联系而不具任何意义。②

戏剧结尾,因复仇而双手沾满鲜血的萨福将失散已久的女儿召唤到身边时发现自己竟失去了母爱的本能,不是将女儿拥入怀中,却问女儿:"你怕我吗?"③ 如萨福所说是恐惧而不是爱情让她变得强大。然而为萨福所不知的是,"丧子失女"的恐惧激发出她内心邪恶的复仇欲望,并最终导致血腥杀戮、生灵涂炭的恶果。达雷尔为读者描绘了萨福内心善恶转换的图式,即母性—复仇欲—母性。母女重逢之际,萨福却因恶之深而对自身的母性产生了怀疑。"你怕我吗"与其说是对女儿的提问,毋宁说是萨福对是否具有母性之善的自我良心的拷问。

---

① Lawrence Durrell, *Sappho: a play in verse*, London: Faber and Faber, 1967, p. 174.

② James R. Nichols, "Ah, the Wonder of My Body; The Wandering of My Mind: Classicism and Lawrence Durrell's Literary Tradition", *Twentieth Century Literature*, Vol. 33, No. 4, *Lawrence Durrell Issue*, Part Ⅱ, Winter 1987, pp. 449 – 464.

③ Lawrence Durrell, *Sappho: a play in verse*, London: Faber and Faber, 1967, p. 185.

附　　录

劳伦斯·达雷尔生平及主要作品

1912 年　出生于英属印度贾郎达尔市（Jalandhar, British India），母亲路易莎·弗洛伦斯·迪克西（Louisa Florence Dixie）和父亲劳伦斯·塞缪尔·达雷尔（Lawrence Samuel Durrell）分别是印度出生的爱尔兰裔和英格兰裔殖民者的后代。

1923 年　达雷尔被送回英格兰接受教育，先后就读于圣奥拉夫文法学校（St. Olave's Grammar School）和位于坎特伯雷的圣埃德姆德学校（St. Edmund's School）。

1931 年　出版第一本诗集《古怪的片段》（*Quaint Fragments*）

1935 年　与南希·伊莎贝儿·迈尔氏（Nancy Isobel Myers）结婚。同年，达雷尔说服妻子、母亲和兄妹移居希腊科孚岛以便逃离英国的天气和令人窒息的英国文化——达雷尔所说的"英国之死"；一家人在小岛上过着经济舒适的生活。

1935 年　劳伦斯·达雷尔首部小说《恋人们的吹笛手》（*Pied Piper of Lovers*）由卡塞尔（Cassell）出版社出版。达雷尔偶然得到亨利·米勒于 1934 年出版的小说《北回归线》（*Tropic of Cancer*）。达雷尔致信亨利·米勒表达自己对米勒的仰慕之情，并开启了二人长达 45 年的友谊。

1938 年　《黑书》（*The Black Book*）于巴黎出版，1973 年该书在

英国出版。

　　1940 年　达雷尔与南希生得一女名为佩内洛普·贝伦加丽娅（Pe-nelope Berengaria）。第二次世界大战爆发，希腊沦陷后，达雷尔与南希经由克利特岛逃往埃及亚历山大。

　　1942 年　达雷尔与南希分手，南希带着女儿佩内洛普前往耶路撒冷。

　　1942—1945 年　达雷尔被任命为驻开罗和亚历山大的英国大使馆新闻专员（Press Attaché）。在亚历山大工作期间，达雷尔结识了亚历山大本地犹太女子依耶芙特·科恩（Yvette Cohen）。依耶芙特·科恩成为达雷尔成名作《亚历山大四重奏》中女主人公贾斯汀的原型。1947 年与南希离婚后，达雷尔和科恩结婚；1951 年二人生育一女名为萨福·简（Sappho Jane）。

　　1945 年　英国政府任命达雷尔为多德卡尼斯群岛（Dodecanese Islands）上的新闻发布官（Public Information Officer），直至 1947 年英国驻多德卡尼斯群岛军管政府将群岛主权归还希腊。

　　1947 年　英国政府任命达雷尔为英国驻阿根廷科尔多瓦文化委员会主任；此后，达雷尔做了十八个月的文化主题讲座。

　　1948—1952 年　达雷尔调任前南斯拉夫贝尔格莱德工作。这一旅居经历为小说《塞尔维亚上空的白鹰》（*White Eagles over Serbia*，1957）提供了素材。

　　1952 年　依耶芙特·科恩精神病发作，住进了英格兰的医院。达雷尔和萨福·简移居塞浦路斯。达雷尔在岛上买了房子；为资助其创作，达雷尔担任了岛上英语文学教师和英国驻塞浦路斯总督府新闻官的工作。达雷尔在游记《苦柠檬》（Bitter Lemons，1957）中记述了这段塞浦路斯生活经历。

　　1954 年　达雷尔成为英国皇家文学学会会员（Fellow of the Royal Society of Literature）。

　　1956 年　塞浦路斯岛上由意诺希斯运动而引发的暴乱进入高潮，达雷尔离开塞浦路斯。

　　1957 年　达雷尔成名作《亚历山大四重奏》（*The Alexandria Quartet*）

中的第一部小说《贾斯汀》（*Justine*）出版；另外三部小说《巴萨泽》（*Balthazar*，1958）、《芒特奥利夫》（*Mountolive*，1958）和《克丽》（*Clea*，1960）此后相继出版。

　　1961 年　与依耶芙特·科恩离婚后，达雷尔跟另一名亚历山大犹太女子克劳德—玛丽·文森顿（Claude-Marie Vincendon）结婚。1967年克劳德—玛丽·文森顿死于癌症。1973 年达雷尔与法国女子吉丝莲·鲍伊森（Ghislaine de Boysson）结婚；1979 年二人离婚。

　　1990 年　达雷尔去世于他在法国郎格多克（Languedoc）省的一个小乡村里，享年 78 岁。

小说

　　1935 年　《恋人们的吹笛手》（*Pied Piper of Lovers*）

　　1937 年　《恐慌的跳跃：一部爱情小说》（*Panic Spring A Romance*）以查尔斯·诺顿（Charles Norden）的笔名出版

　　1938 年　《黑书》（*The Black Book*）

　　1947 年　《切法卢》（*Cefalu*），1958 年再版时改名为《黑暗迷宫》（*The Dark Labyrinth*）

　　1957 年　《塞尔维亚上空的白鹰》（*White Eagles over Serbia*）

　　1962 年　《亚历山大四重奏》（*The Alexandria Quartet*）

　　1957 年　《贾斯汀》（*Justine*）

　　1958 年　《巴萨泽》（*Balthazar*）

　　1958 年　《芒特奥利夫》（*Mountolive*）

　　1960 年　《克丽》（*Clea*）

　　1974 年　《阿芙罗狄特的反抗》（*The Revolt of Aphrodite*）

　　1968 年　《彼时》（*Tunc*）

　　1970 年　《永不》（*Nunquam*）

　　1992 年　《阿维尼翁五重奏》（*The Avignon Quintet*）

　　1974 年　《先生或黑王子》（*Monsieur or The Prince of Darkness*）

　　1978 年　《利维娅或活埋》（*Livia or Buried Alive*）

1982 年　《康斯坦斯或孤独的实习》（*Constance or Solitary Practices*）

1983 年　《塞巴斯蒂安或主要志趣》（*Sebastian or Ruling Passions*）

1985 年　《撕裂者的故事》（*Quinx or The Ripper's Tale*）

2012 年　《朱迪思》（*Judith*），写于 1962—1966 年

游记

1945 年　《普洛斯彼罗的房间：科孚岛风土人情导读》〔*Prospero's Cell：A guide to the landscape and manners of the island of Corcyra（Corfu）*〕，2000 年再版

1953 年　《海上维纳斯的思考》（*Reflections on a Marine Venus*）

1957 年　《苦柠檬》（*Bitter Lemons*），2001 再版名为《塞浦路斯的苦柠檬》（*Bitter Lemons of Cyprus*）

1975 年　《蓝色渴望》（*Blue Thirst*）

1977 年　《西西里岛的旋转木马》（*Sicilian Carousel*）

1978 年　《希腊岛屿》（*The Greek Islands*）

1990 年　《恺撒巨大的幽灵》（*Caesar's Vast Ghost*）

诗歌

1931 年　《离奇片段》（*Quaint Fragments：Poems Written between the Ages of Sixteen and Nineteen*）

1932 年　《诗歌十首》（*Ten Poems*）

1934 年　《变迁：诗歌》（*Transition：Poems*）

1943 年　《私人的乡村》（*A Private Country*）

1946 年　《城市、平原与人》（*Cities，Plains and People*）

1948 年　《论自作主张》（*On Seeming to Presume*）

1962 年　《劳伦斯·达雷尔诗歌》（*The Poetry of Lawrence Durrell*）

1964 年　《诗歌选编：1953—1963》（*Selected Poems：1953—1963*），编辑：艾伦·罗斯（Alan Ross）

1966 年　《圣像》（*The Ikons*）

1972 年　《如是这般老男孩》（*The Suchness of the Old Boy*）

1980 年　《诗集：1931—1974》（*Collected Poems*：1931—1974），编辑：詹姆士·A. 布里格姆（James A. Brigham）

2006 年　《劳伦斯·达雷尔诗选》（*Selected Poems of Lawrence Durrell*），编辑：彼得·波特（Peter Porter）

戏剧

1950 年　《萨福：诗歌剧》（*Sappho*：*A Play in Verse*）

1963 年　《爱尔兰的浮士德：九幕道德剧》（*An Irish Faustus*：*A Morality in Nine Scenes*）

幽默小品文

1957 年　《团体精神》（*Esprit de Corps*）

1958 年　《坚定不移》（*Stiff Upper Lip*）

1966 年　《溃散》（*Sauve Qui Peut*）

1985 年　《安特罗伯斯全集》（*Antrobus Complete*）

书信、散文

1952 年　《现代英国诗歌导读》（*A Key to Modern British Poetry*）

1962 年　《劳伦斯·达雷尔与亨利·米勒：私人通信》（*Lawrence Durrell and Henry Miller*：*A Private Correspondence*），编辑：乔治·威克斯（George Wickes）

1969 年　《场所精神：旅行书信与随笔》（*Spirit of Place*：*Letters and Essays on Travel*），编辑：艾伦·G. 托马斯（Alan G. Thomas）

1981 年　《文学生命线：理查德·奥尔丁顿与劳伦斯·达雷尔通信》（*Literary Lifelines*：*The Richard Aldington—Lawrence Durrell Correspondence*），编辑：伊恩·S. 麦克尼文（Ian S. MacNiven）和哈里·T. 穆尔（Harry T. Moore）

1980 年　《想象中的微笑》（*A Smile in the Mind's Eye*）

1987 年　《致 T. S. 艾略特的信》（"Letters to T. S. Eliot" *Twentieth Century Literature* Vol. 33，No. 3）

1988 年　《达雷尔与米勒书信集：1935—80》（*The Durrell-Miller Letters*：1935—1980），编辑：伊恩·S. 麦克尼文（Ian S. MacNiven）

1988 年　《致杰·方谢特的信》（*Letters to Jean Fanchette*），编辑：杰·方谢特（Jean Fanchette）

主要参考文献

一 劳伦斯·达雷尔作品

小说

Lawrence Durrell, *Pied Piper of Lovers*, Victoria: University of Victoria, 2008.

Lawrence Durrell, *Panic Spring A Romance*, Victoria: University of Victoria, 2008.

Lawrence Durrell, *The Black Book*, London: Faber and Faber, 1959.

Lawrence Durrell, *Justine*, New York: E. P. Dutton, 1961.

Lawrence Durrell, *Balthazar*, New York: E. P. Dutton, 1961.

Lawrence Durrell, *Mountolive*, New York: E. P. Dutton, 1961.

Lawrence Durrell, *Clea*, New York: E. P. Dutton, 1961.

Lawrence Durrell, *Tunc*, London: Faber and Faber Limited, 1990.

Lawrence Durrell, *Nunquam*, London: Faber and Faber Limited, 1990.

Lawrence Durrell, *The Avignon Quintet*, London: Faber and Faber, 2004.

Lawrence Durrell, *Stiff Upper Lip*, London: Faber and Faber, 1958.

Lawrence Durrell, *White Eagles over Serbia*, Arcade Publishing, Inc., 1995.

Lawrence Durrell, *Judith*, New York: Integrated Media, 2012.

游记、散文与诗歌

Lawrence Durrell, *Prospero's Cell: A guide to the landscape and manners of the island of Corcyra*, New York: Dutton, 1962.

Lawrence Durrell, *Reflections on a Marine Venus: A Companion to the Landscape of Rhodes*, London: Faber & Faber, 1963.

Lawrence Durrell, *Bitter Lemons*, London: Faber & Faber, 1957.

Lawrence Durrell, *The Greek Islands*, New York: Viking, 1978.

Lawrence Durrell, *Spirit of Place Letters and Essays on Travel*, Ed. Alan G. Thomas, Mount Jackson: Axios Press, 1969.

Lawrence Durrell, *Lawrence Durrell From the Elephant's Back Collected Essays & Travel Writings*, Ed. James Gifford, Edmonton: The University of Alberta Press, 2015.

Lawrence Durrell, *The Tree of Idleness and other poems*, London: Faber and Faber, 1955.

Lawrence Durrell, *A Key to Modern British Poetry*, Norman: University of Oklahoma Press, 1970.

戏剧

Lawrence Durrell, *Sappho: a play in verse*, London: Faber and Faber, 1967.

访谈与书信

Lawrence Durrell, *The Big Supposer: Lawrence Durrell, a Dialogue with Mare Alyn*, Trans. F. Barker, Colchester: TBS The Book Service Ltd, 1973.

Lawrence Durrell, *The Durrell-Miller Letters*, 1935—1980, Ed. Ian S. MacNiven, New York: New Directions, 1988.

Lawrence Durrell, *Lawrence Durrell: Conversations*, Ed. Earl G. Ingersoll,

Madison: Fairleigh Dickinson University Press, 1998.

Lawrence Durrell, *Lawrence Durrell and Henry Miller a Private Correspondence*, Ed. George Wickes, New York: E. P. Dutton & Co., Inc, 1964.

Lawrence Durrell, "LAWRENCE DURRELL", *The Paris Review THE ART OF FICTION*, No. 23, 2004.

Durrell, Lawrence "Overture", *On Miracle Ground Essays on the Fiction of Lawrence Durrell*, Ed. Michael Begnal, London: Associated University Press, 1990.

二 非劳伦斯·达雷尔作品

Gerald Durrell, *My Family and Other Animals*, London: Rupert Hart-Davis, 1961.

Mahfouz, Naguib. *Sugar Street*, *The Cairo Trilogy* Ⅲ, New York: Double-day, 1993.

Woolf, Virginia. *Mrs. Dalloway*, London: Penguin Books Ltd, 1992.

三 学术论文及专著

爱德华·萨义德:《东方学》,王宇根译,生活·读书·新知三联书店2007年版。

爱德华·萨义德:《知识分子论》,单德兴译,生活·读书·新知三联书店2007年版。

曹莉:《后殖民批评的政治伦理选择:以斯皮瓦克为例》,《外国文学研究》2006年第3期。

弗洛伊德:《弗洛伊德后期著作选》,林尘、张唤民译,上海译文出版社2005年版。

弗洛伊德:《弗洛伊德文选论无意识与艺术》,中国人民大学出版社1998年版。

哈罗德·布鲁姆:《影响的焦虑》,徐文博译,江苏教育出版社2006年版。

空草:《帝国话题中的吉卜林》,《外国文学评论》2002年第2期。

罗钢:《西方消费文化理论述评》(上),《国外理论动态》2003 年第 5 期。

马元龙:《作者和/或他者:一种拉康式的文学理论》,《外国文学》2006 年第 1 期。

迈克·费瑟斯通:《消费文化与后现代主义》,刘精明译,译林出版社 2000 年版。

聂珍钊:《文学伦理学批评导论》,北京大学出版社 2014 年版。

聂珍钊:《文学伦理学批评:基本理论与术语》,《外国文学研究》2010 年第 1 期。

聂珍钊:《文学伦理学批评:伦理选择与斯芬克斯因子》,《外国文学研究》2011 年第 6 期。

孙小光:《弗洛伊德的本能论——中国现当代文学中的生本能与死本能》,《长春工程学院学报》(社会科学版)2004 年第 3 期。

王晓兰:《"利己主义道德原则与殖民伦理行为——康拉德'马来三部曲'中林格殖民行为的伦理阐释"》,《外国文学研究》2009 年第 6 期。

吴晓江:《浮士德精神与西方科技文化》,《自然辩证法通讯》2009 年第 5 期。

虞建华:《"迷惘的一代"作家自我流放原因再探》,《外国文学研究》2004 年第 1 期。

徐彬:《困在打气筒里的猫——劳伦斯·达雷尔〈芒特奥利夫〉中的亚历山大后殖民寓言》,《英美文学研究论丛》(CSSCI)第十八辑,2013 年。

徐彬:《劳伦斯·达雷尔的多重身份与艺术伦理选择》,《外国文学评论》2015 年第 1 期。

徐彬:《劳伦斯·达雷尔〈亚历山大四重奏〉中的场所与伦理释读》,《外国文学研究》2012 年第 6 期。

徐彬、李维屏:《达雷尔〈黑书〉中自我与他者之生、死变奏》,《外语与外语教学》2010 年第 4 期。

徐彬、刘禹:《后现代消费文化的伦理思考——论达雷尔小说〈阿芙罗狄特的反抗〉》,《山东外语教学》2013 年第 5 期。

徐彬、刘禹：《〈亚历山大四重奏〉的经典化与妖魔化》，《广东外语外贸大学学报》2013 年第 2 期。

徐彬、汪海洪：《国外劳伦斯·达雷尔研究述评》，《当代外国文学》（CSS-CI）2013 年第 3 期。

徐彬、汪海洪：《劳伦斯·达雷尔〈亚历山大四重奏〉中殖民伦理的后殖民重写》，《山东外语教学》（中文核心）2015 年第 5 期。

杨玉珍：《〈安东尼与克莉奥佩特拉〉主题新释》，《中州大学学报》2000 年第 2 期。

詹明信：《晚期资本主义的文化逻辑》（第二版），陈清侨、严锋译，生活·读书·新知三联书店 2013 年版。

张剑：《干枯的大脑的思索：T. S. 艾略特〈枯叟〉的拯救主题》，《外国文学》1997 年第 4 期。

Acheraiou, Amar. *Rethinking Postcolonialism Colonialist Discourse in Modern Literatures and the Legacy of Classical Writers*, Basingstoke: Palgrave Macmillan, 2008.

Aldington, Richard. "A Note on Lawrence Durrell", *The World of Lawrence Durrell*, Ed. Harry T. Moore, Carbondale: Southern Illinois UP, 1962.

Andrewski, Gene & Julian Mitchell, "Lawrence Durrell, The Art of Fiction No. 23", *Paris Review*, Autumn-Winter 1959—1960.

Annesely, George. *The Rise of Modern Egypt: A Century and a Half*, 1798—1957. Edinburgh: Pentland, 1994.

Ashcroft, Bill and Gareth Griffiths, Helen Tiffin. *The Empire Writes Back*, London: Routledge, 1989.

Auden, W. H. *The English Auden Poems*, *Essays and Dramatic Writings* 1927—1939, Ed. Edward Mendelson, London: Faber and Faber, 1977.

Badsha, Abdulla K. *Durrell's Heraldic Universe and The Alexandria Quartet: A Subaltern View*, Diss. Wisconsin U, 2001.

Bakhtin, M. "The Bildungsroman and Its Significance in the History of Realism", *Speech Genres and Other Late Essays*, Austin: University of

Texas Press, 1986.

Badsha, Abdulla K. "Rabelais and His World", *Literary Theory: An Anthology*, Ed. Julie Rivkin and Michael Ryan, Massachusetts: Blackwell, 1998.

Bartlett, Robert. *The Making of Europe: Conquest, Colonization, and Cultural Change*, 950—1350, Princeton: Princeton University Press, 1993.

Bender, Todd K. "Review of In Extremity: A Study of Gerard Manley Hopkins by John Robinson", *Victorian Studies*, Vol. 22, No. 2, Winter, 1979.

Berleant, Arnold. "Artists and Morality: Toward an Ethics of Art", *Leonardo*, Vol. 10, 1977.

Bhabha, Homi K. *The Location of Culture*, London and New York: Routledge Classics, 2004.

Blake, Ann, Leela Gandhi and Sue Thomas. *England through Colonial Eyes in Twentieth Century Fiction*, Houndmills and New York: Palgrave, 2001.

Bloom, Clive. "Introduction", *Literature and Culture in Modern Britain*, Vol. 1, 1900—1929. Ed. Clive Bloom, London and New York: Longman, 1993.

Boone, Joseph Allen. *Libidinal Currents: Sexuality and the Shaping of Modernism*, Chicago: University Of Chicago Press, 1998.

Boone, Joseph Allen. Mappings of Male Desire in Durrell's Alexandria Quartet", *South Atlantic Quarterly*, Vol. 88, No. 1, 1989.

Boone, Joseph Allen. "Queering The Quartet Western Myths of Egyptian homoeroticism", *Durrell in Alexandria: OMG IX Conference Proceeding*, Ed. Shelly Ekhtiar, Alexandria, Egypt: University of Alexandria, 2006.

Bocock, R. J. "Freud and the Centrality of Instincts in Psychoanalytic Sociology", *The British Journal of Sociology*, Vol. 28, No. 4, Dec. , 1977.

Booth, Wayne C. "Why Ethical Criticism Can Never Be Simple", *Mapping the Ethical Turn*, Ed. Todd F. Davis and Kenneth Womack, London: University Press of Virginia, 2001.

Bowker, Gordon. *Through the Dark Labyrinth*: *A Biography of Lawrence Durrell*, London: Sinclair Stevenson, 1996.

Branson, Noreen and Margot Heinemann, *Britain in the Nineteen Thirties*, Frogmore: Panther Books Ltd. , 1973.

Brantlinger, Patrick. *Rule of Darkness*: *British Literature and Imperialism*, 1830—1914, Ithaca: Cornell University Press, 1988.

Brelet, Claudine. "Interview with Lawrence Durrell", *Twentieth Century Literature*, Vol. 33, No. 4, Winter 1987.

Briggs, Katharine Mary. *An Encyclopedia of Fairies, Hobgoblins, Brownies, Boogies, and Other Supernatural Creatures*, New York: Pantheon Books, 1976.

"British Mandate for Palestine", The American Journal of International Law, Vol. 17, No. 3, Supplement: Official Documents, Jul. , 1923.

Brown, Sharon Lee. *The Black Book*: A Search for Method, *Modern Fiction Studies*, Vol. 13, No. 3, 1967.

Brustein, William I. and Ryan D. King, "Anti-Semitism in Europe before the Holocaust", *International Political Science Review*, Vol. 25, No. 1, Jan. , 2004.

Calotychos, Vangelis. "Lawrence Durrell, The Bitterest Lemon?", *Lawrence Durrell and the Greek World*, Ed. Anna Lillios, London: Associated University Presses, 2004.

Castleden, Rodney. *Atlantis Destroyed*, London and New York: Routledge, 1998.

Clark, Steve. "Introduction" *Travel Writing and Empire*, Ed. Steve Clark, London: Zed Books, 1999.

Diboll, Michael V. *Lawrence Durrell's Alexandria Quartet in Its Egyptian Context*, New York: The Edwin Mellen Press, 2004.

Dobrée, Bonamy. *The Lamp and the Lute*: *Studies in Seven Authors* (Second Edition), London: Frank Cass, 1964.

Duncan, J. "Elite Landscape as Cultural (Re) production: The Case of Shaughnessy Heights", *Inventing Places: Studies in Cultural Geography*, Ed. Anderson, K. andGale, F, Melbourne: Longman Cheshire, 1992.

Edwards, Milton Beverley. *The Israeli-Palestinian Conflict A People's War*, London & New York: Routledge, 2009.

Eliade, Mirea. *Dreams, Myths, and Mysteries*, Trans. Philip Mairet, New York: Harper and Row, 1967.

Endelman, Todd M. "Anti-Semitism and Apostasy in Nineteenth-Century France: A Response to Jonathan Helfand", *Jewish History*, Vol. 5, No. 2, Fall 1991.

Exchange of Notes between the Government of United Kingdom and the Royal Hellenic Government concerning the Transfer of the Responsibility for the Administration of the Dodecanese Islands, Treaty Series No. 39 (1947) House of Commons Parliamentary Papers Online.

Ezard, John. "Durrell Fell Foul of Migrant Law", *The Guardian*. 29 April 2002, http: //www. theguardian. com/uk/2002/apr/29/books. booksnews.

Fanon, Frantz. *The Wretched of the Earth*, London: Penguin Books Ltd. , 1990.

Ferguson, Niall. *Empire, The rise and demise of the British world order and the lessons for global power*, New York: Basic Books, 2004.

Findlay, L. M. "Sensation and Memory in Tennyson's 'Ulysses'", *Victorian Poetry*, Vol. 19, No. 2, Sum. , 1981.

Fischer, Klaus P. *History and Prophecy: Oswald Spengler and the Decline of the West*, New York: P. Lang, 1989.

Fisk, Robert "The Long View: Beyond the Alexandria Quartet: a 'lost' Lawrence Durrell novel reveals the author's Israel bias", *The Independent*, 24 September 2012, http: //www. independent. co. uk/voices/commentators/fisk/the-long-view-beyond-the-alexandria-quartet-a-lost-lawrence-durrell-novel-reveals-the-authors-israel-bias-8166739. html.

Fletcher, Robert. *The Barbarian Conversion*: *From Paganism to Christianity*, New York: Holt, 1998.

Fraser, G. S. *Lawrence Durrell*, London: Longman Group Ltd, 1970.

Fraser, G. S. *Lawrence Durrell A Study*, London: Faber and Faber Limited, 1973.

Freud, Sigmund. *Freud's Readings of the Unconscious and Arts*, Beijing: China Renmin University Press, 1998.

Friedman, Alan Warren. *Lawrence Durrell and The Alexandria Quartet Art for Love's Sake*, Oklahoma: University of Oklahoma Press, 1970.

Fromkin, David. *A Peace to End All Peace*: *The Fall of the Ottoman Empire and the Creation of the Modern Middle East*, London: Penguin, 1991.

Gifford, James. "Notes of 'From the Elephant's Back'", *Lawrence Durrell From the Elephant's Back Collected Essays & Travel Writings*, Ed. James Gifford, Edmonton: The University of Alberta Press, 2015.

Gifford, James. "Notes", *Pied Piper of Lovers*, Ed. Lawrence Durrell, Victoria: University of Victoria, 2008.

Green, H. M. "Kipling as a Journalist", *The Australian Quarterly*, Vol. 4, No. 13, Mar. , 1932.

Greene, Ellen. *Re-Reading Sappho*: *Reception and Transmission*, Oakland: University of California Press, 1999.

Greenslade, William. *Degeneration*, *Culture and the Novel* 1880—1940, Cambridge: Cambridge University Press, 1994.

Herbrechter, Stefan. *Lawrence Durrell*, *Postmodernism and the Ethics of Alterity*, Amsterdam: Editions Rodopi B. V, 1999.

Hesse, Barnor. "Black to Front and Black Again: Racialization through contested times and spaces", *Place and the Politics of Identity*, Eds Michael Keith and Steve Pile, London: Routledge, 1993.

Hooks, Bell. "Marginality as the Site of Resistance", Ed. Russell Ferguson and Martha Gever, *Out There*: *Marginalization and Contemporary Cul-*

tures, Boston: MIT Press, 1992.

Hussein, Taha. *The Future of Culture in Egypt*, New York: Octagon Books, 1975.

Hodgkin, Joanna. *Amateurs in Eden The Story of a Bohemian Marriage: Nancy and Lawrence Durrell*, London: Virago Press, 2013.

Hourani, Albert. *Arabic Thought in the Liberal Age* 1798—1939, Cambridge: Cambridge University Press, 1983.

Hourani, Albert. *A History of the Arab Peoples*, London: Faber and Faber, 1990.

Howarth, Herbert. "Lawrence Durrell and Some Early Masters", *Books Abroad*, Vol. 37, No. 1, Winter 1963.

Karl, Frederick R. *A Reader's Guide to the Contemporary English Novel*, Beijing: Foreign Language Teaching and Research Press, 2005.

Huntington, Samuel P. "The Clash of Civilizations?", *Foreign Affairs*, Vol. 72, No. 3, Sum. , 1993.

Hutchinson, John. "Myth against myth: Nation as ethnic overlay", *Nations and Nationalism*, Vol. 10, lssue 1 – 2 2004: 109 – 123.

Hutchinson, John. "Warfare, Nationalism and the Sacred", 载于《北京论坛（2007）文明的和谐与共同繁荣——人类文明的多元发展模式："族群交往与宗教共处"社会学分论坛论文或摘要集》。

Huxley, L. *Life and Letters of Thomas Henry Huxley*, Vol. Ⅱ, London: Macmillan, 1900.

Hyamson, Albert Montefiore. *Palestine under the Mandate*, 1920—1948, Evesham: Greenwood Press, 1976.

Jackson, Peter. "French Intelligence and Hitler's Rise to Power", *The Historical Journal*, Vol. 44, No. 3, Sep. , 1998.

Kaczvinsky, Donald P. " 'Bringing Him to the lure': Postmodern Society and the Modern Artist's 'felix culpa' in Durrells 'Tunc/Nunquam' ", *South Atlantic Review*, Vol. 59, No. 4, Nov. , 1994.

Kaczvinsky, Donald P. "'When was Darley in Alexandria?': A Chronology for The Alexandria Quartet", *Journal of Modern Literature*, Vol. 17, No. 4, 1991.

Keeley, Edmund. *Inventing Paradise The Greek Journey 1937—1947*, Evanston: Northwestern University Press, 1999.

Kennedy, J. Gerald. "Place, Self, and Writing", *Southern Review*, Vol. 26, No. 3, 1990.

Kersnowski, Frank. "Authorial Conscience in Tunc and Nunquam", *On Miracle Ground Essays on the Fiction of Lawrence Durrell*, Ed. Michael H. Begnal, Lewisburg: Bucknell University Press, 1990.

Khattab, Abdul-Qader Abdullah. *Encountering the Non-western Other in Lawrence Durrell's The Alexandria Quartet*, Diss. Ohio U, 1999.

Klinck, Anne L. "Sappho's Company of Friends", *Hermes*, 136 (1): 15 – 29, January 2008.

Lillios, Anna. "Introduction", *Lawrence Durrell and the Greek World*, Ed. Anna Lillios, London: Associated University Presses, 2004.

Lucas, John. *The Radical Twenties*, Nottingham: Five Leaves Publications, 1997.

MacArthur, Brian ed., *The Penguin Book of Twentieth-Century Speeches*, London: Penguin Books Ltd, 2000.

MacNiven, Ian S. *Lawrence Durrell: A Biography*, London: Faber and Faber, 1998.

MacNiven, Ian S. "Lawrence Durrell: Writer of East and West", *SB ACADEMIC REVIEW Journal of Interdisciplinary Studies and Research*, Vol. V, No. 1, January-June 1996.

Manzaloui, Mahmoud. "Curate's Egg: An Alexandrian Opinion of Durrell's Quartet", *Critical Essays on Lawrence Durrell*, Ed. Alan Warren Friedman, Boston: G. K. Hall, 1987.

Markert, Lawrence W. "The Pure and Sacred Readjustment of Death: Connections between Lawrence Durrell's Avignon Quintet and the Writings of D. H. Lawrence", *Twentieth Century Literature*, Vol. 33, No. 4, Lawrence Durrell Issue, Part II, Winter 1987.

Mas, Jose Ruiz. "Lawrence Durrell in Cyprus: A Philhellene Against Enosis", *EPOS*, XIX (2003).

Meadows, A. J. "Astronomy and Geology, Terrible Muses! Tennyson and 19th – Century Science", *Notes and Records of the Royal Society of London*, Vol. 46, No. 1, Jan., 1992.

Mills, Raymond. "With Lawrence Durrell on Rhodes, 1945—1947", *Twentieth Century Literature*, Vol. 33, No. 3, Lawrence Durrell Issue, Part I, Autumn, 1987.

Morrison, Ray. *A Smile in His Mind's Eye A Study of the Early Works of Lawrence Durrell*, Toronto: University of Toronto Press, 2005.

"Mr. Rudyard Kipling On The Opium Question", *The British Medical Journal*, Vol. 2, No. 2084, Dec. 8, 1900.

Nichols, James R. "Ah, the Wonder of My Body; The Wandering of My Mind: Classicism and Lawrence Durrell's Literary Tradition", *Twentieth Century Literature*, Lawrence Durrell Issue, Vol. 33, No. 4, Part II, Winter 1987.

Nichols, James R. "The Quest for Self: The Labyrinth in the Fiction of Lawrence Durrell", *The International Fiction Review*, Issue: 1 – 2 (1995).

Nock, Arthur Darby. "Gnosticism", *The Harvard Theological Review*, Vol. 57, No. 4, Oct., 1964.

Panteli, Stavros. *The Making of Modern Cyprus, From Obscurity to Statehood*. New Barnet, Herts: Interworld Publications, 1990.

Papastergiadis, Nikos. *Modernity as exile The stranger in John Berger's writing*, Manchester and New York: Manchester University Press, 1993.

Papayanis, Marilyn Adler. *Writing in the Margins: The Ethics of Expatriation from Lawrence to Ondaatje*, Nashville: Vanderbuilt UP, 2005.

Peirce, Carol. " 'Wrinkled Deep in Time': The Alexandria Quartet as Many-Layered Palimpsest", *Twentieth Century Literature*, Vol. 33, No. 4, Lawrence Durrell Issue, Part II Winter 1987.

Pinchin, Jane Lagoudis. *Alexandria Still: Forster, Durrell, and Cavafy*, Princeton: Princeton University Press, 1977.

Pine, Richard. "Introduction", *Judith.* Ed. Lawrence Durrell, New York: Integrated Media, 2012.

Pine, Richard. *Lawrence Durrell: The Mindscape*, New York: St. Martin's Press, 1994.

Porter, Dennis. *Haunted Journeys Desire and Transgression in European Travel Writing*, Princeton: Princeton University Press, 1991.

Powell, Enoch. "I seem to see 'the River Tiber foaming with much blood' ", *The Penguin Book of Twentieth-Century Speeches*, Ed. Brian MacArthur, London: Penguin Books Ltd, 2000.

Pratt, Mary Louise. *Imperial Eyes: Travel Writing and Transculturation*, London: Routledge, 1992.

Pratt, Mary Louise. "Scratches on the Face of the Country; or, What Mr. Barrow Saw in the Land of the Bushmen", *Race, Writing, and Difference*, Ed. Henry Louis Gates Jr, Chicago: University of Chicago Press, 1986.

Robinson, Jeremy Mark. *Lawrence Durrell Between Love and Death, East and West*, Maidstone: Crescent Moon Publishing, 2008.

Robinson, Jeremy Mark. "Love, Culture, and Poetry", *Into the Labyrinth Essays on the Art of Lawrence Durrell*, Ed. Frank L. Kersnowski, London: UMI Research Press, 1989.

Robinson, W. R. "Intellect and Imagination in *The Alexandria Quartet*", *Shenandoah*, 18, No. 4, 1967.

Roessel, David. " 'Something to Stand the Government in Good Stead':

Lawrence Durrell and the Cyprus Review", *Deus Loci New Series* 3, 1994.

Rutherford, Jonathan. "A Place Called Home: Identity and the Cultural Politics of Difference", *Identity Community*, *Culture*, *Difference*, Ed. Jonathan Rutherford, London: Lawrence & Wishart, 1990.

Said, Edward. *Orientalism*, London: Routledge, 1978.

Said, Edward. *Reflections on Exile and Other Essays*, Cambridge, Massachusetts: Harvard University Press, 2000.

Sansavio, Piero. "Durrell's Himalayas: Retracing a Literary Passage from India", *World Press Review*, Vol. 11, No. 11, 1983.

Santis, Hugh de. "In Search of Yugoslavia: Anglo-American Policy and Policy-Making 1943—1945", *Journal of Contemporary History*, Vol. 16, No. 3, 1981.

Sartre, Jean-Paul. "Preface", Ed. Frantz Fanon. *The Wretched of the Earth*, London: Penguin Books Ltd. , 1990.

Segev, Tom. *One Palestine*, *Complete*: *Jews and Arabs Under the British Mandate*, Bathgate: Abacus, 2001.

Seigneurie, Ken. "Decolonizing the British: Deflections of Desire in The Alexandria Quartet", *South Atlantic Review*, Vol. 69, No. 1, Winter 2004.

Sherman, A. J. *Mandate Days*, New York: Thames and Hudson, 1998.

Sillitoe, K. and P. H. White, "Ethnic Group and the British Census: The Search for a Question", *Journal of the Royal Statistical Society*, *Series A* (*Statistics in Society*), Vol. 155, No. 1, 1992.

Smith, David Marshall. *Moral geographies*: *ethics in a world of difference*, Edinburgh: Edinburgh University Press, 2000.

Smith, Evan and Marinella Marmo. *Race*, *Gender and the Body in British Immigration Control*: *Subject to Examination*, Melbourne: Palgrave Macmillan M. U. A, 2014.

Spivak, Gayatri Chakravorty. "Can the Subaltern Speak?", *Marxism and the Interpretation of Culture*, Ed. Cary Nelson and Lawrence Grossberg, London: Macmillan, 1988.

Taylor, D. J. *Bright Young People: The Rise and Fall of a Generation* 1918—1940, London: Vintage, 2008.

Taylor, Pegatha. "Moral Agency in Crusade and Colonization: Anselm of Havelberg and the Wendish Crusade of 1147", *The International History Review*, Vol. 22, No. 4, Dec. , 2000.

Terry, Janice. *The Wafd*, 1919—1952: *The Cornerstone of Egyptian Political Power*, London: Third World Research and Publishing, 1982.

Thone, Frank. "Low-Browed Cave-Men Called Grandparents", *The Science News-Letter*, Vol. 13, No. 353, Jan. 14, 1928.

Thorpe, Andrew. "Review of The Rise of Socialism in Britain, c. 1881—1951 by Keith Laybourn", *The English Historical Review*, Vol. 113, No. 454, Nov. , 1998.

Tournay, Petra. "Colonial Encounters: Lawrence Durrell's *Bitter Lemons of Cyprus*", *Lawrence Durrell and the Greek World*, Ed. Anna Lillios, London: Associated University Presses, 2004.

Unterecker, John. *Lawrence Durrell*, New York & London: Columbia University Press, 1964.

Vaget, Hans Rudolf. "Wagnerian Self-Fashioning: The Case of Adolf Hitler", *New German Critique*, No. 101, Sum. , 2007.

Vipond, Dianne "Reading the Ethics of Lawrence Durrell's Avignon Quintet", *Durrell and the City Collected Essays on Place*, Ed. Donald P. Kaczvinsky, Plymouth: Fairleigh Dickinson University Press, 2012.

Wansell, Geoffrey. "The remarkable story behind Rudyard Kipling's 'If' and the swashbuckling renegade who inspired it", *Mail Online*. 20 February 2009.

Warburg, G. and R. Kupferschmidt, eds. , *Islam, Nationalism and Radi-*

calism in Egypt and the Sudan, New York: Praeger, 1983.

Waugh, Patricia. *Metafiction The Theory and Practice of Self-Conscious Fiction*, New York: Methuen, 1984.

Weigel, John A. *Lawrence Durrell*, Boston: Twayne Publishers, 1989.

Weinberger, Christopher S. "Critical Desire and the Novel: Ethics of Self-Consciousness in Cervantes and Nabokov", *Narrative*, Vol. 20, No. 3, October 2012.

Woods, David M. "Love and Meaning in The Alexandria Quartet: Some Tantric Perspectives", *On Miracle Ground Essays on the Fiction of Lawrence Durrell*, Ed. Michael H. Begnal, New York: Associated University Presses, 1990.

Xydis, Stephen G. "Greece and the Yalta Declaration", *American Slavic and East European Review*, Vol. 20, No. 1, February 1961.

Young, Kenneth "A Dialogue with Durrell", *Encounter*, Vol. 13, No. 6, 1959.

Zahlan, Anne. "The Negro as Icon: Transformation and the Black Body in Lawrence Durrell's The Avignon Quintet", *South Atlantic Review*, Vol. 71, No. 1, Winter 2006.

Zidleniec, Anduzej. "Preface", *Place and Social Theory*, London: Sage Publications Ltd, 2007.

Zylinska, Joanna. *The Ethics of Cultural Studies*, London: Continuum, 2005.